LE PLACARD

DU MÊME AUTEUR

Les Planificateurs,
Éditions de l'Aube, 2016

Jab !,
Serge Safran éditeur, 2018

Sang chaud,
Matin Calme éditions, 2020

LE PLACARD

ROMAN NOIR

Traduit du coréen par
Kyungran Choi et Pierre Bisiou

KIM UN-SU

Prix Munhakdongne

Matin Calme

Ouvrage publié avec le soutien
de l'Institut coréen de la traduction littéraire (LTI Korea, Séoul).

Titre original : 캐비닛 *(The Cabinet)*
Couverture et maquette : Barbario
Photos : © Mohamad Itani/Arcangel Images & © Heibaihui/Getty Images

Première édition française parue chez Ginkgo éditeur en 2012.

ISBN 978-2-491-29045-0

www.matincalme-editions.com

Son nom, c'est « Placard n° 13 ».
Le chiffre « 13 » n'a pas de sens particulier.
Ce placard se trouve tout bêtement être le treizième sur la gauche dans la salle d'archives.
Un vrai nom aurait été plus sympa. Tant pis...
Après tout, ce n'est jamais qu'un placard.

Donc ne fantasmez pas au sujet de ce placard.
Si, par hasard, vous avez l'intention de lire cette histoire,
Je vous conseille de renoncer à tout romantisme vain.
Si vous y tenez vraiment et que vous poursuivez,
Quoi que vous ayez imaginé
Vous allez vers des déceptions.

Un placard banal.
Comme on en voyait dans les mairies vers les années 1980 ou 1990,
Comme ces placards où on laisse son jogging trempé de sueur, une chaussette de tennis, un ballon de foot dégonflé, des vieux papiers, etc. avant de claquer la porte d'un coup.
Un placard moche, quoi.
L'image qui surgit quand vous entendez « placard ».
Ce à quoi vous pensez sans réfléchir, là, tout en vous demandant « Non, ça... ?! »
Oui, ça, le Placard n° 13, dont je vais vous parler.

Première partie

PLACARD

POURQUOI LUDGER SYLBARIS A-T-IL… ?

8 mai 1902, à la Martinique, l'éruption volcanique la plus violente et la plus meurtrière de l'Histoire vient de se déclencher. Une coulée de lave et des morceaux de roches jaillissent à plus de deux cents kilomètres à l'heure de la montagne Pelée, haute de 1473 mètres. Le sommet couvert de cendres, cédant sous la pression des gaz, explose et dévale la pente sud-ouest du mont pour raser, en deux minutes, toute la ville de Saint-Pierre, huit kilomètres en aval.

Pour les gens de Saint-Pierre, c'est la stupeur. Sans avoir le temps d'identifier le bruit, sans avoir le temps d'alerter la famille de l'imminence du désastre : « Papa, ce n'est pas le moment de traîner aux toilettes. Le volcan est en éruption. », sans avoir le temps d'échanger d'ultimes adieux avec son conjoint dans un torrent de larmes : « Le destin a voulu qu'on vive ensemble. Par pitié, espérons que dans l'au-delà nous… », sans avoir le temps de ramasser le linge étendu dans la cour ni le temps de sortir de la baignoire en se couvrant d'un peignoir pour ne pas mourir à poil, les habitants de Saint-Pierre ont péri tels qu'ils étaient : assis sur la lunette des W-C, allongés dans le bain, sans avoir tenu leurs promesses, sans avoir eu le temps de fermer leurs yeux étonnés, ils ont été ensevelis en un instant.

Le volcan a déjà fait des siennes par le passé et est toujours resté plus ou moins actif. Pourtant, à Saint-Pierre, on le considère sans crainte. Au contraire, une superstition veut que le volcan veille sur la cité. La fumée qui monte parfois du cratère apporte une touche supplémentaire de beauté à un paysage de rêve comme on n'en voit que sur les calendriers. Lorsqu'elles entendent les rugissements de la montagne, les mamies prennent leurs petites-filles apeurées sur leurs genoux et les rassurent comme leurs mamies à elles l'ont fait auparavant. « Ne t'inquiète pas, ma fille. Le volcan ne nous fera pas de mal. Il nous protège des mauvais esprits. C'est un grand privilège de l'avoir près de nous. »

L'éruption de 1902 n'apporte cependant rien de si providentiel. Vingt-huit mille morts, presque la totalité des habitants et quelques touristes venus visiter le charmant lac volcanique. Les troupeaux de moutons, les chiens qui les escortent, les vaches en pleine traite, les oiseaux qui n'ont pas le temps de s'envoler, les chariots qui transportent le lait, la fontaine sur la place qui laisse ricocher ses gouttes d'eau innocentes, les rues aux pavés semés ici et là, le clocher de l'église qui carillonne joyeusement toutes les heures, tout est avalé d'un coup par les cendres du volcan.

La nuée ardente se jette sur Saint-Pierre jusqu'à tout recouvrir. Puis elle refroidit lentement, laissant les souvenirs, les jalousies, les joies, les amours et les haines fondus en un gigantesque rocher gris.

Une personne a survécu à la fureur des feux de l'enfer. Le prisonnier Ludger Sylbaris. Il a dû ce miracle à sa prison, un étrange bâtiment planté au centre de la ville et au sommet duquel on enferme les assassins. En général, les prisons se trouvent dans des sous-sols sombres et humides, ou en périphérie des villes, pas à Saint-Pierre.

La tour prison est haute de quarante-huit mètres. Avec ça, nul besoin de grille, comme dans une geôle. Depuis des centaines d'années aucun prisonnier ne s'est évadé par son unique fenêtre, toujours ouverte. Aucun ne s'est évadé, certes, mais d'aucuns ont cru pouvoir le faire. En 1864, un matelot aussi brave que sot, un certain Andreï Droppa, a tenté sa chance. Il a imaginé tresser un cordage assez long pour atteindre le sol en utilisant tout ce qu'il a pu ramasser dans sa cellule, draps, veste, pantalon, ceinture, chaussettes, sous-vêtements, serviettes. Il entend dérouler ainsi une corde d'au moins quarante mètres. Il s'est assis nu sur le sol froid et a assemblé tout ceci sans relâche des jours durant. La nuit, le vent de la mer souffle fort au sommet de la tour. Droppa, tremblant de froid, rêve des années à venir qu'il passera à côté d'une jolie femme devant une soupe bien chaude et il supporte vaillamment le vent et la solitude. Enfin, quand il ne reste plus le moindre bout de fil dans sa cellule, il verse des larmes d'émotion.

Jetant sa corde, il se rend bien compte qu'elle est loin de toucher le sol. Droppa, n'ayant plus rien pour la rallonger, se dit naïvement : « Eh bien, si elle est un peu courte, ce n'est pas grave, je descendrai le plus loin possible puis je sauterai pour ce qui restera. » Il faut croire que vu du haut de sa cellule ça paraît jouable. En vérité, c'est la bêtise la plus énorme parmi un tas d'autres commises durant son existence. Quand il a atteint le terme de sa corde, elle n'arrive pas à mi-hauteur de la tour. Pire : la mousse épaisse qui couvre la surface du mur rend celui-ci bien trop glissant et empêche tout retour dans sa cellule. S'agitant au bout de la corde, Droppa a percé un secret : « Eh, c'est donc pour ça qu'il n'y a pas de grille sur la fenêtre ! »

Le matin tôt, un vieux berger qui se rend à la montagne avec son troupeau aperçoit le prisonnier enroulé dans sa corde comme un ver à soie, s'y s'accrochant désespérément. Pétrifié de surprise, il lui crie :

« Hé ! Andreï, qu'est-ce que tu fais là-haut, sans slip ? »

Droppa aimerait répondre à la question. Mais il est tellement épuisé par sa nuit qu'il est bien incapable de prononcer un mot. Il émet deux gémissements – lamentation, ressentiment, remords, on ne saura jamais –, avant de lâcher prise, de s'écraser au sol et d'y mourir. Sans doute s'est-il dit : « Putain de vieux con, t'as rien d'autre à dire là franchement merde ? »

Depuis on a installé des grilles à la cellule. Pas contre les évasions, juste pour éviter que d'autres prisonniers rêveurs ou idiots ne tentent le même genre de coup que Droppa. Façon aussi de faire comprendre que les éléments disponibles dans la tour ne permettront jamais de tresser une corde assez longue pour fuir et qu'un objet peut se trouver bien plus éloigné de soi qu'il n'y paraît.

En général les Français traitent les prisonniers comme leur vin. Le vin fermente dans des caves humides et sombres, de même les prisonniers jusqu'à ce qu'ils soient sucrés et légèrement amers. Sauf à Saint-Pierre où les criminels sont traités comme du linge ou du poisson, étendus à bonne hauteur, dans un endroit sec et venteux, pour que leur humidité exposée au soleil s'évapore dans l'air.

Ainsi vont les jours et les habitants de Saint-Pierre, lorsqu'ils se relèvent pendant leur ouvrage ou qu'ils sont pris de fou rire à cause d'une blague, jettent un œil vers la tour avec son prisonnier, l'ennemi de la ville. Ils échangent alors des propos terribles : « Ce vilain mériterait qu'on lui fourre un harpon dans le derrière », « Pour éviter que les mauvaises graines se répandent, on devrait lui couper les couilles et les mettre à sécher sur le toit », « Tant qu'à faire, autant couper le truc aussi. Tu le donneras à Wally », « Qu'est-ce que tu racontes ! Tu veux gâcher le caractère de mon chien ? ».

La tour est le symbole du Mal et de la Haine. Elle est aussi la source de toutes les catastrophes, naturelles ou humaines. On la regarde pour un cochon perdu, pour une fille imprudente tombée enceinte, pour de l'argent dilapidé au jeu, et on lance toutes sortes de malédictions à l'endroit de son locataire. Les gens mettent tous leurs malheurs – des grandes catastrophes jusqu'aux petits problèmes sans importance – sur le dos du prisonnier. Sans cause ni raison, tout ce qui est mauvais lui revient et le curé du village encourage en chaire : « Pourquoi dites-vous de gros mots à vos voisins, à votre gentille épouse, à vos enfants dont vous êtes fiers ? Si vous avez vraiment besoin de jurer, crachez en direction de la tour ! »

Il est rare que la cellule demeure vide longtemps. En l'absence de prisonnier, la société deviendrait décadente (les vieux le croient en tout cas) et surtout les gens s'ennuieraient. Alors quand il ne se trouve nul candidat digne de la cellule, le malheureux pensionnaire du moment peut y croupir plus que mérité, quoique son crime étendu sur la fenêtre ait déjà été séché par le soleil et le vent.

Mais revenons à notre Ludger Sylbaris, seul survivant du drame de la montagne Pelée et ultime prisonnier de la tour. Il y végète depuis vingt-quatre ans. Il avait dix-sept ans quand on l'a enfermé et enfin, à quarante et un ans, il va pouvoir sortir, recouvrer la liberté, grâce au volcan.

On l'avait accusé de plusieurs viols sur des sœurs après qu'il se serait introduit de nuit dans le couvent et aussi d'avoir insulté publiquement des curés. Ludger Sylbaris a reconnu quelques mots injurieux à destination des curés, mais a rejeté fermement l'accusation de viols. Il a crié son innocence mais le juge, ne lui accordant même pas le temps de se défendre, a prononcé le verdict : quatre-vingts ans de prison.

De fait, ces accusations sont plutôt douteuses car, à l'époque, l'âge moyen des sœurs est de soixante-sept ans, la plus jeune en ayant quarante-quatre. De plus, Ludger Sylbaris est un beau grand jeune homme, idole des jeunes filles du village, et il a une petite amie, la douce et charmante Alissa.

La peine consécutive aux prétendues insultes semble aussi très excessive. Bien entendu, si on bafoue publiquement les curés et qu'on leur tape dessus, une punition s'impose. Mais pas une peine de quatre-vingts ans de prison infligée à un garçon de dix-sept ans !

Ludger Sylbaris a néanmoins passé vingt-quatre ans dans la cellule en haut de la tour pour ces motifs obscurs. Puis, le 8 mai 1902, la montagne Pelée est entrée en éruption. Ludger Sylbaris a regardé bouche bée cette scène effroyable à travers les grilles de sa fenêtre, les laves engloutissant plus de vingt-huit mille habitants. Au cœur de la catastrophe, il a assisté à toutes les tragédies de la ville et n'a été secouru que juste avant que la chaleur des feux n'avale la tour.

L'édifice est très grand, malgré tout, comment est-il parvenu à résister aux débris volcaniques qui ont plu sur la ville, comment Ludger Sylbaris a-t-il évité l'asphyxie, tout cela est mystérieux. En tout cas, lui qui a toujours été l'objet de la haine et des sarcasmes des gens de Saint-Pierre a été sauvé par là même. Ses prétendus crimes ont été ensevelis dans le chaos, avec tous ceux qui se souvenaient de cette affaire. Il est redevenu un homme libre.

Aux journalistes qui réclament une interview en se ruant sur lui, Ludger Sylbaris oppose son silence. Évitant les regards, il disparaît silencieusement. Des rumeurs circulent sur le miraculé mais, comme toute passion dans ce monde, l'existence de Ludger Sylbaris est bientôt oubliée.

Le temps à Saint-Pierre est figé dans la roche. Mais le temps de Ludger Sylbaris continue de s'écouler. Il a traversé la mer et est arrivé au Mexique. Il a vécu trente ans retiré dans le désert. Personne ne s'intéresse plus à lui ni à ce qu'il a connu. Dix ans après sa mort, un ouvrage signé de son nom est publié aux États-Unis, en Louisiane, intitulé *Les Gens de Saint-Pierre*. Ce livre de cinq cents pages, imprimé en minuscules caractères, raconte l'histoire de la ville et de ses habitants jusqu'à l'éruption du volcan, le tout dans un style sobre et d'un point de vue relativement objectif. Pendant trente ans, tous les jours il doit avoir écrit ces lignes, dans son désert. Notons que l'ouvrage contient quelques passages étranges. Je vous propose de jeter un coup d'œil rapide sur l'un d'eux.

Je vis que l'abbé Clioret avait une queue de blaireau aux fesses. L'évêque Tesmund lui aussi avait une queue de blaireau aux fesses. Celle de l'évêque était un peu plus grosse et un peu plus longue que celle de l'abbé. Comme je me tenais assez loin, je ne saurais affirmer qu'il s'agissait réellement d'une queue de blaireau. Peut-être d'écureuil ou de renard. Maintenant avec beaucoup de recul, je me demande parfois si ce n'était pas une queue de loup ou d'un chien de chasse. Peu importe, quelle que soit la forme, une queue ne doit pas se trouver au derrière d'un humain. J'avais à l'époque dix-sept ans. J'étais jeune, mais je savais du moins qu'une queue de blaireau devait se trouver sur un blaireau.

Je regardais l'abbé Clioret et l'évêque Tesmund qui se frottaient les fesses devant la sainte croix. Ils se fourraient la figure dans la queue l'un de l'autre en se reniflant. Quand ils en eurent assez, ils s'allongèrent sur le côté en caressant leur queue – cela ressemblait aux singes qui s'épouillent l'un l'autre – et quand l'évêque caressait la queue de l'abbé, l'abbé faisait tournoyer plusieurs fois la sienne, raide, en signe de satisfaction.

Juste à ce moment-là, la rampe sur laquelle je m'appuyais craqua légèrement. À ce bruit, l'évêque Tesmund m'aperçut. J'eus tellement peur que je me sauvai à toute allure sans regarder en arrière ni obéir à l'évêque qui me sommait de revenir. Je ne m'arrêtai pas, courant et courant jusqu'à la colline des Ormes. Tremblant d'effroi, j'attendis longtemps Alissa sur la colline. Je n'entendis des bruits de pas que tard dans la nuit, et au lieu d'Alissa ce sont des gendarmes qui vinrent et m'arrêtèrent.

Ce n'est pas le seul passage où Ludger Sylbaris raconte des histoires bizarres. Le boucher du village, Billy, avait quatre couilles et deux pénis, prétend-il. Comme il avait toujours un désir incontrôlable, il en utilisait un pour faire cela avec sa femme, et l'autre pour faire ceci avec son cochon. Autre cas, dans la famille Daily, toutes les deux générations, un enfant naîtrait avec des griffes de hibou. Pour cacher ce secret, à la naissance d'un garçon, ils lui couperaient les orteils et si c'est une fille, ils la tueraient puis l'enterreraient secrètement. Son livre raconte encore bien d'autres anecdotes sur le petit monde de Saint-Pierre. Ludger Sylbaris les rapporte dans des descriptions précises jusqu'à la cruauté.

Est-ce sa vengeance ? Sa malédiction proférée sur la cité qui l'a enfermé pendant vingt-quatre ans en se moquant sans cesse de lui, qui était évidemment innocent ?

Beaucoup de gens disent que c'est un désir de vengeance mesquin et fou qui l'a conduit à écrire ce livre. Moi, je ne suis pas tout à fait de cet avis. Comment un homme qui a vu ses compatriotes périr en un instant dans un déluge de lave pourrait-il passer trente ans dans le désert à ressasser ses rancœurs?

« M'enfermer dans la tour et m'agonir d'injures! Ah, vous allez voir, c'est votre tour d'aller vous faire foutre. Maintenant je suis seul à pouvoir écrire l'histoire de Saint-Pierre, je vais vous coller une queue de blaireau au derrière. Tant que l'écriture sera un moyen de transmission, vous resterez dans la mémoire des gens comme l'abbé à la queue de blaireau! Ah! ah! ah! »

Ce n'est pas crédible, non?

Parfois j'entre dans ma bibliothèque et je feuillette *Les Gens de Saint-Pierre*. Je pense à ce qu'a été sa vie durant trente ans, loin de tous, cultivant son potager, dressant la table, dînant seul sous la faible lueur des bougies... une vie désespérément calme.

Ludger Sylbaris n'a jamais bougé de Saint-Pierre avant la catastrophe. C'est là sa terre natale, le lieu de son enfance et de tous ses souvenirs. Il n'a jamais connu d'autres endroits, n'a jamais imaginé quitter un jour sa ville. Dans le désert mexicain, du moment où il ouvre les yeux, le matin, jusqu'au moment où il les ferme, le soir, il songe à sa ville engloutie. La belle comtesse, les jeunes filles rieuses, le son de cloches résonnant dans les rues au soir, le bruit des charrettes transportant le lait, la place du marché avec les gens joyeux et, en quelques secondes, tout transformé en cendre: ces images doivent se répéter indéfiniment dans sa tête. Que s'est-il donc passé là-bas? Pourquoi moi seul ai-je survécu? Pour m'exiler sur cette terre lointaine?

Ludger Sylbaris est la mémoire de Saint-Pierre désormais. Non par vocation, simplement parce qu'il ne peut rien faire d'autre. Au fur et à mesure qu'il écrit, ligne après ligne, les routes se reconstruisent, une charrette de lait y passe à nouveau. Les fleurs repeuplent les jardins, les gens reviennent sur la place du marché, de gentils moutons suivent le berger, la belle Alissa, son amour, lui sourit là-bas en agitant sa petite main.

« Ludger, à tout à l'heure sur la colline des Ormes ! »

Alors, pourquoi, trente ans plus tard, les gens de Saint-Pierre sont-ils devenus des monstres ? Qu'est-ce qui a pu se passer dans ce labyrinthe imaginaire où Ludger Sylbaris a erré chaque jour depuis ? Pourquoi, diable !, pourquoi Ludger Sylbaris a-t-il écrit cela ?

LES SYMPTOMATIQUES

Selon le rapport du Manhattan Consulting, en 2005, le nombre de personnes buvant chaque jour du pétrole à la place de l'eau minérale s'est élevé à plus de mille quatre cents dans le monde. Cette étude ne concerne pas les enfants des pays pauvres qui prennent quelques gouttes de pétrole en guise de vermifuge mais des gens aisés consommant quotidiennement au moins deux litres d'une essence – par ailleurs de qualité supérieure. La plupart d'entre eux habitent des appartements luxueux dans les grandes villes, Londres, Paris, New York. Élites de la société, riches, ils travaillent dans les secteurs du droit ou de la finance. Leur mode de consommation est très varié : boisson courante, fortifiant contre la fatigue ou encore alternative à l'eau dans la préparation des plats.

M. Terry Burns, financier londonien et amateur de pétrole depuis dix ans, s'inquiète de consommer plus que sa BMW. « J'ai tout essayé mais, pour une quantité égale de pétrole, ma voiture affiche des performances supérieures aux miennes. Est-ce la BM qui est meilleure ou moi qui gère mal mes besoins ? » s'interroge-t-il. Sincèrement, je ne vois pas quoi répondre à une question aussi saugrenue sinon que le monde est à ce point sens dessus dessous que nous disposerons bientôt de nouveaux modèles de BMW qui rouleront avec des Dunkin' Donuts ou des hamburgers de chez McDonalds, si ça peut rassurer ce monsieur.

Pourquoi diable ces gens, éduqués, aisés, boivent-ils du pétrole ? Selon eux, ça alimente leur corps et leur esprit mieux que tout. Ils sont persuadés de rendre ainsi leur existence plus dynamique et plus régulière, à l'instar d'un moteur de voiture.

« Il suffit de faire le plein. Ce serait dommage de gâcher nos affaires par manque de sommeil ou par excès de fatigue et, à vrai dire, pas très professionnel. Les attitudes archaïques ne nous permettront pas de survivre dans la société moderne. Nous considérons que la carte traditionnelle – protéine, glucide, lipide – engendre des dérèglements nocifs. Les menus à base de pain et viande distraient les hommes et amoindrissent leur crédibilité. Le pétrole est l'avenir de l'humanité. Regardez autour de vous. Nous sommes au XXIe siècle, le paradis de la vitesse. Nous devons être prêts à bondir à tout moment ! »

Un habitant de Hong Kong, M. Shintiandi, mange du verre comme plat principal. C'est littéralement son menu quotidien. Encore plus surprenant, il ne prend rien d'autre en accompagnement. À cette nouvelle, un scientifique a avancé l'hypothèse que le verre contiendrait tel élément calorique ignoré jusqu'alors. Cette idée est assez embarrassante, surtout venant d'un scientifique. Le verre, comme on l'apprend à l'école, est une matière non organique qui comporte moins de 0,1 % de calories. Certains s'indignent et protestent : « Dire qu'on peut vivre en ne se nourrissant que de verre ! C'est débile ! » Je partage leur avis. L'homme ne peut vivre de verre. Pourtant, M. Shintiandi, comme s'il se moquait de nous, comme s'il envoyait balader la science, est en parfaite santé, croquant son verre, rien que son verre. Père de trois filles et de deux garçons, il a vécu cinquante-quatre ans ainsi et, sauf accident, a encore vingt ou trente ans devant lui. Il pratique tous les matins ses arts martiaux dans un parc, et depuis quelque temps fait partie du club Rire dans les parcs hong-kongais, un groupe dont les membres se retrouvent assis en rond et rient en se regardant pour chasser les tensions et prévenir la vieillesse.

« Quel est votre verre préféré ?

— Le cristal.
— Et quel verre vous détestez le plus ?
— Le miroir, bien entendu.
— D'où vous est venue cette envie de verre ?
— Petit, j'avais un très beau verre en cristal dont je suis complètement tombé amoureux. Il avait pour moi plus d'attraits que le diamant ou l'or. Je passais des heures à le contempler, soigneusement posé sur mon bureau, sans jamais me lasser. Un jour, l'envie de le goûter m'a frappé, un glissement de la passion visuelle au désir gustatif. Alors j'ai croqué dedans.
— Comment vous l'avez trouvé ?
— Bon. »

Un Australien, M. Steven McGee, a l'habitude de grignoter de l'acier au fil de la journée. Il en brise un morceau avec ses dents, un petit bout, puis le fait fondre avec sa salive. Il suçote les morceaux de métal comme des bonbons. Sauf que ce ne sont pas des bonbons. En 1988, à San Francisco, il a été arrêté par la police pour avoir boulotté un morceau du Golden Gate Bridge. Le dossier établi à l'époque décrit en détail l'incident et le journal local *SF Gate* a consacré un article sur « L'homme qui n'a pas pu retenir son appétit devant la majesté du Golden Gate Bridge ».

Moi qui suis gardien du Placard n° 13 depuis sept ans, je ne me laisse pas trop impressionner par ces récits. J'ai juste été un peu étonné que les dents humaines puissent être plus résistantes que l'acier et que la salive contienne un élément qui le fasse fondre. Si ça continue, au XXIIe siècle, le fait de cracher sera considéré comme une tentative d'homicide.

Dr Kwon et moi allons en Australie pour rencontrer ce McGee. Nous voulons vérifier s'il mange effectivement de l'acier et, dans l'affirmative, examiner ses dents et prélever un échantillon de sa salive. Quand nous arrivons, M. McGee glane de vieux métaux à la casse. Il se retourne vers nous avec un sourire chaleureux et nous tend la main. Il ressemble à Monsieur Tout-le-monde. Il accède volontiers à notre requête en nous présentant ses dents. Elles sont tout le contraire de ce à quoi nous nous sommes attendus. Sa dentition est loin d'être en bon état. Il lui manque sept dents et trois de celles qui restent bougent légèrement. Il a, de plus, une haleine peu ragoûtante. Loin de croquer dans du métal, rien que mâcher une pomme lui aurait coûté. Un peu déçu, je lui demande :

« Ça doit pas être facile de croquer de l'acier ?

— Ah, ces dents-là ? C'est le glucose. Ma femme dit que je mange trop de sucreries au dessert. Faudrait que je réduise à cause des caries qui s'ensuivent. Mais pour l'instant, ça ne pose pas de problème pour l'acier », a-t-il répondu dans un sourire.

Après quoi il ramasse un morceau au sol et le met dans sa bouche. Quelques secondes plus tard, comme par miracle - *klang !* - il brise le morceau en deux et commence à le suçoter.

À Singapour, un homme s'alimente principalement de papier journal. Bon, au stade où nous en sommes, ce n'est même plus étonnant. Quand on vit de pétrole, de verre ou d'acier, le papier journal passe pour une coquetterie. Sa consommation moyenne quotidienne est de six journaux. Au petit déjeuner il prend du café et du journal. Il parcourt d'abord les pages Politique, puis les avale ; il lit ensuite les pages Culture, puis les avale. Le dimanche, comme il n'y a pas de quotidien, il mastique quelques tabloïds.

« Le week-end, je n'ai pas le choix mais, en semaine, je ne mange pas d'hebdomadaires. Ils n'ont pas tellement de goût.

— Quel journal préférez-vous ?

— Si l'article est intéressant, quelle que soit la qualité du papier, c'est toujours bon. Ceci dit, les journaux américains sont relativement fades, beurk ! Le moins bon de tous, c'est le *New York Times*.

— Il vous arrive de manger une page sans l'avoir lue auparavant ?

— Ça se peut. Mais je préfère lire ce que je mange, et puis ça me distrait aussi.

— Qu'est-ce que vous mangez exactement ? Des informations ou du papier ?

— Les deux, je crois. Comme le parfum et le goût des aliments, il me faut les deux.

— Dans ce cas, vous pourriez aussi bien manger les infos de CNN ?

— Vous plaisantez ? Y aurait pas le plaisir de mâcher ! »

Ceux que je viens de citer ne sont pas les seuls à manger ces aliments plus ou moins délirants. En Mongolie intérieure, une écolière mange plus d'un kilo de terre tous les jours en dépit des efforts de ses parents et de ses instituteurs pour l'en dissuader ; un Finlandais prend une quantité minime de protéines et trois cents watts d'électricité par jour pour compenser l'énergie manquante. En Chine, un homme consomme les tuiles du toit de sa maison multiséculaire, dilapidant au passage un héritage ancestral. Il y a aussi des gens qui préparent leur sandwich avec de la pâte de copeaux au lieu de pain. Au Vatican, un bibliothécaire a dévoré sept cents ouvrages précieux. Au procès, les juges ont demandé : « Pour quelle raison avez-vous mangé ces saints livres, héritage du haut esprit humain, témoignage de notre Histoire, trésors pour la recherche ? », il a répondu : « J'avais un creux. »

Comment interpréter ces phénomènes ? Pourquoi ces gens préfèrent-ils le pétrole aux sublimes poulpes sautés, par exemple ? Tous les organismes vivants savent intuitivement ce qui est bon pour eux. C'est l'« effet Garcia ». On pourrait goûter une fois du papier, mais notre instinct trancherait vite : « Non, ce n'est pas de la bouffe pour un homme, faut que je respecte ma nature. » Tel est le raisonnement d'une personne normale. Alors, pourquoi certains persistent-ils dans ces pratiques démentes ? Pour démontrer que les hommes peuvent avaler n'importe quoi ? Pour porter la révolution au sein de nos habitudes ? Ou simplement pour passer à la télé ?

Je ne sais pas si ces phénomènes sont mineurs. Quand on voit ces trucs à la télé, on les considère comme marginaux. Tout juste si on lance des: « Putain, la Terre est assez vaste pour tous ces dingues! », « Ah, les drôles de cocos! ».

Pourtant, on compte plus de mille quatre cents pétrophiles, chiffre en constante augmentation (+5 % par an). Ce n'est pas rien. Ceux qui se nourrissent de verre abolissent les principes de la nutrition. Et que dire de ce Finlandais qui vit à coups d'électricité! Du point de vue de l'Évolution, ces phénomènes sont encore plus étonnants. En fait, on pourrait dire que certains individus ont atteint une étape où ils puisent en d'autres modes leur énergie vitale.

Des scientifiques renommés, tels Niles Eldredge et Stephen Jay Gould, suggèrent que, au cours de l'Évolution, les espèces restent stables quelques millions d'années avant une mutation soudaine. Autrement dit, l'espèce évoluerait quand le terrain lui en intimerait le besoin. Lorsqu'elle ne peut plus supporter lesdits changements extérieurs, elle évolue d'une manière subite. (L'expression « subite » de Eldredge relève du temps de l'Histoire, soit une dizaine de milliers d'années, quand, dans le même temps, l'environnement de la planète évoluait lentement. Depuis la révolution industrielle, comme nous le savons tous, notre monde connaît des bouleversements brusques et imprévisibles. Résultat, tout est devenu un immense foutoir.)

Son hypothèse est que les modifications externes accéléreraient l'évolution des espèces. Aujourd'hui plus que jamais, notre espèce aurait ce besoin urgent de muter. Pensez au XXe siècle et à son histoire mouvementée, le XXIe que nous abordons, déjà exsangue! Notre époque est marquée par ces changements inconnus jusqu'alors. Et les symptômes de la nouvelle évolution se manifestent désormais dans le monde entier. Sans doute est-ce inévitable: le monde change, l'essence de l'homme qui vit dans ce nouvel environnement doit donc changer, pas une certaine essence philosophique ou éthique mais biologique.

Nombreux sont ceux qui annoncent l'arrivée d'une nouvelle espèce. Faute d'un terme existant et d'une définition scientifique appropriée pour les désigner, nous les appelons « détenteurs de symptômes » ou, plus couramment, « symptomatiques ». Les symptomatiques sont plus ou moins hors normes. Disons qu'ils sont entre l'homme actuel et l'homme à venir. Ils peuvent être les derniers des hommes autant que les premiers.

Parmi eux, certains ont une vigne ou un cactus qui pousse de leur doigt. D'autres ont des écailles de lézard sur le corps. D'aucuns cumulent les organes génitaux féminin et masculin et pourraient se reproduire seuls. Il en est qui ont développé différents sens au bout des doigts, voyant des images, percevant des odeurs, toujours par le toucher. Durant ces quarante dernières années, Dr Kwon a étudié des symptomatiques du monde entier. Voilà pourquoi le Placard n° 13, que nous entretenons lui et moi, est gavé de dossiers sur ces individus qui expriment peut-être le futur de notre humanité.

« Pourquoi votre foutu placard est-il bourré de ces documents insensés ? » Si on me posait cette question, j'aurais de la peine à y répondre. Non seulement l'histoire du Placard n° 13 est complexe, mais si j'y apportais une réponse honnête, vous ne la croiriez pas. Il a fallu à Ludger Sylbaris plus de trente ans pour portraiturer les gens de Saint-Pierre. Je préférerais avancer aussi lentement dans la description du Placard. D'autant que moi-même, je ne sais pas trop ce que signifient ces documents collectés.

« C'est un peu comme une étude ethnologique ? »

À ma première question au sujet du Placard n° 13, Dr Kwon m'a répondu :

« Il s'agit de la fin de la Bible. Et de la fin de l'espèce humaine. C'est aussi le début d'une nouvelle espèce. »

Il y a deux cent mille ans, une femme africaine est supposée avoir rompu avec les anthropoïdes. C'est l'hypothèse classique, dite « Ève mitochondriale », selon laquelle l'espèce humaine serait née d'une femme dont les descendants auraient quitté l'Afrique vers l'est, passant par l'Asie de l'Ouest et l'Asie centrale. Ils auraient traversé le détroit de Béring avant d'arriver en Amérique du Nord, puis de descendre vers le sud. Il y aurait eu de la sorte une, puis deux vagues d'immigration. Ceux qui ont choisi de rester, OK, ceux qui ont choisi de continuer ou sont repartis. Bref, ce sont des processus complexes qui finalement firent que les hommes s'installèrent partout sur la planète, se reproduisant ainsi durant deux cent mille ans. Ce faisant, ils ont fichu le bazar sur Terre comme s'il s'agissait d'une gigadéchetterie. Ils ont envoyé leurs vaisseaux sur Mars ou Jupiter et ont rasé un tiers de la forêt amazonienne pour y mettre des bœufs à mettre plus tard dans leurs hamburgers.

Dr Kwon dit que le moment est venu pour l'espèce humaine de céder sa place. Comme les dinosaures se sont résolus sagement à tirer leur révérence, les humains vont quitter l'Histoire. Pourquoi ? Ben, il semble qu'ils ne supportent plus la civilisation qu'ils ont bâtie. Quelle poilade ! Ce n'est même plus la question de l'environnement, c'est l'ordre qu'ils ont construit eux-mêmes qui les pousse vers la sortie. Au suivant !

Oh bien sûr, moi aussi il m'est arrivé d'imaginer la fin du monde, chute d'un météore, catastrophe climatique, bombes atomiques déclenchées par un fou, apparition d'un nouveau virus, sans oublier l'intelligence artificielle et la société des machines. Mais jamais je n'aurais imaginé les humains sortis à reculons de l'Histoire par les propres règles qu'ils ont édictées. Qu'est-ce que cela signifie ? Qu'en deux cents ans le capitalisme a grandi jusqu'à devenir un monstre incontrôlable qui dévore morceau après morceau toute la société des hommes ?

« Une nouvelle espèce est en train d'apparaître. Il ne s'agit pas d'évolution mais bien de la naissance d'une nouvelle espèce.

— Alors l'ère des humains serait close ?

— Probablement.

— C'est triste, non ?

— Rien n'est éternel.

— Alors, dans dix mille ans, si on veut voir des hommes, il faudra aller au Muséum d'histoire naturelle...

— Dix mille ans ? Comment voulez-vous espérer que l'homme tiendra encore dix mille ans à ce rythme-là ?

— Ben merde, vous pensez à combien d'années?

— Mille ans? Peut-être moins. Et pour que les traces des humains soient conservées dans les musées, il faudra que la nouvelle espèce s'intéresse à nous, déjà. Par exemple, pour rappeler à leurs enfants ce qu'il ne faut pas faire, que l'espèce humaine aura été une espèce stupide.»

Dont acte. Le présent écrit porte sur cette nouvelle espèce, aujourd'hui considérée comme un accident de l'Histoire. Il porte sur ces individus qui ont souffert de l'accélération brutale de l'Évolution les ayant mis en avant trop tôt; individus qui ont été victimes de ce cruel coup du sort sans trouver d'aide auprès de la médecine, ni auprès de la science en général et pas plus auprès des institutions. Ceux qui, corps et âme désertés, ont été enfermés dans une existence solitaire. C'est l'histoire des symptomatiques qui vivent dissimulés dans un coin perdu, sans personne à qui confier leur peine, dans notre paradis des sciences où tout devient magie noire et sorcellerie dès que l'on s'éloigne de l'orthodoxie.

Prenons l'exemple de ce type dont le corps produit une quantité extraordinaire de méthane: à approcher de sa bouche un briquet quand il rote, on produirait une flamme digne d'un chalumeau. Dans son enfance, il lui est arrivé de brûler les cheveux de toute sa famille en soufflant les bougies de son gâteau d'anniversaire. Il a grandi en jeune garçon timide et peu bavard. Il est resté cloîtré des années dans sa chambre avec son secret honteux. Quand enfin il est sorti de sa tanière pour se confier à un médecin, l'ordonnance médicale, le verdict de la Science, notait: «Ne pas faire de bêtises comme d'approcher un briquet devant la bouche au moment d'un rot. Ne jamais roter face aux flammes.»

Nos sciences sont ainsi, pragmatiques. Mais pouvez-vous concevoir l'indignation et la tristesse de l'homme dont on veut ignorer l'existence même? Son anxiété, son horreur ne viennent pas tant de «Pourquoi je provoque un tel embrasement avec ma bouche?» mais «Pourquoi je ne suis pas comme les autres?».

Les symptomatiques ne comprennent pas comment ces choses leur arrivent. Les hôpitaux ne peuvent rien pour eux, la science ne les reconnaît pas et ils ne bénéficient d'aucune prise en charge sociale. Abandonnés dans nos villes, que deviennent-ils ? On peut les exhiber dans des émissions comme « Croire ou ne pas croire », « Choquante Asie » ou « Comment ? Dans ce monde ? » pour passer un moment de franche rigolade, ou, passé le premier choc, les oublier très vite et les repousser aux marges sombres de la société ? Ou enfin, les classer parmi les malades mentaux, avec les névrosés, les paranoïaques, les délirants, pour les enfermer dans le trou noir ultime des hôpitaux ?

À l'attention de ceux qu'une conclusion trop rapide tenterait, je tiens à préciser que mon intention n'est nullement de présenter des bêtes de foire au voyeurisme des médias ni de raconter des histoires fantastiques genre celle d'un génie parcourant le ciel sur un tapis volant ou celle d'un sorcier qui transforme un humain en grenouille d'un simple « Abracadabra ». Moi qui suis souvent considéré comme trop raisonnable, trop logique, moi qui me prends souvent le reproche d'être « raide comme la justice », d'où me viennent ces histoires et pourquoi cet écrit ? C'est simplement que ces choses-là, ces histoires incroyables, existent réellement. Peu importe qu'on l'admette ou pas. Peu importe qu'on les comprenne ou non. Ces mutations effarantes, ces réalités déniées, se produisent à chaque instant dans notre ville, dans notre maison, et même quelque part au plus profond de notre corps, intestins, appendice, que sais-je, et conditionnent notre existence et notre destin.

Et maintenant je vais vous raconter l'histoire de ces symptomatiques qui errent dans nos villes, abandonnés.

LE GINKGO

Il y a un homme: au bout de son auriculaire pousse un ginkgo.

C'est un homme ordinaire, la quarantaine, qui tient une papeterie face à une petite école primaire de province. Entre juillet 1998 et octobre 2001, nous l'avons eu chaque mois en consultation. Arborant une calvitie précoce, il fait plus que son âge; avec des membres trop fins pendant le long de son corps tout rond, il donne une légère impression de déséquilibre, sinon rien ne le distingue vraiment de n'importe quel quidam. À ceci près, nous explique-t-il, que récemment en se taillant les ongles il a découvert un arbre qui poussait au bout de son doigt.

«Au début, je croyais qu'il s'agissait d'une arête de poisson fichée là. Quand j'ai compris que c'était un arbre, ça a été la surprise totale.»

À cette date, l'arbre dans son doigt est minuscule, on dirait une verrue, un grain de beauté. Pourtant, à y regarder de près, on distingue, oui, nettement, des racines et trois branches. Dr Kwon l'a examiné longuement avec sa loupe avant de déclarer: «Il s'agit bel et bien d'un ginkgo.» La sentence rendue par un docteur en biologie fait soudain officiellement de ce papetier «L'Homme au Doigt duquel pousse un Ginkgo». De mon côté, je trouve un peu ridicule de nommer ginkgo ce truc qui ressemble à presque rien. Pour moi, le ginkgo est un arbre immense et majestueux, qui vit plus de mille ans.

Le papetier est timide. Pendant la consultation, il se tourmente de ne pas savoir où poser son regard et rougit comme une fillette aux plaisanteries de Dr Kwon. Il a un mal fou à trouver les mots pour répondre aux questions posées et exprimer ses pensées les plus banales semble un exploit insurmontable. Sauf quand il s'agit du ginkgo. Là, c'est un tout autre homme. Dès que nous avançons un mot sur l'arbre, il prend confiance et s'anime. Le visage rayonnant, il peut parler du ginkgo durant des heures.

«Ce mois-ci, il a beaucoup grandi. Vous voyez? Là, ici, ses racines ont poussé plus profond. À gauche, une nouvelle branche commence à sortir. Le mois dernier, j'étais mort d'inquiétude parce qu'il dégageait une mauvaise odeur, comme s'il pourrissait. Je crois que c'est mon savon qui ne convenait pas. C'est pourquoi je ne touche plus du tout à la lessive. Et, ça va beaucoup mieux. J'ai aussi déplacé le comptoir de ma boutique devant la fenêtre, pour qu'il prenne plus de lumière. Dans la journée j'immobilise mon bras gauche car le secouer sans cesse n'est pas bon non plus, ça peut le troubler. Vous aller voir, maintenant que j'ai compris comment m'y prendre, il va grandir à vue d'œil.»

Néanmoins, un temps, le ginkgo stoppe sa croissance à deux centimètres huit. Tous les troisièmes mercredis après-midi, je prends une photo de l'arbre, mesure sa taille, enregistre diverses données dans le fichier. Là, il est clair que l'arbre a cessé de se développer. Pour nous, c'est plutôt une bonne nouvelle. Nous imaginions avec crainte que ce ginkgo au bout d'un doigt deviendrait comme un arbre géant dans la forêt.

«Pourquoi le ginkgo ne grandit plus?» nous demande souvent le papetier avec une mine inquiète. Moi je lui réponds seulement: «En vérité, nous n'en savons rien.» C'est une réponse honnête. Franchement, je n'ai pas grand-chose d'autre à offrir, rien que concevoir le fait – un arbre qui pousse au bout d'un doigt – dépasse largement mes capacités cognitives. J'ai envie de prendre le ginkgo au collet et de lui demander: «Hé, Ginkgo, qu'est-ce que tu as en tête? Là où tu devrais planter tes racines, c'est sous la terre où grouillent des lombrics et des fourmis, allons!»

«L'Homme au Doigt duquel pousse un Ginkgo» a hérité de la boutique paternelle après le lycée. Il paraît que, du temps de son père, le commerce tournait plutôt bien. Mais au fil des années les campagnes se sont vidées au profit des villes. Le village où se trouvait la papeterie n'était pas une exception et sa prospérité a épousé la courbe descendante de la natalité rurale.

«J'ai vécu vainement tout ce temps-là. C'était la vie d'un gardien de jouets bon marché et de saloperies à grignoter que personne ne venait plus acheter. Je ne faisais rien de mes journées sinon chasser les mouches. En y repensant, je n'ai rien fait pendant plus de vingt ans, assis sur ma chaise, vingt ans, face à un bureau qui prenait la poussière. Vingt ans... Notez, je ne me plains pas que ça ait été si dur; je suis habitué à supporter l'ennui, c'est bien mon genre, ça, l'ennui.

— Patron d'une papeterie, avec tous les gamins, ça pourrait être un chouette boulot, me semble-t-il. Rendez-vous compte, rien n'est plus beau que les enfants. Tous les matins, vous les entendez, joyeux et pleins de vie, qui passent devant votre vitrine en pépiant comme des oiseaux. Les rues où passent les mômes ne manquent ni de gaieté ni de rires. "Bonjour, les enfants", "Bonjour, monsieur", ainsi vous vous échangez des saluts. C'est gai.»

À ces mots, il laisse échapper un sourire amer.

«Vous ne connaissez pas les enfants. Ce sont des diables aux masques d'anges.»

Tandis que je note ses résultats, il me demande si je décèle un signe de bon augure. Moi, je lui sors la même rengaine, invariable.

« Rien de spécial, mais rien de pire non plus. »
À chaque fois, son visage affiche sa peine.
« Je regarde tous les jours le ginkgo. Je sens qu'il faudrait que je trouve quelque chose pour lui, mais quoi ? En attendant, si je ne fais rien... un jour le ginkgo finira par mourir... Quand j'y pense, ah, je ne peux pas supporter cette angoisse. »
Il semble se sentir profondément responsable de la vie qui habite son corps. Je voudrais l'aider mais, comme je vous l'ai expliqué, je ne connais rien aux ginkgos ni à notre situation actuelle, donc je n'ai rien à dire de plus que ces mots plutôt vides qui se veulent honnêtes et réconfortants.
« Ne vous découragez pas. Le ginkgo est un végétal extrêmement coriace, il ne mourra pas. On dit qu'il aurait survécu à l'âge glaciaire. »
Il me répond d'un sourire dénué de conviction avant de rentrer chez lui, épaules basses.
Pourtant, à sa troisième année, le ginkgo se remet à pousser, et à une vitesse vertigineuse. Compte tenu du rythme de sa croissance passée, ce développement est tout simplement incroyable. De la taille d'un petit pois, il a atteint en un mois celle d'un marron, un mois plus tard c'est une orange et au troisième mois une pastèque !
« C'est extraordinaire. Ce mois-ci encore, il a drôlement gagné. Je crois que la décoction d'excréments lui a été bénéfique. Ouais, c'est vrai que ça sent, ha ! ha ! En tout cas, je suis bien content qu'il reparte avec cette vigueur. Non, ce qui m'inquiète... c'est que j'ai horreur d'attirer le regard des gens. Si on voulait me montrer à la télé, par exemple, comment faire ? Et si des foules se ruent vers moi, me demandant de leur montrer le ginkgo ? Je déteste le brouhaha. D'ailleurs, ça ne serait pas bon pour lui non plus. »
Nous, nous avons nos propres soucis. À ce stade, nous nous inquiétons essentiellement de la santé de notre papetier. L'arbre, qui n'a pas pris racine dans la terre, ne dispose évidemment que du corps de cet homme pour se développer et nous sommes incapables de prévoir les conséquences de cette symbiose. Les

racines du ginkgo ont atteint son poignet, son bras gauche est presque paralysé. Lui ne prête guère attention à cet aspect des choses, ne parlant que de prendre soin de son ginkgo.

« Je ferais peut-être mieux de ne rien dissimuler et de l'élever au grand jour. Ce sera sans doute un peu fatigant, mais si je veux continuer mes activités je ne vois pas d'autre solution. Il doit y avoir des spécialistes du ginkgo au ministère de l'Agriculture. Ils pourraient m'aider pour pas mal de choses, me donner de précieux conseils, non ? C'est que, à propos, j'ai des tas de questions. La lumière, par exemple, il en faut combien ? J'ai entendu dire qu'il y a des ginkgos mâles et des ginkgos femelles, alors, que dois-je faire pour la reproduction ? Si je reste les bras ouverts, est-ce le vent qui s'en chargera ou des abeilles ou des papillons qui s'en occuperont ? Je n'aime pas les abeilles, voyez-vous, comment faire ? Bon, ça va aller quand même, parce que les papillons, je les aime bien. »

À mesure que le temps passe « L'Homme au Doigt duquel pousse un Ginkgo » se décharne. Il a perdu beaucoup de poids, son corps volumineux des premiers jours a disparu, laissant place à un physique d'une inquiétante maigreur. Outre sa paralysie du bras gauche, il souffre de jaunisse, commence à avoir des troubles de la digestion – il reconnaît restituer tout ce qu'il avale. Nous le supplions d'accepter une intervention chirurgicale pour couper le bout de doigt et le débarrasser de l'arbre parce que, si nous restons les bras croisés, il va droit à la mort. Mais lui a poliment repoussé nos demandes. Il a juste mis de l'ordre dans ses affaires, comme quelqu'un qui s'apprêterait à mourir.

« Vous êtes tous devenus fous ! Vous trouvez ça normal ? Une histoire de maîtresse, encore, je comprendrais. Mais là, à cause d'un ginkgo, est-ce qu'on peut abandonner sa famille ? S'il est tant amoureux de son ginkgo, il n'a qu'à le garder dans un pot, essayez de le convaincre, enfin ! »

Toute retournée, sa femme est venue nous voir. Si pour moi déjà c'est insensé, pour elle cette situation est de la démence pure. La décision de son mari demeure inébranlable et ses arrangements rapides et simples. Il laisse la papeterie au nom de sa femme et s'en va. De la gare routière, il nous a appelés : « Je pars. Je vous remercie pour tout ce que vous avez fait. » Un appel bref, sans allusion quant à sa destination.

J'ai entendu parler d'une plante qui ne pousserait que sur les cadavres. Mais jamais d'un arbre qui pousserait sur un être vivant. Pourquoi est-ce arrivé ? Pourquoi cet arbre a-t-il rejeté la sainte et fertile terre bénie par la Déesse Mère et a-t-il pris racine dans les veines et la chair d'un être humain ? Jamais je ne comprendrai.

L'ancien papetier nous écrit de temps à autre. Une fois il a une cabane dans le mont Songni, une autre fois il vit dans les monts Taebaek. Comment parvient-il à se nourrir et à se déplacer à l'abri des regards, nous n'avons pas pu en savoir davantage. La dernière lettre a été envoyée depuis le mont Jiri :

Le ginkgo se porte bien. Et moi également. Je crois que le moment est venu qu'il s'enracine dans la terre. Il faudra que j'avance plus profondément dans la montagne. Quand ce sera fait, je ne pourrai sans doute plus vous donner de nouvelles. Jusqu'ici je ne me suis pas trop mal débrouillé, je m'en sortirai. Je vous remercie de m'avoir aidé à porter une vie dans mon corps. Surtout, ne vous inquiétez pas. Je suis enfin un homme heureux.

Moi qui ne porte pas de ginkgo, je ne vois pas comment on peut être heureux d'abandonner son corps à un vampire qui suce votre vie. Lui nous a affirmé le contraire. S'il vit encore, quelque part dans le lointain du mont Jiri, c'est sans doute grâce à son foutu arbre. Pendu au ginkgo devenu bien plus grand que lui-même, il doit se balancer lentement, comme une branche ou une feuille, s'alimentant peut-être à son tour de ce que le ginkgo puise au fond de la terre.

Le ginkgo est sur Terre depuis trois cent cinquante mille ans. Il a connu l'ère des dinosaures et a survécu à l'âge de glace. La durée de vie d'un ginkgo oscille entre quelques centaines d'années et plusieurs milliers. Je veux croire que son ginkgo s'occupera bien de notre papetier.

Parfois je me demande également s'il n'est pas devenu lui-même un ginkgo. Son corps se serait étiré lentement, une partie se transformant en racines, une autre partie en branches et le reste en feuilles. Se laissant flotter au vent du haut des cimes, il contemplerait en silence notre vie d'ici-bas, compliquée et futile.

« Monsieur le Ginkgo
Comment est-elle la vie à regarder le monde d'en bas du haut de votre cime ?
Elle doit être extra sans doute ?
Les villes d'ici sont si pénibles.
– Ce n'est pas si bien que ça.
Des piverts n'arrêtent pas de me piqueter l'écorce.
Des insectes m'agacent aussi.
Les fourmis, à leur tour, avançant à la queue leu leu
Creusent ma chair avec acharnement. »

DÉCROCHEZ LE TÉLÉPHONE

Le lundi matin, c'est toujours la même foutue galère. Je dois me débattre parmi tous les appels sur nos deux postes téléphoniques qui n'arrêtent pas de sonner. Comment ça se passe? J'appuie sur le bouton pour enregistrer l'appel. Puis je note le nom de mon interlocuteur et l'heure de début. À la fin de la consultation, dont je note également l'heure, je fixe le prochain rendez-vous. Quand je raccroche, comme par miracle ou par plaisanterie, une nouvelle sonnerie retentit. Alors je recommence tout le bazar. Parfois je ne fais que ça de la matinée, sans même avoir le temps de prendre un café à la machine. Pareil, il m'arrive fréquemment de me retenir de pisser jusqu'à midi, par manque de temps. De sorte que le lundi matin, mes questions profondes sont du genre: « Combien un humain peut-il stocker d'urine dans son corps et combien de temps? » Eh, grandiose!

La plupart des appels viennent de symptomatiques. Avec eux, pas de problème normal, pas de discussion normale, pas de conclusion normale. Comment avoir une conversation normale avec cet homme qui affirme avoir paumé son pénis après sa douche? Tout ce que je peux dire c'est du genre: « Regardez le sol de votre salle de bain, ou sous la bonde. Peut-être qu'il est tombé avec le jet. » À force de répondre par ces non-sens surgit au fond de moi-même un sentiment inexplicable, quelque chose comme de l'accablement. Ce n'est pas pour me plaindre, juste pour dire que c'est ainsi, que c'est mon travail. Mes jérémiades n'arrangeraient rien ; voilà.

Lundi matin, 9 h 25. Premier appel. Merde, Mlle Kang la journaliste. Commencer sa semaine avec Mlle Kang est l'exact opposé de ce dont peut rêver toute personne saine. Non seulement Mlle Kang est caractérielle et instable, mais, pire, elle est plus intelligente et s'exprime largement mieux que moi. Quand elle veut me coincer, je n'ai aucune chance. Après chaque conversation avec elle, j'ai l'impression de sortir d'une séance de bastonnade intense.

Mlle Kang souffre d'un symptôme particulier ; elle perd le temps. On appelle les gens dans son cas des « sauteurs de temps ». Juste après avoir perdu du temps, les sauteurs sont en général anxieux et nerveux. Le plus simple pour vous faire comprendre, c'est de vous faire écouter. Tenez :

« Pourquoi ne répondez-vous pas tout de suite ?

— Excusez-moi, mademoiselle Kang. Je suis arrivé un peu tard ce matin.

— Je sais que vous traînez volontairement pour prendre mes appels. Ça vous ennuie de parler avec quelqu'un comme moi ?

— Ah non, certainement pas, mademoiselle Kang.

— Quoi qu'il en soit, je n'y attache aucune importance. Mais je désirerais quand même que vous ayez un peu plus d'égard pour nos souffrances. C'est votre travail d'ailleurs, me semble-t-il ?

— Oui, oui, bien entendu. Dites-moi, votre appel ce matin, c'est à quel sujet ?

— Mon temps disparaît encore.

— Avez-vous constaté des différences par rapport aux disparitions précédentes ?

— Ça arrive de plus en plus fréquemment, et la durée de temps disparu s'accroît de façon très nette. Le pire, c'est que ça arrive toujours aux moments importants.

— Expliquez-moi ça.

— C'était il y a quelques jours, j'allais au bureau. Ce matin-là je devais faire une présentation devant les pontes de la boîte. J'ai pris le métro un peu plus tôt que d'habitude. Je suis montée à la station Ahyeon à 7 h 40. Quand je suis descendue à Sicheong, d'un coup il était 11 h 35. Je ne peux pas le croire ! Pour faire une distance de cinq minutes à peine, j'ai mis quatre heures. Je vous jure que je n'ai rien fait entre-temps. J'ai juste pris le métro, aspiré une fois profondément, jeté un coup d'œil au plan et suis descendue à la station Sicheong. Mais quatre heures s'étaient écoulées ! Je suis arrivée à l'heure du déjeuner. La réunion, évidemment, était fichue. Le rédacteur en chef, me voyant arriver avec quatre heures de retard un jour pareil, m'a regardée comme si j'étais un hippopotame. Et hier encore ! Deux heures avant de rendre mon papier, j'ai rassemblé les documents sur mon bureau, mes notes, j'ai allumé mon portable pour rédiger l'article, et puis, bang !, le truc est arrivé de nouveau. J'attendais le démarrage de l'ordinateur en regardant le curseur qui clignotait, et deux heures se sont envolées. Littéralement en un clin d'œil ! J'ai juste cligné des yeux une fois et deux heures ont disparu, plus exactement une heure et cinquante-trois minutes ! C'est à devenir folle ! Le rédacteur en chef ne me considère même plus comme un hippopotame.

— Votre montre, elle marchait normalement ?

— Ma montre est toujours exacte. J'en porte même deux sur moi. Ça veut dire que vous ne me croyez pas ? Vous insinuez que j'affabule ?

— Mais, bien sûr que si, je veux dire, que je vous crois, bien sûr que si. Ici, on ne peut pas ne pas croire, vous savez. Et puis honnêtement, je ne sais plus tellement distinguer ce qu'il faut croire ou pas.

— Ça va de mal en pis pour moi. Comprenez bien. Avant, je parvenais à mener une vie à peu près normale. Mais maintenant, je suis terriblement angoissée. Je n'ai plus le courage d'affronter cette angoisse quotidienne. Je veux rencontrer d'autres sauteurs de temps. Je veux leur demander comment ils se débrouillent, eux.

— Mademoiselle Kang, vous le savez, les coordonnées de nos patients sont tenues secrètes. Tous ne souhaitent pas forcément être connus des autres. Je suis désolé. En revanche, nous allons prendre les mesures nécessaires pour vous.

— Les mesures nécessaires? Mais c'est quoi, vos mesures nécessaires? Je n'ai pas besoin de ces espèces de conseils nullissimes que vous me prodiguez. Tout ce fatras est inutile! Vous êtes incapable d'imaginer ce sentiment atroce de s'être fait voler son temps. Je me fiche bien de vos conseils, ce que je veux c'est échanger avec des gens qui souffrent du même mal que moi. Et directement! Sans passer par vous qui n'êtes qu'un incompétent; moi-même, directement!

— Calmez-vous, mademoiselle Kang, je vous en prie.

— Si vous n'êtes même pas capable de répondre à ce genre de chose, il sert à quoi votre laboratoire? Je ne suis qu'un échantillon dans vos lumineuses expériences? Moi, je vous confie mes peines, mais vous ne faites rien! Vous ne comprenez rien à l'horreur que je vis!

— Je suis désolé. On va essayer de trouver des solutions.

— Vous ne voulez rien entendre, jamais. J'exige de parler à Dr Kwon.

— Le docteur est souffrant en ce moment. Il n'est pas disponible.

— Je vous rappelle demain matin. Vous aurez intérêt à avoir avancé d'ici là.»

9 h 37, deuxième appel. Mlle Kang Sin-ae. Vingt-six ans. Elle a un *doppelgänger*. Son double, identique à elle en apparence, lui rend régulièrement visite puis disparaît comme il est arrivé. Son *doppelgänger* ne sème pas la terreur comme dans les films gores. C'est plus une vilaine petite sœur. Écoutez:

«Elle me fait des problèmes.

— Quel genre de problèmes?

— Avant, elle rôdait autour de moi, puis s'éclipsait sans un bruit. Il y a bien eu quelques incidents mais jamais rien de très important. Ça restait des petites surprises. Aujourd'hui ce n'est plus pareil, ça devient grave. Une fois elle s'est acheté un tas de vêtements hors de prix avec ma carte de crédit – je l'avais laissée dans un tiroir. Récemment elle a fait des achats délirants sur internet. Imaginez, dans un studio de huit *pyeongs*, vingt-cinq mètres carrés, a-t-on besoin d'un canapé en cuir de buffle d'eau ? Et attendez, l'autre jour, elle est allée voir mon ami à son bureau. Devant tout le monde, elle l'a giflé en lui jetant que tout était fini entre nous, quelle folie !

— Vous avez l'intention de quitter votre ami ?

— Au contraire. Nous pensons à nous marier. Je n'ai pas encore la certitude que c'est LUI, mais il a une bonne situation, et en plus c'est une bonne nature.

— Dans ce cas, pourquoi agirait-elle ainsi ?

— Je n'en sais rien.

— Vous avez essayé de parler avec elle ?

— Bouche cousue ! Elle ne dit rien.

— En général, quand disparaît-elle ?

— Ça dépend. Quand ça va vite, c'est cinq minutes, mais elle peut aussi bien rester une ou deux semaines. Là, j'ai l'impression qu'elle s'incruste. Et moi ça me ronge.

— J'en parlerai avec Dr Kwon. En attendant, vous pourriez l'enfermer dans l'appartement quelques jours. De sorte que, le soir, vous parleriez toutes les deux au calme. Pour l'instant, c'est tout ce que vous pouvez faire, me semble-t-il.

— J'ai déjà essayé. Mais, quand j'ai enfin réussi à l'enfermer, je me rends compte que c'est moi qui suis enfermée.

— Mais enfin, vous plaisantez ? Avant de fermer la porte à clef, vous devez vous assurer que vous êtes *devant* la porte et non pas *derrière* la porte. Oh, excusez-moi, j'ai un autre appel. Je suis désolé de devoir vous laisser, mademoiselle. On en parlera plus longuement la prochaine fois. Au revoir. »

9 h 45. De temps à autre des gens sans symptôme particulier téléphonent aussi. La plupart du temps, ils sont pires que nos symptomatiques. Hwang Bong-gon, par exemple, ça fait deux semaines qu'il m'assomme avec ses appels insistants :

« Je veux devenir un chat.

— Vous vous trompez de numéro. Nous ne faisons pas ça ici.

— Monsieur, aidez-moi, s'il vous plaît. C'est une question de vie ou de mort. Je ferais de mon mieux.

— Qu'est-ce que vous feriez de votre mieux, monsieur Hwang Bong-gon ?

— Ma vie ne ressemble à rien. Boulot, repas, sommeil, même masturbation, rien ne marche normalement. Ma vie est un désastre. Monsieur, ma vie, c'est n'importe quoi. Je dois être un chat.

— Monsieur Hwang Bong-gon, à cause de vous, ma vie aussi devient n'importe quoi. Ce n'est pas une vie non plus : repas, pipi, caca, rien ne marche non plus pour moi. Je vous en supplie, laissez-moi, s'il vous plaît.

— Monsieur, le sens de ma vie consiste à devenir un chat. J'ai entendu dire qu'il y a quelqu'un chez vous qui en connaît un rayon sur ces choses.

— Combien de fois faudra-t-il vous le répéter ? Je ne sais pas d'où vous sortez ça, mais il n'y a rien de tel ici. D'ailleurs, transformer un humain en chat, vous croyez cela possible ? Allons, si vous continuez à nous déranger dans notre travail, je vais devoir avertir la police.

— Excusez-moi, excusez-moi. Je vous rappellerai plus tard.

— Ne rappelez jamais. »

Je regarde les poissons rouges dans l'aquarium. C'est un monde apaisant. De petites bulles montent, *pip pip pip*, le petit moulin tourne, *tcha tcha tcha*. Aucun poisson ne va demander à être changé en chat. Ils vivent en paix, ouvrent simplement le bec, *plop plop plop*, pas pour réclamer, *plop plop plop*, juste pour se nourrir. Dans le monde aquatique, il n'y a ni téléphone ni consultation. C'est un paradis.

Si ces consultations téléphoniques me bouffent l'existence, c'est que j'ai l'esprit trop sain, moi. Je ne peux tout simplement pas admettre qu'un humain veuille être changé en chat.

10 h 05. Quatrième appel, An Se-cheol. Lui ne se nourrit quasiment pas. Il mesure un mètre quatre-vingt-un et pèse

quarante-deux kilos quoique son poids ne cesse de diminuer. Suivant le modèle des moines japonais qui pratiquaient un jeûne extrême, voudrait-il devenir une momie vivante ?

« Vous avez petit-déjeuné ?

– Je n'ai pas faim.

– Nous non plus, ce n'est pas forcément parce qu'on a faim qu'on mange. On mange parce que c'est l'heure. Quand c'est l'heure de déjeuner, on mange, c'est tout simple, non ? Ce n'est pas sorcier. Il suffit d'ouvrir la bouche, d'y mettre la nourriture, de bouger la mâchoire pour broyer les aliments avant de faire glisser le tout dans l'estomac.

– Mais je n'ai vraiment pas faim.

– Votre symptôme relève d'une maladie qui s'appelle “anorexie”. Au lieu de nous appeler, vous feriez mieux de consulter un médecin.

– Ça n'a rien à voir avec l'anorexie. Les anorexiques sont des personnes qui n'arrivent pas à manger ou qui ne mangent pas, alors que moi, je n'ai pas faim. Je tiens à bien souligner que je n'ai tout simplement pas faim. Je ne déteste pas la nourriture, seulement je n'ai pas besoin de manger, voilà.

– C'est la définition même de l'anorexie.

– Je vous dis que ce n'est pas de l'anorexie ! crie-t-il soudain en colère au bout de fil.

– OK. D'accord. Admettons qu'il ne s'agisse pas d'anorexie. Mais au total, vous êtes en train de me dire que vous ne mangez rien en ce moment ?

– Si, par petites quantités, tantôt par obligation, tantôt pour tromper l'ennui.

– Voilà une nouvelle tout à fait prometteuse. Bon, quelle quantité de nourriture mangez-vous par jour, par obligation ou par ennui ?

– Ce n'est pas très régulier. J'ai tenu une semaine avec une carotte. Encore que c'était plutôt par curiosité, je m'étais demandé quelle différence il y avait entre une carotte et une gomme.

– Et vous préférez quoi ?

– La gomme, quelle question !

— Bon. À part ça, qu'est-ce que vous goûtez d'autre "par curiosité"?

— Des pétales de fleurs, des prospectus publicitaires ou des petits morceaux de cure-dent, ça dépend.

— Mais pourquoi diable avez-vous envie de manger des choses pareilles?

— Ça doit être à peu près pour la même raison qu'on a envie de manger du poulet rôti ou des hamburgers, j'imagine.

— Quoi! Comment ça pourrait être pareil un poulet ou un hamburger et une gomme!»

Quand je parle avec lui, je sens la tension monter petit à petit et une migraine venir picoter l'arrière de mon crâne.

«Bon, d'accord, soit. Encore une fois, admettons que ce soit pareil. Autrement, qu'est-ce que vous prenez comme aliment?

— Ces derniers jours, je me nourris essentiellement du clair de lune.

— Du clair de lune?

— Oui, la pleine lune est assez copieuse mais elle a moins de goût. Si on veut vraiment découvrir le goût de la lune, rien ne vaut le croissant. Il n'y a pas grand-chose à manger, mais quand vous croquez dedans, vous pouvez savourer son véritable goût.

— Quand vous mangez du clair de lune, vous y ajoutez du sel ou du poivre?

— C'est une super idée! Je vais essayer cette nuit, voyons, on est le 14, donc la lune est pleine...

— On va s'arrêter là pour aujourd'hui.

— Quand sera la prochaine consultation?

— Écoutez, monsieur An Se-cheol, vous ne me rappelez pas tant que vous n'aurez pas avalé quelque protéine ou protide, nouilles, raviolis ou viande. Et cessez de vous moquer des gens qui travaillent.»

Ainsi vont les matinées du lundi. Celles du mardi sont du même tonneau.

Dans le Placard, trois cent soixante-quatorze fichiers. Trois cent soixante-quatorze ensorcelés, trois cent soixante-quatorze individus irréels, trois cent soixante-quatorze atrabilaires, trois cent soixante-quatorze geignards, trois cent soixante-quatorze casse-pieds, trois cent soixante-quatorze entêtés. Bien entendu, c'est un calcul a minima. Combien pensez-vous qu'il puisse y avoir de combinaisons entre les atrabilaires et les geignards, parmi les trois cent soixante-quatorze personnes qui m'assaillent tous les jours au téléphone ? Ah, pitié, je ne préfère même pas savoir.

J'ai passé sept ans à feuilleter les documents du Placard n° 13 et à répondre aux appels de ces gens impossibles, chacun d'entre eux m'appelant trois ou quatre fois par semaine. Il m'est aussi arrivé de prendre un verre avec l'un ou l'autre. Si je fais ça pour le fric ? Bah, il n'y a qu'une vague prime de mission. Mon salaire à moi vient d'ailleurs. Si bien que vous aurez du mal à le croire, mais je suis un employé de base dans une boîte publique. Si c'est par intérêt personnel, ou par goût du bénévolat ? Ah non, pas mon genre, ces trucs. Si je me sens au moins utile ? Ça me donne plutôt envie de disparaître, ces conneries.

Alors, pourquoi donc ? Ben, c'est comme ça. Pour un pour cent, à cause de ma sotte curiosité, et le reste du fait d'un sort funeste. Disons que je me suis fait prendre au piège. Mais mon histoire si lamentable, je vous la conterai dans le chapitre suivant.

HALFMOON ET PRINCE WILLIAM, EXPLIQUEZ-MOI CET ENNUI QUI BOURDONNE DANS L'APRÈS-MIDI

Ce qui m'a conduit à la mésaventure du Placard n° 13, c'est l'ennui. Un ennui si terrible que je l'ai complété ainsi après mûre réflexion : « L'ennui pathétique au point que rien que se faire un os à mâcher pour chien serait une distraction. » Vous voyez ? Un ennui immense, énorme, absolu tel qu'un chien, un chat, une vache, un cheval face à ça se rendrait, mains en l'air, enfin non, antérieurs en l'air, quoi.

Tout ce que j'ai fait à l'époque, c'est regarder par la fenêtre, assis dans un coin du bureau comme une plante en pot. Pendant six mois, j'ai rien fait d'autre. Je m'ennuyais, je m'ennuyais infiniment, je m'ennuyais tout court.

Je travaille dans une entreprise publique, l'Institut de recherche Y. Quand je me présente en ces termes, la plupart des gens montrent un léger étonnement et me demandent : « Vous êtes chercheur ? Docteur ? » Ce à quoi je réponds rapidement et sincèrement : « Non, je m'occupe des papiers et du matériel. C'est un poste administratif. » Sincèrement et rapidement. C'est très important. Sinon, après la conversation, nous nous sentirions mal : mon interlocuteur aurait l'impression d'avoir été vaguement trompé et moi je ressentirais un petit goût d'humiliation.

Ce genre de complexe doit toucher tous les employés de labos qui ne sont pas chercheurs. Encore que les gens savent bien que ceux qui bossent dans les hôpitaux ne sont pas tous médecins, que ceux qui travaillent dans l'armée de l'air ne sont pas tous pilotes d'avions de chasse. Pour qu'un avion ne vole pas à l'envers ou qu'il ne s'écrabouille pas dans les sillons de champs sous les phares goguenards d'un tracteur, il faut que quelqu'un se soit chargé de ses grands pneus, ait nettoyé ici et là, ait serré les joints, mis de l'huile, ce genre de trucs. Il faut aussi quelqu'un pour brandir le drapeau sur le tarmac. Mettez ensemble un pilote et son avion, ben jamais ils ne décolleront tout seuls vers le bleu du ciel. Chacun doit comprendre qu'il faut des ouvriers pour assumer des tâches moins enviables, dans l'ombre, que c'est ainsi que notre monde fonctionne. Il ne faut pas juger sur une apparence sociale, seule la personne compte. Moi, je pense que c'est la base d'une relation saine et profonde. Donc la conversation respectueuse que j'appelle de mes vœux donnerait quelque chose comme :

« Vous travaillez où ?

— Je travaille à l'hôpital H.

— Vous aimez votre travail ?

— Oui, plutôt. Je fais des radiographies. C'est tout à fait fascinant de regarder l'intérieur des corps.

— Fascinant de regarder à l'intérieur ? Whaou ! Ça a l'air, ouais !

— Vous savez que chacun de nous possède un espace vide ?

— Ah ? Non, jamais entendu parler.

— Si, si. Chacun a son espace vide. Et moi, j'aperçois ces espaces. Des fois je me demande si on emmagasine des choses personnelles là-dedans.

— C'est extraordinaire !

— C'est aussi très intime.

— Quand vous aurez un peu de temps, pourrai-je regarder mon espace personnel à moi ?

— Bien sûr, ce sera un plaisir ! Quand vous reviendrez me voir, je vous prendrai une radio rien que pour vous. Intimement. »

Dommage de ne pas poursuivre ce dialogue qui se développe élégamment et qui se teinte d'un érotisme léger et doux... En tout cas, leur échange semble dégager quelque chose d'amical, de précieux, d'empathique et de profond. Une ambiance qui laisse entrevoir des possibilités infinies pour des évolutions riches et constructives, y compris licencieuses peut-être. Cet exemple illustre que ce n'est pas la politesse froide qui embellit notre vie, mais le respect profond entre les individus. Or moi, les dialogues que j'entends en général, c'est plutôt :

« Vous travaillez où ?

— Je travaille à l'hôpital H.

— *(Elle, étonnée)* Vous êtes médecin ?

— *(Lui, embarrassé)* Non, je ne suis pas médecin...

— *(Elle, désappointée)* Ah oui... alors qu'est-ce que vous... ?

— *(Lui, gêné)* Je travaille au service de radiographie. Je suis opérateur. Voilà, je prends des radios toute la journée en fait.

— *(Elle, déçue)* Ah oui, je vois.

— *(Lui, mortifié, ne trouvant rien à dire, frottant le pied par terre)* Fait moche aujourd'hui.

— *(Elle, lassée mais faisant un petit effort pour changer de sujet)* Votre métier rapporte bien ?

— *(Lui, agacé, avec une mine "De quoi elle se mêle ?")* Pas terrible. Faut se serrer la ceinture, sinon c'est dur de joindre les deux bouts.

— *(Elle, complètement désintéressée)* En ce moment, c'est dur pour tout le monde. Chacun crie misère. C'est la crise, quoi. Mais il paraît que les médecins spécialistes gagnent toujours pas mal, plus de cinq millions par mois ?

— Ben, ça doit être comme ça. C'est des spécialistes après tout. »

Voyez-vous une quelconque suite heureuse à leur dialogue ? Moi, je pense que le bus est parti. La fille oubliera vite ces mots échangés avec un opérateur radio pas très drôle et sans grand intérêt financier. Quant à lui, il l'aura rangée dans la catégorie des « filles qui me dégoûtent », ça aura été pour lui une de plus de ces rencontres inutiles et insignifiantes dans cette vaste ville stérile.

Je ne suis pas chercheur mais j'ai tout de même passé un concours pour avoir ce poste et j'ai réussi à l'avoir malgré le taux incroyable d'une place pour cent trente-sept candidats. Je ne prétends pas avoir réussi un truc aussi difficile qu'un concours de la magistrature ou un MBA. Certains me diront que c'est justement parce que le poste est moyennement important qu'il y avait tant de candidats. Je ne saurais répondre que par : « Oui, je suis tout juste moyennement important. » Parce que c'est la vérité.

Pourtant, telle une fourmi, j'ai écumé le quartier des instituts de prépas et les dortoirs où révisent avec peine mes concitoyens ; j'ai souffert de maux d'estomac à force d'avaler ces mauvais plats de restos pas chers – dans ces quartiers, allez trouver des toilettes correctes où accomplir ses besoins naturels tranquillement et longuement ! J'ai fini par souffrir de constipation chronique ; comme tous les candidats au marché du travail de notre époque, frêles et faibles d'esprit, j'ai frémi devant le peu d'embauches, je me suis angoissé en entendant le niveau du chômage. Sans avoir un cerveau particulièrement brillant ni de relations privilégiées, je n'ai compté que sur mes fesses lourdes. J'ai donc usé mes pantalons sur les chaises, été comme hiver, travaillant sans relâche. Je dis seulement ce qui s'est passé, que pour moi ce poste n'est pas rien et que je ne l'ai pas volé.

Bref, quand je réussis enfin au concours, je hurle de joie aussi fort que si j'avais décroché mon concours de magistrat. Je me réjouis quand on me souffle que c'est une boîte publique solide et d'où il y a peu de risque de se faire virer sauf à vraiment déconner lors du repas de bienvenue. Whaou ! Je ne peux pas rêver mieux et j'ai cru y voir un signe du destin. Jusqu'alors, tout ce que j'ai su faire était des « Je sais pas faire » ou des trucs qui méritaient des « Eh ben, zut ! ». Mais ce jour-là, je comprends que la chance peut frapper aussi à ma porte. Ému, je pleure. Je fais enfin partie des gens concernés par les cotisations retraite, la sécurité sociale et l'impôt sur le revenu. Je fais aussi enfin partie de ceux qui, aux JT du soir, prêtent l'oreille aux déductions fiscales, à l'assurance chômage, aux cinq jours ouvrables. Comparé à l'époque sombre des jours vides, c'est un changement radical, presque trop beau. À la fin du premier mois, en examinant ma fiche de paie, je vois tous les prélèvements et je me dis qu'il faudra désormais m'investir, bien travailler, vivre, s'accrocher, quoi. Je suis enfin devenu un salarié de base.

Le problème, puisque évidemment problème il y a, surgit là où je m'y attends le moins. Je n'ai rien à faire de la journée.

Ne pas avoir de tâches, ça peut paraître un luxe dans notre société de compétition où tout le monde rentre chez soi mort de fatigue. Pourtant, croyez-moi, avoir un poste sans rien à faire, c'est vite déprimant.

Mes journées à l'époque se résumaient grosso modo comme suit : 9 h 30, arrivée du camion chargé du matériel pour l'Institut ; le chauffeur descend, me tend un papier, je le prends, je sors des plaisanteries ou des questions sur la météo ou les résultats sportifs. Ces questions n'appellent pas des réponses complexes, on répond ce qu'on veut. Pendant ce temps, il décharge le camion et moi je vérifie que le nombre de colis livrés correspond à celui figurant sur le bordereau avant de tamponner tout ça. Après quoi je regagne mon bureau et enregistre les données sur l'ordinateur. En moins de trente minutes, c'est plié. Et puis c'est tout. Tout pour toute la matinée ? Non, tout pour toute la journée.

Au début, je me rassure, je me dis que c'est la période d'adaptation. Un mois passe puis arrive le deuxième, aucun changement. Je reste assis toute la journée devant mon bureau – comme je vous dis : une plante dans son pot. Avec le temps, je m'inquiète. De ce que font les collègues, je ne sais rien, mais en tout cas, ils paraissent tous très occupés. Je suis le seul dont les yeux errent des néons du plafond aux excréments de mouches collés sur la fenêtre. Je tourne et retourne mon stylo-bille entre mes doigts. La première fois que j'ai démonté ce stylo, je suis très surpris de découvrir que le mécanisme est si simple, je mordille la tige, remonte le tout avec précaution, clique frénétiquement dessus avant de recommencer à le tourner entre mes doigts. Et je répète ces petits riens compulsifs, ô combien de fois. Il arrive aussi que, pendant le démontage, le ressort saute et que je doive ramper sous mon bureau à sa recherche. Si quelqu'un m'appelle à ce moment-là, je sursaute, piqué en flagrant délit, me relevant d'un coup et répondant à trop haute voix.

À cause du regard des autres, je lis, acharné, des articles comme : « Projet de rénovation des égouts municipaux », « Nouveau format des cartes d'identité nationales », tout un paquet de papiers dénichés dans un coin de l'Institut et que j'installe bien en vue sur mon bureau pour feindre quelque activité. Les collègues affichent une mine dubitative devant ces lectures. Et plus leurs doutes me pèsent, plus ardemment je brasse ces dossiers sur « L'influence du taux de filles et de garçons à l'école élémentaire sur l'évolution d'identité sexuelle chez les garçons », sur la « Différence moyenne de superficie de logements suite au déménagement de la rive droite à la rive gauche » et autres « Rapport entre le nombre de chats sauvages en ville et le taux d'accidents de voiture ». Un maudit jour, une fille vient me gronder poliment « Pourquoi avez-vous pris des dossiers d'un autre département ? J'ai eu toutes les peines du monde pour les retrouver », avant de repartir avec mon décor de fichiers et de chemises.

Personne ne me confie la moindre tâche, personne ne s'intéresse à moi. Je pourrais réclamer moi-même du boulot mais, n'ayant rien fichu pendant un mois, ce serait une requête totalement incongrue maintenant. Ben, ils me feront travailler le moment venu, ils ne continueront pas de me verser un salaire sans que je ne fasse rien, me dis-je. Ainsi filent deux mois. À mon deuxième salaire, mon angoisse atteint un sommet.

Dans la configuration actuelle de notre Institut, votre collaboration n'est plus indispensable. Nous sommes au regret de devoir nous priver de vos services.

S'agira-t-il d'un message dans ce sens ?

Je tourne et retourne toutes ces réflexions dans ma tête. Un jour, j'aperçois M. Kim, notre attaché aux approvisionnements, qui prend son café dans l'espace détente. Je le sens assez ouvert, capable de m'écouter en fait, alors je m'approche de lui et demande prudemment :

« Monsieur Kim, y a-t-il autre chose que je puisse faire ? »

À ma question, il soulève légèrement la monture de ses lunettes, me fixant un moment.

« Quelque chose qui ne va pas ? »

Là, d'un coup, je déballe toute ma vie depuis ces deux derniers mois. À savoir que je n'ai rien foutu, quoi.

Blabla, blabla... donc moi, qui suis plutôt sensible et gentil, qui considère l'honnêteté comme la première vertu... je me sens un peu mal à l'aise car j'ai l'impression de recevoir mon salaire sans raison... du point de vue éthique pour les jeunes, ça me semble pas correct... je me suis posé même des questions philosophiques, comme qu'est-ce que c'est la vie ? qui suis-je ? où suis-je ?... je me demande ce que la Direction pense de moi, ils voulaient peut-être engager un cintre ? ou un calendrier ? et que, par une erreur mystérieuse, ils m'ont choisi... etc. Ainsi s'achève ma confession.

Celui qui pendant une dizaine d'années a erré de retraites en temples et de temples en instituts de prépas, celui qui a franchi trois fois la première sélection du concours de la magistrature sans jamais être retenu à la deuxième... cet homme maudit qui guette au-delà de la fenêtre en se demandant « Est-ce ma place ici ? Ma place ne serait-elle pas ailleurs, là où se trouve une toge noire et un marteau en bois ? », cet homme donc, qui montre parfois ce pathétique sentiment existentiel derrière un visage désintéressé, cet homme, M. Kim, laisse échapper un petit rire après mes aveux. Regardant par la fenêtre, il expire longuement la fumée de sa cigarette.

« N'essayez pas de vivre toujours à fond. Apprenez à vivre par petits bouts. Réfléchissez parfois au sens des mots "qualité de vie". »

Oh oh, « qualité de vie » ! Ça alors ! Ses mots lâchés, c'est la qualité de vie. Il ajoute qu'on court trop et que, dans toute l'histoire de l'humanité, jamais l'homme n'a couru si vite. Ses paroles semblent assez convaincantes sur le moment, mais je ne vois pas du tout le rapport avec ma question. Soulevant une montagne avec un formidable courage, je renouvelle donc ma question : « Mais un salarié doit bien travailler, non ? »

M. Kim fait une grimace comme pour signifier « T'es bouché ou quoi ? ». Et prend la peine de m'expliquer gentiment, à moi, le lourdingue : « Le travail ici, c'est garder son poste sans rien faire. Dans un sens, c'est déjà pas rien. »

Pas rien ? C'est tout simplement la réalité ! Le bâtiment est vaste, il y a des dossiers partout, alors comment ne pas croire que les gens travaillent. Mais personne ne fait rien. Ils gardent leur bureau. On annonce son arrivée en pointant avant 9 heures et son départ en pointant après 18 heures ; à la fin du mois, on travaille deux soirées supplémentaires pour la compta (ne manquerait plus que ça, que je me plaigne de cette poignée d'heures sup, je serais lapidé par les salariés de notre ville). Et basta. Le directeur du département fait ainsi, l'attaché à la Direction aussi, les employés subalternes itou. Tout le monde est occupé à garder son bureau et à voir tomber le salaire chaque fin de mois. « Quelle plaisanterie ! Ça n'existe pas un truc pareil ! » dira-t-on. Moi aussi il m'a fallu être embauché à l'Institut pour comprendre ça. J'y apprends autre chose : nous ne sommes pas les seuls dans ce monde à ne rien branler, derrière les murs épais du silence.

Il y a certes des départements chez nous où les employés ont de petites tâches à effectuer, mais dans la plupart, dont le nôtre, on n'en fiche pas une. Nous avons notre gamelle bien assurée, pas de travail, des primes et de généreuses indemnités versées grâce aux impôts des contribuables. Yahou ! Yahou ? Pensez-vous que je pousse un cri de joie ? Non. En revanche, je me sens franchement démotivé.

Garder le poste requiert effectivement de s'investir à fond. Au début, angoisse, inquiétude, tension m'accompagnent. Maintenant que j'ai pigé, d'un côté je n'ai plus rien à craindre de glander tout le jour, mais d'un autre je me sens encore plus plante en pot ; alors le directeur de notre département, me voyant toujours égaré, me conseille d'adopter un loisir. Lui-même, explique-t-il, est absorbé par la maquette du *Halfmoon,* un navire du XVIe siècle. Et l'attaché, M. Kim, qui semble toujours occupé à faire des choses devant son poste dans le coin, s'avale en réalité cinq volumes d'un roman - genre arts martiaux - qu'il apporte tous les matins. Quant à mon collègue Park, il surfe sur le net, s'amuse à faire des pliages de papier ou bavarde avec les nanas du département des Affaires générales... Et puis, moi...

Je tiens, j'essaye de tenir bon. Je reste assis à ma place près de la fenêtre d'où je peux contempler un marronnier, un cerisier et un érable plantés en harmonie. Pendant six mois je remplis ainsi le vide du quotidien. Quoique non, je ne passe pas le temps, je reste assis sans penser et c'est le temps qui passe, lui. J'observe les changements de mes arbres au fil des saisons : l'ère d'hégémonie du cerisier, celle dominée par l'érable et ainsi de suite. Le soir, j'ouvre la fenêtre, renifle les spores du marronnier, ce qui m'évoque des idées presque indécentes. Certains jours, je compte le nombre de gaufres que vend le couple de l'autre côté de la rue. « Sept cent cinquante-deux sachets par jours ! Ils vont devenir milliardaires ! »

C'est une période indiscutablement irréelle.

Parfois je m'accoude sur le bord de la fenêtre chauffée par le soleil, me demandant si j'ai le droit de laisser filer ma vie, pourquoi le bourdonnement de cette jeunesse est si cruel, s'il est normal que les jours puissent se succéder dans ce vide, pourquoi cette « chance » (peu enviable) m'est donnée, pourquoi les contribuables de cette ville financent docilement nos vaines activités...

Le temps s'égrène et moi je me détruis de l'intérieur au fur et à mesure, façon tige de maïs séchant au soleil d'automne. On dit que la vie est faite d'éternelles batailles mais la mienne, si transparente, est-elle possible ? En plus, moins j'en fais, plus je m'épuise. Au bout de six mois, j'ai fini par m'habituer à la vie de l'Institut. Le midi, je déjeune avec M. Kim au Fameux Restaurant des Routiers avec des plats de porc sauté accompagnés de quelques verres. Après quoi, l'après-midi, fatigués d'avoir levé le coude, on va au Balgae Sauna 24 h de l'autre côté de la rue. On y croise souvent M. Song, notre directeur, avec qui on entre amicalement dans la pièce de sauna russe, engageant quelque conversation en aspergeant d'eau froide les pierres chauffées au rouge : « Je me demande si j'ai un souci au foie. Je suis souvent fatigué en ce moment.

— Moi aussi, au réveil, je n'ai pas l'impression d'avoir dormi.

— Ne vous surmenez pas. »

Vous vous rendez compte de ces dialogues consternants ! Après l'étuve russe, on passe par un bain froid avant de conduire nos pas dans la salle de repos. Là, on fait une longue sieste avec un zeste de remords à passer un tel après-midi oisif. Puis, on repasse pointer à l'Institut avant de rentrer chez nous.

Les laboratoires sont généralement déserts. Les professeurs censés en être responsables n'y risquent pas un pied, seuls quelques doctorants viennent prendre du matériel ou y déposer des affaires, généralement inutiles. Ils se font bouillir une soupe de nouilles en sachet, jouent une partie de *jokgu* dans la cour, puis repartent en nous lançant, heureux : « Vous avez un super terrain de *jokgu* ! » Oui, c'est vrai, la seule chose qui tourne à peu près normalement ici, c'est le stade de *jokgu*.

Vers cette période, une certaine angoisse me rattrape. Je ne peux pas continuer à végéter de la sorte. Bon sang, je me suis quand même investi dans la vie. D'accord, je n'ai pas couru plus vite que les autres, mais j'ai fait des efforts pour ne pas être trop largué non plus. Le problème, c'est toujours cet ennui. Les copains se foutent de moi : « Arrête de te plaindre, t'as le ventre bien rempli ! » Ils ont raison, à tout point de vue : comme pour une grossesse nerveuse, je sens mon ventre gonfler de plus en plus. La paresse, la soumission, les journées insipides, le refus de tout s'infiltrent en moi et m'envahissent comme une maladie. Ça ne va pas. Quelque chose ne va pas. Je voudrais vivre honnêtement.

Un moment, j'envisage de chercher un autre travail, sans toutefois pousser l'idée jusqu'à envoyer un CV ou à me renseigner sur les emplois envisageables. Oui, je n'ai franchement aucune envie de retourner dans ces quartiers des instituts, des bibliothèques, des boîtes de révisions, ces salles où un professeur fou éructe dans son micro que la pagode Seokga est si importante que tout candidat à un concours doit connaître ses dimensions au millimètre près ! Je n'ai plus le courage pour ça. Le fait que j'aie réussi à décrocher ce poste devant cent trente-six candidats est déjà un miracle. Étant donné qu'il est improbable que ça se reproduise, bon, je ne tente rien de ce genre.

Ainsi s'écoulent les jours, goutte à goutte. Le directeur a terminé sa maquette du *Halfmoon*. Il s'est mis au *Prince William*, un magnifique trois-mâts construit vers 1650. Comme je n'ai pas d'activité particulière, je mets de la colle forte sur le navire, je fais des parties de *FreeCell*, puis je reprends ma position favorite à côté de la fenêtre. L'attaché Kim, qui détaille à droite et à gauche le navire du directeur, nous lance : « Pourquoi vous n'essayeriez pas le *Titanic* ? » Le directeur Song lui répond : « Les modèles contemporains sont trop simples, fades. » Ah, oui, je n'y aurais pas pensé, Kim hoche la tête et pousse jusqu'à l'aquarium où nagent vigoureusement deux poissons rouges et fébrilement quatre poissons exotiques. Il demeure ainsi deux heures avant de prononcer pour lui-même : « Je vais peut-être m'attaquer à la collection des classiques de la littérature mondiale... »

C'est durant cette période que je fais la découverte du Placard n° 13. Je ne me souviens plus pour quelle raison je monte un jour au quatrième étage où s'alignent des salles vides ni pourquoi j'entre dans la salle des archives, au fond du couloir. Je ne me souviens pas d'agir pour un motif particulier. Par ennui, on peut faire n'importe quoi. Officiellement, d'ailleurs, je suis Assistant du Responsable de la Sécurité de ces placards. Bien sûr ils ne bougent pas et presque personne ne consulte ces archives. Ainsi les placards sont-ils en sécurité par eux-mêmes, et je suis inutile. Coller le terme « sécurité » à ces vieux placards semble en soi ridicule.

Non, ce qui attire mon attention sur le Placard n° 13, c'est qu'il est le seul pourvu d'un cadenas à quatre chiffres, un vieux modèle, pas très sophistiqué. Ça excite ma curiosité, oui, voilà, j'ai envie de l'ouvrir. Si j'ai un goût pour les cadenas ou les serrures ? Pas même. Tel un prisonnier j'ai besoin de m'occuper, m'appliquant à des tâches à seule fin de tuer le temps.

Plusieurs heures chaque jour, désormais, je suis devant le cadenas, essayant toutes les combinaisons. De 0000 à 9999. Ce n'est pas un travail trop difficile. Tu fermes les yeux et tu essayes juste dix mille fois. Heureusement, la bonne combinaison est « 7863 », donc au bout de sept mille huit cent soixante-trois tentatives, le cadenas s'ouvre.

La porte gémit et j'inspecte l'intérieur. De haut en bas s'y entassent des dossiers peu banals, des fiches médicales, des certificats de diagnostics, des questionnaires pour patients maniaco-dépressifs ou alcooliques, le tout mêlé n'importe comment à la manière d'une salade mixte. Je prends au hasard un dossier à mi-hauteur. Après l'avoir épousseté, je commence à le lire, assis par terre, sans grand enthousiasme. Ce n'est pas le genre de sujets qui me passionne a priori. Je me dis seulement que je vais quand même y jeter un œil, après la peine que je me suis donnée.

Chimère – 7 Le lézard

Les médecins pensaient que la perte de faculté linguistique de la patiente était due à des facteurs psychologiques. La véritable raison de son silence est qu'elle élevait un gecko dans sa bouche.

Depuis l'enfance, elle avait une affinité particulière pour les lézards. Elle croyait posséder des propriétés proches d'eux et, plus le temps avançait, plus elle s'y identifiait.

À vingt ans, elle a commencé à élever un petit lézard, un Sphaerodactylus ariasae, *le lézard le plus petit connu, seize millimètres de la tête à la queue, qui vit en République dominicaine.*

Quand elle mangeait, elle mâchait avec précaution pour éviter de l'écraser entre ses molaires ou de l'avaler avec la nourriture.

Le lézard a grandi tranquillement dans sa bouche. La patiente coupait tous les jours une petite fente sous sa langue pour donner un peu plus d'espace au lézard tout en le nourrissant du sang qui perlait de la plaie. Bien installé sous sa langue, le lézard se mit à creuser petit à petit vers le fond de la langue.

Le lézard grignotait sa langue par bribes. La prononciation de la patiente en fut affectée jusqu'à devenir incompréhensible. Le gecko creusait sa tanière de plus en plus loin dans la langue de son hôtesse. À la fin, le lézard a enfoui sa queue au fond de la langue et a commencé à agir à sa place.

Le corps de la femme réclamait la nourriture habituelle, mais sa langue exigeait des larves d'insectes, ou des liquides que l'on trouve dans les cadavres d'animaux. Son goût appartenait à sa langue, sa langue était la queue du lézard, la patiente devait manger en conséquence.

Cette évolution s'est déroulée lentement, imperceptiblement, et la patiente ne se prenait pas pour un monstre. Elle aimait le lézard-langue. Le lézard-langue, ou plutôt la langue-lézard, en l'espèce, n'était pas habituée à parler. Dès que la patiente parlait, la langue-lézard se cognait et se heurtait partout dans la bouche. Alors la patiente se fit plus silencieuse, jusqu'à perdre totalement la parole, puis à vivre la bouche close de peur que les gens finissent par tuer son lézard ou la tuent elle-même pour avoir noué cette alliance contre-nature.

Cet épais fichier sorti au hasard du placard contient la description minutieuse et chronologique de toutes les étapes de l'évolution du gecko en langue humaine. On trouve également les schémas de la structure ADN des reptiles et de celle des hommes. Y sont également mentionnés des termes tels que « espèces mutantes », « chimères », « accouplement de deux espèces différentes », ainsi qu'une brève note sur la possibilité de fusion reptiles/mammifères.

Je range le dossier à sa place. Les premiers mots à sortir de ma bouche sont : « Putain, mais c'est dégueulasse... »

Un frémissement m'envahit à l'idée malsaine qu'un humain fasse de telles horreurs de son corps. Même pour une fiction, je trouve cette imagination insensée et perverse ; je quitte la salle d'archives à la hâte sur cette pénible sensation.

Pourtant, le lendemain après-midi, j'y suis à nouveau. J'ouvre une fois de plus le Placard n° 13, en sors un autre fichier et me mets à le lire. Dégoût, frissons, nausée me reviennent. Il m'arrive même – je m'en excuse – de prononcer des gros mots. Néanmoins, le surlendemain, j'y pioche encore et en lis un troisième. Ça devient comme une drogue.

Avec le temps, les mauvais sentiments se dissipent. Sans doute que je m'habitue. Désormais la lecture de ces fiches suscite en moi le plus souvent de la compassion ou de la tristesse. Ces histoires, si curieuses, si particulières, absolument absurdes, et à mille lieues du train-train de l'Administration, sont captivantes. Chaque après-midi quand je peux m'éclipser, je monte au quatrième, ouvre la porte de la salle d'archives, m'assois sous la plaque « Interdit de fumer » posée juste au-dessous du ventilateur qui tourne inlassablement, et je lis des heures durant, dos au placard, fumant mes cigarettes interdites. Ainsi, je plonge dans le monde du Placard n° 13. Au lieu de mâchouiller un os pour chien.

« Je ne peux plus parler. »
Écrivit sur une feuille la femme à la langue-lézard.
« Cela ne vous gêne pas ? »
Demandai-je.
« Pas du tout. »
La femme haussa légèrement les épaules.

« Pourriez-vous me montrer votre langue ?
— Vous allez être choqué.
— Ça ira.
— Il ne faut pas utiliser une lampe de poche. La lumière lui fait peur. Vous regarderez comme ça.
— Oui, je ferai attention. »

Lentement la femme ouvrit la bouche.
Dedans, dans l'obscurité rougeâtre et humide près de la gorge
Les deux pupilles phosphorescentes du reptile me fixaient.

TORPORER

Le terme de « *torporer* » désigne les gens qui dorment longtemps, de deux à vingt-quatre mois, sans se nourrir ni se réveiller à aucun moment. Certains parlent d'« *hibernater* » au lieu de « *torporer* ». Peu importe pourvu qu'on ne confonde pas ces deux termes avec la notion d'hibernation car ils ne dorment pas spécialement en hiver. Effectivement, ils ne se calent pas sur telle ou telle saison pour s'endormir ou se réveiller. Évidemment ils ne creusent pas de tanière ni n'accumulent de graisse dans leur corps. À la question : « Vous parlez d'hommes congelés ? », je ne peux répondre que : « Non, ils dorment sous une couverture, la tête sur l'oreiller. »

Pour les animaux à sang froid, comme les reptiles, on parle d'hibernation. Ils laissent tomber la température de leur corps très bas pour économiser l'énergie nécessaire à leur vie avant d'entrer dans le sommeil. Pour les animaux à sang chaud, style ours ou raton laveur, on parle d'hivernation. Ils passent l'hiver sur leurs réserves de graisse. Le sommeil des *torporers* ressemble à l'hibernation en ce sens qu'ils n'accumulent pas de graisse dans le corps, et ressemble à l'hivernation en ce sens qu'ils n'abaissent pas la température de leur corps – qui reste aux environs de trente degrés – et qu'ils gardent leur métabolisme actif. Ceci posé, nul n'a encore établi scientifiquement la façon dont ils survivent jusqu'à deux ans dans cet état.

Un point commun à tous : au réveil, ils sont plus dynamiques, se livrent avec plus de passion à leurs activités, deviennent plus prévenants envers leur entourage. Ils sont positifs voire optimistes, mais pas seulement : leur santé se trouve aussi nettement améliorée. On a vu des malades se réveiller guéris ou du moins plus en forme. Comme débarrassés de tous résidus fécaux et de gras superflu, ils sortent du sommeil sveltes et frais. Ceux qui voudraient comprendre comment les résidus fécaux ont disparu ou comment la graisse s'est dissoute, veuillez s'il vous plaît ne pas me le demander ici. Ce n'est pas le sujet. Si vous mourez d'envie de savoir comment vous débarrasser de vos fonds merdeux, adressez-vous à un hôpital ou à un centre d'amincissement, on vous renseignera.

Qui a connu une fois l'état de *torpor* peut concevoir un certain cycle de ces manifestations et ces *torporers* anticipent généralement leur prochaine crise. Le problème se pose donc surtout la première fois, quand ça surgit sans prévenir et que ça peut carrément virer au happening.

M. Kwak, un agriculteur de Bonghwa spécialisé en plantes rares, est entré dans l'état de *torpor* au cours de sa sieste, après s'être installé au fond de son grenier dans un grand carton doublé de polystyrène. Il y est resté quatre-vingt-dix-sept jours. Deux ou trois jours après qu'il est entré dans cet état, il y a eu un déluge dans les régions de Yeongju, de Bonghwa, de Chunyang, entraînant de nombreux dégâts matériels et pertes humaines. Après trois mois d'attente, sa famille a fini par conclure qu'il avait été emporté par l'eau et a organisé son enterrement. Ils ont même aménagé une tombe sans cadavre. Après les funérailles, quand tous les membres de la famille se sont attablés, M. Kwak qui venait de se réveiller est descendu du grenier. Devant tout le monde qui, à son apparition, ouvrait des yeux effarés, il a prononcé ces premiers mots : « Putain, si c'était servi, fallait me réveiller. Je meurs de faim ! »

En temps normal, les *torporers* dorment comme tout le monde, se couchant le soir et se levant le matin pour aller travailler. Moi, je trouve cela un peu bizarre. Si on dort autant tous les jours, en plus de la période de *torpor*, on dort un peu trop dans la vie, non ? À cette remarque, un *torporer* répondrait avec nonchalance : « L'insomnie abîme la peau. »

Au XXIe siècle, où le temps est converti en argent, le *torpor* semble une plaie. Or pour certains, ça peut être une bénédiction. M. Heo, P-DG d'une entreprise qui fabrique des pièces pour le traitement et l'acheminement du gaz, est un adepte absolu du *torpor*.

« La signature du contrat approchait. C'était un contrat pour le dernier pipeline du Proche-Orient C'était littéralement une question de vie ou de mort pour notre entreprise. Ah non, je n'exagère pas. Si on arrivait à signer, on pouvait continuer, mais si on échouait il faudrait fermer la boîte. Vous savez, à l'époque, c'était compliqué avec le FMI et tout le reste. Au début, je passais deux ou trois nuits blanches au travail, je rentrais à la maison pour rattraper le retard de sommeil, puis recommençais mes deux ou trois nuits blanches et ainsi de suite. Je ne me souviens pas exactement depuis quand, mais petit à petit je ne suis plus parvenu à dormir. Il y avait beaucoup trop de travail. Et la relation avec mes employés devenait intenable : je les houspillais, on se disputait, je me mettais en colère. C'est que les employés ne me suivaient pas autant que j'aurais souhaité. Je les trouvais ingrats. Moi, je n'avais jamais pensé que c'était mon entreprise à moi seul, mais notre boîte à nous. Que ce soit peu ou beaucoup, je partageais avec eux les bénéfices, je distribuais des bonus, des primes quand ça se pouvait. Je n'ai jamais fait partie des égoïstes qui se gardent tout, qui se fichent de ce que disent les autres. Je comprends que ça devait être très dur pour les employés aussi, cette période. Mais, dans des moments si critiques, aux tels enjeux pour la communauté, nous aurions dû unir nos forces. Alors que, en voyant les soucis s'accumuler, ils ne pensaient qu'à eux. Sauve qui peut, quoi. J'étais pris de panique.

Je ne pouvais plus dormir. Mon corps était de plomb mais, dès que je m'allongeais, curieusement le sommeil me fuyait. J'avais l'impression que dans ma tête bouillonnait un bain de bulles et il m'arrivait de plus en plus souvent de me sentir un autre que moi-même.

— Et vous l'avez obtenu, ce contrat?

— Échec total. Une multinationale, technologie anglaise, délocalisée au Vietnam, nous est passée devant. Nous étions fichus. Pour éviter le pire, la faillite, il fallait réagir vite, trouver des bricoles. Mais tout me semblait vain. Je suis rentré chez moi. Dans ma maison vide. Mon ex-femme - nous venions de divorcer - était partie en Australie avec nos enfants. Jusque-là, j'avais tenu bon, sauf que, en voyant la maison vide, froide, je me suis dit qu'il me fallait en finir... J'ai fait mon bagage. J'avais une bicoque dans la montagne, je l'avais achetée à l'époque où j'allais souvent pêcher. Oh, pas une résidence secondaire, une cabane. Donc je suis allé là-bas. J'ai acheté dix bidons d'insecticide, j'ai allumé des bougies et j'ai commencé à pleurer. À pleurer sans fin. Je ne sais pas combien de temps j'ai pleuré. En tout cas, j'ai versé ce jour-là toutes les eaux de mon corps pour la vie entière. Soudain, j'étais épuisé. Dans un coin du cabanon il y avait de la paille. Je me suis allongé un instant et me suis endormi. Pendant cent soixante-douze jours.

— Vous voulez dire... cent soixante-douze heures?

— Non, exactement cent soixante-douze jours. J'y suis entré au début de l'été et quand je me suis réveillé, c'était l'hiver.

— Comment vous sentiez-vous?

— Bien. Très léger. Comme si j'étais né une nouvelle fois. J'avais maigri, à part ça je me sentais bien. Alors, je suis rentré chez moi. À mon retour, j'ai trouvé le chaos. Normal d'ailleurs. J'avais disparu sans un mot et étais demeuré injoignable. En tout cas, j'ai tout recommencé à partir de là. La situation était au pire, mais j'étais infiniment heureux d'être vivant et de pouvoir travailler.

— Des bruits courent en ce moment comme quoi vous, monsieur Heo, vous ramassez tout l'argent de la ville.

— Oh, il ne faut pas exagérer. J'arrive juste à nourrir mes employés et moi-même. Tiens, à propos, j'ai renoué avec ma femme récemment. Vous savez, je me suis rendu en Australie, j'ai pris une petite chambre dans un motel et je l'ai priée mains jointes pendant un mois, ah! ah! ah!»

Tels l'ours ou le serpent qui sombrent dans le sommeil pour éviter la saison rude, les *torporers* tombent souvent dans cet état face à une situation critique. Puis au réveil, ils ressortent plus forts. À une époque où je connaissais encore mal le *torpor*, j'interrogeai un jour l'un d'eux: «Est-ce que vous préparez quelque chose avant d'entrer dans le sommeil? Vous accumulez de la graisse?»

À ma question, il sourit. Cet homme avait déjà connu six ans de *torpor* répartis en sept expériences. Autant dire, un vétéran.

«C'est vrai que l'état de santé compte. Mais ce n'est pas la peine de faire du gras. En revanche, je rassemble mes rêves.

— Vos rêves?

— Quand je me suis réveillé de mon deuxième *torpor*, j'ai compris qu'il fallait compiler des rêves. Ces premières fois, j'y étais entré sans préparation et, honnêtement, je me suis ennuyé. Quand on dort quelques heures par jour, on ne le sent pas, mais quand vous dormez trois ou quatre mois, il arrive que vous vous trouviez éveillé dans votre rêve. À ces moments, la réalité ne paraît plus comme un songe. Donc on s'ennuie ferme si on n'a pas de matière, pas de réserve d'imaginaire. Je me demande parfois si le monde après la mort n'est pas comme cela. Je veux dire, un monde constitué de rêves. Là, le bonheur sort de l'imagination, le pouvoir aussi serait issu de l'imaginaire. Alors, les premiers *torpors* où je suis entré sans aucune préparation, c'était fastidieux.

— Vous ne pouviez pas rêver juste comme ça? Si de toute façon tout est imaginaire.

— Ce n'est pas si évident. Nous, on vit de façon très resserrée. Alors, quand vous faites un rêve très long, vous n'avez pas tant que ça à y mettre. Il m'est arrivé de me gronder moi-même: “Me sentir perdu parce que je ne sais plus comment rêver, fichtre, c'est nul ! Comment ai-je vécu pour avoir si peu de chose à imaginer !" Ah ! ah ! ah ! D'ailleurs, dans le songe tout se déroule très vite, trente ans peuvent se rêver en trente minutes. C'est vrai que parfois des moments courts peuvent se prolonger. En tout cas, ce que je dis, c'est que pour rêver il faut des biscuits.

– Comment vous y prenez-vous ?

– En lisant mes journaux intimes, en regardant attentivement des photos, en allant voir d'anciens camarades ou d'ex-petites amies, en repensant à diverses choses vécues et en lisant beaucoup. Plus on a l'imagination joyeuse, plus la matière onirique sera heureuse. Et le réveil de même. »

Je pense avoir des prédispositions pour être *torporer* : j'aime bien dormir et, une fois endormi, je n'aime pas trop me réveiller. À vrai dire, j'aurais assez envie de me plonger dans cette mare de *torpor* si mon employeur ne risquait pas de me renvoyer, si le salaire pouvait continuer à tomber sur mon compte, si je n'entendais pas de remarques du genre : « Comment peux-tu gâcher ta vie comme ça ? » Moi, j'aimerais vraiment dormir six mois, oubliant tout et tous. Or, les *torporers* disent que c'est justement parce que les gens ont de trop petites pensées au quotidien qu'ils ne tombent pas dans le *torpor*.

« Si on veut tomber dans un *torpor*, il faut que tout soit irrémédiablement gâché et tombé en ruine ou qu'on soit complètement irresponsable, à dire "Moi, de toute façon, je n'en sais rien, qu'on m'éventre mais tant pis, je suis comme je suis". Il faut avoir au moins franchi l'une de ces limites. Si vous calculez trop, ça ne marchera jamais. »

C'est possible. Trop souvent on n'a pas le courage d'aller jusqu'à la ruine ni le courage d'assumer l'irresponsabilité. Et c'est pourquoi on n'arrive pas à dormir pleinement malgré nos fatigues et nos épuisements.

« Personne dans notre monde ne jouit d'un sommeil satisfaisant. Depuis l'invention de l'électricité et la formation des grandes villes, les nuits sont dans un état de trouble permanent. Il y a aussi l'angoisse, le pire cadeau du capitalisme. Assurance, bourse, immobilier, actions, notre économie fonctionne sur l'angoisse, Ennemie Numéro Un du bon sommeil. L'insomnie engendrant l'angoisse, voilà comment on tombe dans ce cercle vicieux. Nos ancêtres avaient une profonde spiritualité. À cette époque, le soleil marquait le temps de travail ; la nuit, le temps du rêve et du repos. C'était la règle divine du bien-vivre.

— Vous voulez dire qu'on ne doit faire que dormir, la nuit ? »

J'ai dormi et quand je me suis réveillé, il n'y avait plus rien.
Mon compte bancaire a disparu,
Mes actions aussi,
Je suis renvoyé de mon travail,
Ma femme m'a quitté.
Ma vie est un désert.
Que faire ?

Dormez profondément une autre fois,
Et votre nouvelle vie commencera.

DOPPELGÄNGERS

« Où vous êtes-vous rencontrés ?

– Au marché du quartier Sillim. Je sortais d'un restaurant qui fait une soupe au sang de bœuf absolument fabuleuse et où je me rends régulièrement. C'est une soupe très spéciale... forte et amère. Le sang est bouilli mais il dégage une odeur de frais... un goût sauvage, quoi. Ceux qui aiment adorent. Ceux qui n'aiment pas grimacent à la première cuillère. C'est un endroit culte, réservé aux passionnés. Une fois j'ai vu une cliente qui, après une ou deux cuillerées, s'est mise à vomir – ce qui est tout de même exagéré. La patronne, une vraie tête de mule, jure comme une charretière. Quelqu'un fait une remarque sur sa soupe ? Elle hurle : "Si t'aimes pas le goût du sang, bouffe du concombre, connard !"

– Vous étiez tous les deux des habitués, vous deviez vous être croisés auparavant ?

– Bizarrement, non. Après avoir pris une soupe, je suis sorti et, comme je tournais à l'angle de la rue, je l'ai vu. Il marchait en direction du restaurant. Son profil m'a attiré. C'est très rare de sentir une telle vibration dès la première rencontre. Les hétéros imaginent que nous nous accouplons sans nous connaître dans les toilettes publiques, c'est idiot. Nous aussi, nous aimons. Et l'amour, le véritable amour est rare. Le sexe est une chose, le sentiment est autrement précieux. Ce jour-là, je l'ai suivi.

— Ça vous arrivait d'aller vers des inconnus?

— Parfois, dans des bars gays, sinon je n'aborde pas les gens comme ça, je ne veux pas d'histoires. Le désir peut être là, un regret peut-être, mais je regarde ailleurs et je poursuis mon chemin.

— Ah oui...

— Vous n'avez jamais été attiré par un homme? Sans être gay, tout le monde passe par là, je crois.

— Moi? Jamais!»

J'avais répondu de façon trop brusque. Il rougit.

«Pardon. Votre question ne m'a pas gêné. Je voulais juste dire que je n'ai jamais eu cette expérience.

— Je comprends, oui.

— Continuez, je vous prie, vous l'avez suivi et...?

— Je me suis assis derrière lui et l'ai observé. C'était mon genre de mec. Vu de dos, il était mince. Sa ligne d'épaules désignait un solitaire, un peu timide. J'avais envie de le serrer contre moi.

— Vous étiez près de lui?

— Quinze mètres. Dix mètres. Ni près ni loin, quoi. Il a fini son bol et s'est levé, alors...

— Alors?

— Il a tourné la tête et sa tête était ma tête, son visage était mon visage. Ma première pensée a été que mes parents avaient eu des jumeaux et qu'ils en auraient abandonné un. Pourtant, c'était plus que ça, c'était moi, j'en étais persuadé. Je veux dire le vrai *moi*. À le regarder, je le percevais instinctivement et pleinement.

— Ça vous a bouleversé?

— Terriblement.

— Vous êtes allé tout de suite le voir et lui parler?

— Non, j'avais besoin de me calmer. J'ai marché jusqu'à l'entrée du marché. Là, j'ai attendu. Mes jambes tremblaient. J'ai fumé deux cigarettes. La deuxième était à demi consumée quand il est apparu. Il m'a vu à son tour. Lui aussi a paru frappé de stupeur. Pétrifié, il m'a fixé longtemps, sans ciller. Nous sommes restés debout à nous regarder l'un l'autre, face à face, au moins dix minutes. Je me suis demandé à ce moment-là ce que j'aurais dit si j'étais lui, si c'était moi qui étais plongé dans une situation aussi embarrassante, qu'est-ce que j'aurais dit ?

— Qu'est-ce qu'il a dit, donc ?

— Sa voix était hésitante, tremblante. Balbutiant, il m'a dit : "Je m'appelle Ok Myeong-guk." Cette scène était presque comique. Il m'était si familier, je me suis approché de lui et l'ai pris dans mes bras. J'avais l'impression de toucher mon propre corps, une sensation naturelle. C'était réconfortant et chaleureux...

— Vous n'êtes tout de même pas restés enlacés au milieu du marché ?

— Bien sûr que non. Nous sommes allés dans un café. Au serveur, il a demandé "un expresso très chaud, qui pourrait brûler les lèvres".

— Ben, l'expresso, on le sert toujours très chaud, non ?

— Mais on n'utilise pas l'expression "très chaud, qui pourrait brûler les lèvres". Ça, c'était exactement mes mots pour commander un expresso, les mêmes !

— Dites, il était comment, sinon ? Sa vie était différente de la vôtre ?

— Non, on se ressemblait. Il était cuisinier.

— Mais vous, vous êtes architecte.

— Ça fait une telle différence ?

— Vous pensez qu'un cuisiner et un architecte c'est la même chose ?

— Ben oui, il me semble.

— D'accord, chacun ses opinions. Mais quand on a un métier distinct, on doit avoir une vie distincte aussi, non ?

— Je ne sais pas. J'imagine souvent les chemins que je n'ai pas pris. Je me demande quelle aurait été ma vie si je m'étais engagé dans telle voie au lieu de telle autre. En discutant longtemps avec lui, moi, je me suis dit que malgré les nombreuses bifurcations que nous avions prises, en dépit de multiples choix que nous avions faits, il n'y avait pas de différence essentielle entre nos deux destins. Il avait une activité différente et, en apparence, une vie différente mais, au fond, nous menions la même vie. On s'intéressait à peu près aux mêmes choses, on avait à peu près les mêmes goûts en cuisine, nos occupations le soir après le travail aussi... Enfin, c'est difficile de vous expliquer en détail, en tout cas, moi, j'ai su qu'on se ressemblait.

– C'était désagréable de se sentir semblables ?

– Non, au contraire, plutôt rassurant. Ni lui ni moi n'avions particulièrement réussi nos vies. Mais là, je ne sais pas pourquoi, je me suis dit que ce n'était pas pour autant une vie ratée.

Sortant du café, nous sommes allés dans un motel. Nous avons fait l'amour. C'était tout à fait délicieux et très étrange. Une soirée où je me sentais aimé et où je savais pourquoi j'étais aimé. Je faisais l'amour avec lui. Chaleureux, naturel, respectueux... Depuis ce jour-là, j'ai arrêté de fréquenter les toilettes publiques. J'envisage de me marier. Ça ne semble pas impossible. Peut-être parce que lui, il est marié.

– Vous vous êtes revus depuis ?

– Non. Je suis retourné tous les samedis à ce restaurant sans jamais le retrouver. J'ai appelé le numéro sur sa carte de visite, me suis rendu à l'adresse indiquée. L'un comme l'autre étaient faux. C'est tellement étrange de donner une carte avec de fausses coordonnées... Je ne comprends pas. »

Il m'a montré la carte en question. Selon celle-ci, M. Ok Myeong-guk était chef dans un restaurant japonais. J'ai essayé d'imaginer l'homme qui me faisait face en chef cuistot. Honnêtement, j'avais du mal. Parce que je l'avais toujours connu architecte sans doute.

« Nous nous sommes endormis dans le même lit. Le matin je me suis réveillé le premier. J'ai longuement contemplé le moi endormi, je veux dire lui endormi. Je n'aime pas trop mon reflet dans la glace, que j'évite en général, où je me trouve petit et moche. Oui, j'ai plutôt tendance à avoir des complexes. Ça explique aussi que je n'aie pas trop la cote dans les bars gays. Or, le moi endormi, comment dire... il était adorable. Je ne veux pas dire qu'il était le top du top, mais pas quelconque, pas n'importe qui. Un visage qui n'était pas particulièrement beau mais, chaleureux et gentil, qui donnait l'impression de ne pouvoir faire de mal à personne. J'ai pensé à des choses : que quelqu'un quelque part assumait la vie qui m'était attribuée, que je devrais, de mon côté, assumer ici la vie de quelqu'un d'autre, que finalement ma vie n'était pas si mal que ça, que le poids de l'existence semblait moindre, que cette existence était tout à fait suffisante, etc. Enfin, toutes ces pensées me sont arrivées d'un coup.

— ...

— Quand il s'est réveillé, nous nous sommes embrassés longtemps, chaudement. Puis on s'est quittés, chacun rejoignant son travail, après avoir échangé nos coordonnées. Depuis, rien. Aujourd'hui je voudrais juste élucider une chose curieuse : je suis gaucher, lui était droitier.

— Pourquoi est-ce curieux ?

— Je suis gaucher, pourquoi lui est-il droitier ? Nous avons la même apparence, le même caractère, les mêmes goûts... Alors, moi je me dis parfois que, si jamais l'un de nous deux était faux, je veux dire, si l'un des deux était une illusion, ce serait moi. Parce que je suis le gaucher, celui qu'on voit dans la glace, le reflet. »

« Comment tout cela est arrivé ?
– Eh bien, honnêtement, je ne sais pas.
– C'est un malheur ou un bonheur ?
– Ni un malheur ni un bonheur.
Ce sont des choses qui se trouvent dans notre vie.
Comme ce vent, là, comme cet arbre, là. »

DR KWON

Ma première rencontre avec Dr Kwon remonte à sept ans. Ce matin-là en arrivant au boulot je trouve un petit mot sur mon bureau: «M. Gong Deok-keun, employé au département des Approvisionnements, est invité à se rendre sans faute au laboratoire 311, à 11 heures juste du matin.» Les mots «sans faute» et «juste» me semblent un peu bizarres, trop autoritaires surtout. Peinant à comprendre, je demande au directeur Song et à son attaché M. Kim pourquoi un employé du département des Approvisionnements serait convoqué ainsi. Tous deux répondent nonchalamment que, s'agissant d'une première, ils n'imaginent aucun motif. Mais quand je précise «au laboratoire 311», ils sursautent et lancent en chœur: «Chez le docteur Kwon!»

«Ça, c'est grave, déclare M. Song.

– Mais qu'est-ce que vous avez fait comme bêtise? demande M. Kim.

– Je n'ai jamais rien fait de mal, réponds-je, étourdi.

– Forcément, réfléchissez bien. Sinon, Dr Kwon ne vous aurait pas convoqué, assène M. Song.

– Si on ne fait pas gaffe devant lui, on peut se faire fracasser le crâne. Vous vous souvenez de M. Kim, le parachuté, le Directeur général? Quand il est arrivé ici, il a fourré son nez un peu partout, sous prétexte d'une inspection quelconque, jusqu'au laboratoire de Dr Kwon. Là, il a eu chaud. Il paraît que le vieux l'a frappé sur la tête avec sa canne. Pas une seule fois mais trois ! Kim a eu deux déchirures en forme de V et s'est fait recoudre à l'hôpital, dix-sept points de suture, raconte l'attaché de M. Song, tout excité.

— Mais qu'est-ce qu'il avait fait ? je demande, tremblant d'inquiétude.

— Pas grand-chose. Il lui aurait simplement dit : "Bonjour, hé hé, ça marche bien votre travail ?"

— Alors, le Directeur général, lui, avec sa tête ouverte, il a rien dit ? C'était pourtant un pistonné ?

— Oui, c'est étrange qu'après tous ces coups il n'ait même pas protesté. Au contraire, on dit qu'il lui aurait envoyé des cadeaux pour s'excuser de l'avoir importuné. Un sacré numéro, ce vieux !

— Ce doit être quelqu'un de très important ?

— D'aucuns prétendent que c'est le fils de la maîtresse d'un politicien qui tire des ficelles en coulisse, d'autres parlent du fils de la maîtresse d'un président de trust. En tout cas, les rumeurs ne manquent pas, mais rien n'est sûr. Sinon, il est aussi un des fondateurs de cet Institut, explique M. Song.

— Pourquoi toujours le fils d'une maîtresse ?

— C'est qu'on ne lui connaît pas de famille, dit M. Kim.

— Pourquoi voudrait-il voir quelqu'un comme moi ? Je ne suis rien ici.

— Ah, ça, on ne peut pas savoir. Ce genre de chose n'est jamais arrivé. Quoi qu'il en soit, faites attention. Si vous ne tenez pas à avoir des trous d'aération dans le crâne, vaudra peut-être mieux porter un casque de motard », lâche M. Kim, vraiment irresponsable.

11 heures exactes. Je monte au troisième étage. Franchement, mes jambes tremblent. Le laboratoire de Dr Kwon se trouve au fond du couloir. Arrivé devant sa porte, je toque doucement. De l'intérieur, un cri nerveux : « Entrez ! » À cette injonction, je sens mes muscles se raidir encore plus. J'ouvre la porte timidement. Un vieux au regard tranchant est assis derrière son bureau. En

me voyant, de la main il me fait signe de venir. Je m'exécute et je m'approche avec toutes les marques de respect qui s'imposent. En ramassant le plus possible mon corps, comme un chat, en essayant d'être le plus poli et le plus invisible. Dr Kwon regarde un téléviseur posé face à son bureau.

« C'est un film assez amusant, vous voulez y jeter un œil? »

Dr Kwon parle d'une voix plus posée. Suivant son invite, je tourne les yeux vers l'écran et... ô ciel, c'est moi! Accroupi devant le Placard n° 13, en train de lire des fiches en pouffant de rire. D'un coup, sans que je puisse me retenir, un bruit s'échappe de ma gorge, *argh!* J'aurais jamais imaginé qu'il pouvait y avoir des caméras de surveillance dans une salle aussi délabrée!

Dr Kwon parle en faisant tourner le globe posé sur son bureau: « C'est qui? Qui est derrière vous? Évidemment, ça doit être l'Entreprise. Ceux-là n'ont aucun scrupule.

— De... Derrière moi?

— Vous pensez vous en sortir comme ça? Vous ne semblez pas comprendre dans quelle situation vous vous êtes mis. Comprenez-moi bien: vous allez être envoyé en prison et vous allez faire faillite. La prison d'abord, car d'après le Code pénal vous vous êtes rendu coupable de recel de recherches secrètes, propriétés de l'Institut; la faillite ensuite, car d'après le Code civil vous êtes responsable d'avoir causé des torts irréparables aux chercheurs en divulguant ces secrets. Ça sera sûrement la somme la plus astronomique que vous aurez jamais entendu prononcer! »

Devant mes yeux, tout devient noir. Paniqué, je n'arrive pas à réaliser ce qui se joue là. Le seul truc clair, c'est que c'est une catastrophe. Je tente vainement d'avancer des excuses.

« Moi... simplement... en fait... disons... je n'avais rien à faire... je m'ennuyais... Oui, c'est cela, je m'ennuyais trop. C'est tout. Croyez-moi. Je m'embêtais, j'en avais assez des saunas, M. Song m'a proposé de fabriquer des maquettes de navires avec lui, mais ça m'ennuie aussi les maquettes... Excusez-moi, Docteur... »

Dr Kwon se désintéresse visiblement de mes suppliques, pourtant sincères.

«Vous deviez avoir une bonne raison pour ouvrir le placard, non ? Vous vous êtes collé pendant une semaine entière à ce cadenas. Acharné à ouvrir ce que personne de normal n'avait besoin d'ouvrir, suant pendant une semaine là-dessus. Votre technique était d'ailleurs complètement idiote. De 0000 à 9999, j'ai bien vu. Quel était votre but ? Si vous collaborez, je ne vous enverrai peut-être pas en prison. »

À nouveau je tente de lui expliquer pourquoi je me suis attaqué à ce placard, combien cet Institut est ennuyeux, combien l'ennui rend déprimante la vie d'un jeune homme, le tout dans un langage pas très cohérent sinon à peine intelligible. Je lui dis aussi que, pour moi, trouver la bonne combinaison était avant tout un loisir, comme de jouer avec ces cubes dont il faut remettre les couleurs en ordre sur la même surface. À mes explications, Dr Kwon marque un temps.

«Vous en avez lu combien ?

– Très peu... C'est-à-dire... je...

– Mine de rien, ma canne frappe assez fort. »

Argh !

«J'ai tout lu. Et puis j'ai lu plusieurs fois certaines fiches.

– Par exemple ?

– L'histoire de la siamoise qui incinère indéfiniment son double ou celle de la demoiselle lézard.

– Pourquoi ?

– Je ne sais pas.

– Vous avez ressenti de la compassion ?

– De la compassion, je ne sais pas, en tout cas, ça m'a fait mal au cœur.

– Notre monde nous offre tellement de divertissements et rien qu'en allumant son ordinateur, on peut avoir plein de trucs amusants et excitants, pourquoi diable avez-vous passé votre temps à lire ces fichiers couverts de poussière ? »

Que répondre ? Je n'en sais rien moi-même.

Dr Kwon redevient songeur. Peut-être sent-il qu'il y a du vrai là-dedans.

Rassemblant mon courage, j'ouvre la bouche.

« J'ai consulté ces fiches mais je n'en ai pas sorti une seule à l'extérieur. D'ailleurs ça n'arrivera jamais. Vous vous rendez compte, on me prendrait pour un dément si j'allais raconter ces histoires invraisemblables, tenez, comme celle de la demoiselle qui élève un lézard dans sa bouche ? Non, je vous jure, je ne suis qu'un jeune homme qui a mené sa vie honnêtement. Et puis... il y a votre part de responsabilité, me semble-t-il. Si ce sont des documents d'une telle importance, vous n'auriez pas dû les laisser dans une salle d'archives aussi démunie, non ?

— Démunie ? Comment ça démunie ? Depuis quarante ans, à part vous, personne n'a réussi à pénétrer notre système de sécurité. En un mot, c'est un système de sécurité parfait. »

Dr Kwon réfléchit encore un moment en faisant tournoyer le globe. Il reprend : « Bon, on va faire comme ça. Moi, je ne vous envoie pas en prison, je n'y gagnerais rien. Et puis quelqu'un d'aussi fauché que vous, ça va être difficile de vous faire cracher l'amende. Donc, à partir de demain matin, vous, vous montez ici faire quelques commissions. J'aurai parlé au chef d'établissement.

— Plaît-il ?

— Merde ! Ceux que je déteste le plus, ce sont ceux qui me font répéter la même chose. Je vous ai dit de monter ici à partir de demain matin !

— Vous m'engagez comme assistant ?

— Vous vous prenez pour qui, dites-moi ? Vous, un chercheur ? Vous vous contenterez de nettoyer la salle.

— Qu'est-ce qu'on fait pour mon travail d'en bas ?

— Vous essayez de jouer avec moi ? Depuis tout à l'heure vous me serinez que vous n'avez rien à faire en bas ! Tout le monde sait d'ailleurs que nos employés ne foutent rien, qu'ils passent leur temps à glander. Vous croyez peut-être vous en sortir moyennant quelques paroles idiotes ? Vous vous dites : “Quand même, ce vieillard ne m'enverrait pas en prison.” Ça n'aurait pas été impossible, sachez-le. Je vous trouve insolent et je peux très bien parler au chef d'établissement. Dans ce cas vous serez au moins renvoyé de l'Institut. Je n'en ai pas l'air peut-être, mais j'ai quelque pouvoir ici. Une fois à la porte, vous ferez quoi ? Retour au marché de l'emploi ? Trop dommage. C'est plutôt rare un poste comme ici, stable, salaire intéressant et rien à faire.

— Qu'est-ce que vous voulez de moi à la fin ?

— Mais quelle bête stupide ! Qu'est-ce que je vous ai dit ? Vous montez ici tous les matins, vous videz les poubelles, vous nettoyez le sol, vous passez le balai dans la salle d'archives. Ceci jusqu'à ce que vous vous repentiez de votre crime. »

Il a raison bien sûr. En bas, c'est le néant. Si j'insiste, tout ce que je vais gagner c'est d'être viré, car il en serait capable ce vieux qui n'a pas sorti un sou de sa poche pour l'hospitalisation du Directeur général Kim. Dans ma tête je calcule tous les possibles en un instant avant de lâcher : « J'accepte. »

Voilà, vous connaissez maintenant toute l'histoire. Comment j'ai commencé à travailler avec Dr Kwon. Sous la condition de nettoyer son laboratoire tous les matins. En fait la quantité de travail a augmenté de jour en jour. Au départ je suis sensé juste balayer la salle et garder le labo. Ce que j'ai fait. Eh bien, au bout d'un moment, il commence à m'engueuler parce que je ne réponds pas au téléphone. Donc je me mets à répondre à des êtres insensés qui racontent des histoires folles. Petit à petit, je commence à prendre en note leurs appels, à organiser les rendez-vous, à classer les fiches, à transcrire l'enregistrement des consultations jusqu'à accompagner Dr Kwon aux entretiens. Comme ça, un an passe, puis deux, et voilà, ça fait sept ans. Sept ans que je partage la vie de Dr Kwon tandis qu'en bas, il n'y a toujours rien à faire.

Il reste un point que je n'arrive pas à élucider. Pourquoi a-t-il besoin d'un type comme moi ? Pendant toutes ces années, il n'a eu ni assistant, ni disciple, ni personne et n'a pas effectué le moindre travail en équipe. Il a toujours été seul. Pourquoi veut-il me prendre à ses côtés, moi qui ne suis même pas scientifique. Ça, c'est une énigme.

À l'intérieur de la porte du Placard n° 13 est collé un petit mot:

Que la force de l'éléphant capable de mâcher un arbre entier,
La ténacité de l'hyène qui fait tomber un rhinocéros en mordant indéfiniment sa queue,
La patience du crocodile capable de supporter la faim durant six mois dans sa mare,
Et l'énergie de l'otarie qui entretient mille femelles
Accompagnent votre passion d'éclaircir l'obscurité de notre monde !
— Dr Kwon

Chaque fois que j'ouvre le placard, je vois ce texte.
Chaque fois que je le lis, mon cœur s'enflamme
Et de ma bouche s'échappe quelque chose comme :
« Tu parles, l'obscurité de notre monde ?
Je n'arrive même pas à éclaircir l'obscurité gisant dans les jours de ma jeunesse, putain. »

LES MOSAÏQUEURS DE MÉMOIRE

Susan Bring, prêtresse vaudou, est considérée comme la reine des mosaïqueurs de mémoire.

Elle n'a fait que corriger, un jour, quelques fautes d'orthographe en feuilletant son journal intime, juste ça, sans arrière-pensées. Imaginer qu'après sa mort quelqu'un lisant son journal trouverait ces fautes la glace de honte. Alors elle se livre à ce simple nettoyage. Au passage, elle efface quelques phrases dont elle ne souhaite plus se souvenir, en ajoute d'autres. Avec le temps, elle oublie ces modifications mais, toujours tenant son journal intime qu'elle relit, elle continue ce processus de ravaudage.

* *Elle relit son journal*
* *Elle corrige son passé dont elle a honte*
* *Elle oublie avec le temps qu'elle a modifié son journal*
* *Elle relit de nouveau son journal*
* *Le passé corrigé se met à gouverner sa mémoire*

C'est une méthode de manipulation de mémoire plutôt primitive et assez circonscrite. Elle a cet inconvénient qu'on ne peut véritablement manipuler ni des souvenirs marquants ni le subconscient. Pourtant, déjà, avec cette technique basique on peut modifier considérablement sa vie.

Susan Bring en est l'exemple criant. Pour ceux qui l'ont connue dans son enfance, il paraît quasiment impossible de se figurer sa vie : *étudiante en droit à Berkeley, brillante avocate, chroniqueuse au New York Times où elle se rend célèbre grâce à sa plume vive et intelligente.* Un destin d'autant plus difficile à prévoir que, fillette, Susan Bring est plutôt en retard, a tout le mal du monde à résoudre la moindre opération et ne sait pas lire jusqu'à ses douze ans, rejetant les manuels scolaires, refusant de recopier sur son cahier les mots inscrits au tableau. Ajoutons à cela qu'elle pue un peu à l'époque. Une petite Noire au caractère renfermé dont les autres enfants se tiennent éloignés qui d'un coup *se met aux études, fait carrière* pour, tout aussi soudainement, *abandonner la vie mondaine de Manhattan et se retirer au Tibet. Et, au bout de cinq années dans l'Himalaya, réapparaître en prêtresse vaudou.*

Celui qui bouleverse la vie de Susan Bring, c'est le pasteur Brian. Objectivement, on ne peut pas dire que le pasteur Brian a fait quoi que ce soit d'extraordinaire. Tout simplement, il lui a appris, avec une infinie patience, deux choses essentielles : écrire et tenir un journal intime.

« Il y a deux sortes de vie : celle avec un journal intime et celle sans. Cette différence est décisive pour toutes les choses de la vie, exactement comme la différence entre un pays qui possède une Histoire et un autre qui en est dépourvu. Dis-moi, Susan, quelle vie choisis-tu ? »

Susan Bring a pris la vie avec le journal plus option : la vie avec le journal *et ses légères corrections.*

Une fois ses yeux ouverts devant le mystère des mots, elle passe son temps à la bibliothèque, dévorant les livres ; on dirait qu'elle veut rattraper le temps perdu. Elle comprend mieux son existence ainsi que la parole des autres. Plus elle découvre de secrets dans ses lectures, plus elle ressent de honte pour son passé. Ce sentiment lui pèse et encombre son présent. Elle voudrait avoir eu une vie glorieuse de bout en bout. Aussi comprend-elle que l'existence d'un humain est conditionnée par son passé. Et c'est pourquoi elle décide de le changer. Avec succès.

À chaque effacement d'un point douloureux, elle devient plus fière, active, battante. Les retouches sont de plus en plus fréquentes et, l'oubli naturel s'ajoutant à l'oubli volontaire, son journal modifié gouverne désormais sa mémoire.

Susan Bring expérimente. Chimie, médecine, magie noire et autres pratiques secrètes, tous ces savoirs sont réunis par elle pour créer le premier archétype de mosaïqueur de mémoire.

Après la génération représentée par Susan Bring, les techniques des mosaïqueurs de mémoire connaissent des progrès remarquables pendant vingt ou trente ans. La deuxième génération développe des méthodes variées et complexes, parfois très dangereuses. Les mosaïqueurs de notre temps ne se contentent plus d'oublier ou de modifier un ou deux morceaux de mémoire ici ou là. Ils cherchent à manipuler leur mémoire comme on fait avec des fichiers informatiques. Ils coupent, copient, collent, modifient ces mémoires et même les relient les unes aux autres. C'est très risqué car, pour que tout cela soit possible en un temps court, il faut recourir à tout un corpus mêlant physique, chimie et alchimie, incluant des opérations médicales et diverses expérimentations mystiques.

La plupart des produits qu'ils utilisent pour effacer ou modifier leurs mémoires ne sont pas certifiés médicalement. Nul ne peut prévoir leurs effets secondaires. Ils contiennent des drogues tels que LSD ou cocaïne, des calmants tels que Xanax, Prozac, des médicaments tonicardiaques, des piqûres vasodilatatrices, même des médicaments contre le rhume, le tout plus ou moins mélangé en d'inquiétants cocktails. Il leur arrive de tenter des expériences sans aucun fondement logique ni scientifique ; un homme a essayé de bloquer une partie de son cerveau grâce à l'acupuncture, d'autres ont tenté de stimuler une zone du cortex avec des ultrasons, d'autres encore avec des chocs électriques. Bien entendu, toutes ces expériences insensées ont échoué et les cobayes ont péri d'hémorragies internes ou ont fini paralysés.

La transmission exacte de tels secrets de bouche à oreille ne peut pas être assurée et, même dans le cas où l'efficacité dudit secret serait prouvée, on ne peut pas être sûr que la méthode en question convienne à chacun. Le seul critère reste l'expérimentation sur soi-même. Certains spécialistes nous mettent en garde, même l'autohypnose, technique pourtant réputée la plus sûre, ne peut être garantie.

La deuxième génération connaît ainsi ses accidents dramatiques. Une Chilienne, victime d'un père alcoolique, veut effacer son enfance de sa mémoire. Hélas, elle ne supporte pas la migraine qui s'ensuit. Elle s'est suicidée en se forant un trou dans le crâne avec des lames de mixeur. Une Américaine d'une région de l'Est tente de détruire ses souvenirs morbides de l'école primaire où elle a été persécutée par ses camarades. Elle finit par s'armer et se livre à un massacre dans l'école la plus proche de chez elle.

En dépit de tout ça, les mosaïqueurs persistent: « C'est largement plus horrible et dangereux de continuer à vivre avec ses cauchemars. »

Les mosaïqueurs, en manipulant leur passé, se trompent eux-mêmes. Ils truquent des mémoires personnelles pour reconstruire un passé. Ils fabriquent le présent à partir de mémoires reconstruites et inventent leur futur à partir de ce présent biaisé. Ils ne fuient pas le présent, au contraire, ils sont les conquérants de leur présent. Un peu comme une femme ayant recours à la chirurgie esthétique pour vaincre un complexe, les mosaïqueurs veulent modifier les mémoires pour retrouver la sérénité au quotidien. Certains demandent: ne serait-ce pas la même chose de modifier l'Histoire et d'éditer des manuels scolaires mensongers? Exactement. Oui, ce doit être ça. En même temps, on peut dire que les mosaïqueurs n'ont pas non plus de comptes à rendre puisque, après tout, s'ils commettent des désastres en modifiant leur mémoire, ils ne nuisent qu'à eux-mêmes généralement.

Grâce aux avancées de la neurochirurgie, aux nouveaux médicaments hormonaux et au développement de l'informatique, la troisième génération de mosaïqueurs évolue dans un sens moins périlleux. C'est le résultat du succès relatif d'une combinaison entre la stimulation des neurones par des logiciels et des traitements chimiques qui maintiennent l'homéostasie. Un problème demeure, l'intoxication.

En effet, les mosaïqueurs, habitués à posséder des mémoires tip-top, finissent par en pâtir. C'est dû au décalage qui se crée entre, d'une part, leurs présent et futur, et d'autre part, leur passé. Ce passé est rempli de gloire et de magnificence, alors que le présent et le futur ne sont porteurs que d'angoisse et de peur. Le présent n'est pas satisfaisant. Le futur se déroulera toujours moins bien que le passé remodelé. De sorte qu'ils abandonnent le futur incertain et s'obstinent à modifier le passé, déjà reconstruit, pour s'y réfugier. Afin de modifier encore plus de mémoire, au fur et à mesure, ils n'hésitent pas à employer des méthodes de plus en plus destructives. Et retombent souvent sur les fameuses méthodes de la deuxième génération.

En Corée aussi il y a pas mal de mosaïqueurs de mémoire, paraît-il. On n'a pas de chiffre exact. Une chose est sûre, leur nombre augmente continuellement.

Notre Placard n° 13 contient huit fiches sur les mosaïqueurs de mémoire. Ils sont tous membres de la Rose Rouge, une association qui vient en aide à ceux qui souffrent de mauvaises manipulations ou de mémoires trop modifiées. Comme cette pianiste qui a jeté tout ce qu'elle savait du piano, ce mécanicien qui croit toujours que son ancienne amie qui l'a quitté dix ans auparavant est sa femme actuelle, ce prêtre malheureux dont les neurones ont été à ce point endommagés qu'il ne parvient plus à distinguer ses propres souvenirs des confessions qu'il reçoit de ses ouailles.

La réunion a lieu tous les vendredis soir. Quand je n'ai rien de prévu pour la soirée, j'y assiste parfois. Les membres de la Rose Rouge se mettent en rond et discutent environ deux heures. Certains soirs il y a pas mal d'échanges ; d'autres fois personne ne pipe mot et on doit supporter un silence gênant. Bon, comme dans n'importe quelle réunion, en fait. Ils parlent des passés dont ils se souviennent, des passés qu'ils devinent, des passés modifiés. Ils parlent aussi de ces morceaux de temps obscurs qui restent bloqués entre un pan de mémoire et un autre. Après la réunion, soit tout le monde rentre chez soi, soit on se prend une bière dans un bar du coin. Sans être franchement joviale, l'ambiance n'est en rien sinistre.

L'ancienne pianiste Y a donc fait disparaître de son cerveau toute connaissance du piano. Ce dont son corps se souvient, elle, elle l'a oublié. C'est très curieux. L'amnésie n'empêche pas de conduire une voiture ou de nager dans l'eau, non? Elle qui joue depuis l'âge de trois ans, comment a-t-elle pu perdre ça? Selon elle, toute sa mémoire semble flotter dans le vide.

« Les souvenirs ne sont pas liés entre eux. Il y a un trou noir immense dans ma tête qui absorbe tous mes souvenirs relatifs au piano. En conséquence, ma vie, celle dont ma mémoire a gardé trace, est très courte. Sans doute parce que toute mon existence dépendait du piano. Les écoles que j'ai fréquentées, les gens que j'ai rencontrés, les relations que j'ai nouées, tout a commencé par le piano. Je crois que, à part ma famille, je n'ai presque jamais rencontré de gens qui n'avaient rien à voir avec ma pratique. J'ai fait longtemps l'école de musique en Tchécoslovaquie et j'ai passé la plus grande partie de ma vie à jouer. C'est pour ça qu'aujourd'hui, sans le piano, ma mémoire est vide. Une vie qui ne contenait rien d'autre que le piano, vous concevez ça? »

Avec l'idée que, si elle frappe quelques touches sur le clavier, sa mémoire a peut-être une chance de revenir, nous la conduisons devant l'instrument. C'est un échec. Pas la moindre note une heure durant; elle reste, là, assise, perdue devant le clavier.

« Je ne sais pas jouer du piano », dit-elle.

Le prêtre L ne fait plus la différence entre les confessions qu'il reçoit et ses propre souvenirs.

« La confession contient toutes les histoires douloureuses et honteuses de la vie. Il est rare qu'une personne vienne confier de jolies choses ou son bonheur. Là, tout est devenu n'importe quoi depuis que je ne discrimine plus mon passé de celui des autres. Ma tête est sur le point d'exploser à cause de tous ces souvenirs blessants qui se mélangent. Un jour, je suis un parricide, un autre jour, une prostituée, et leurs souvenirs envahissent ma cervelle comme si j'avais vécu cela moi-même. Voyez, j'ai ce souvenir : je marchais dans une rue sombre, trois jeunes filles de mauvais genre ont surgi devant moi. Elles me draguaient en disant que c'était leur fantasme de faire l'amour avec un prêtre. L'une d'entre elles me léchait le visage, une autre a soulevé sa jupe, me montrant sa petite culotte, et s'est mise à me toucher l'entrejambe pour voir si je bandais. J'ai donné une forte gifle à l'une d'elles. Mais elles ne reculaient pas le moins du monde. Alors, j'ai craqué ! D'accord. Je vais exaucer votre vœu. J'ai baisé ces trois filles comme un sadique. Ciel ! Elles étaient mineures. Et puis, moi, je suis un prêtre. Sauf que... sauf que je ne sais pas si c'est mon souvenir ou un récit recueilli à confesse. Je suis absolument incapable de faire la différence. Si jamais, si jamais, c'était quelque chose que j'avais fait, moi, que dire ? Je ne sais plus comment je pourrais voir le Seigneur. »

M. Han, mécanicien dans un garage et célibataire, est persuadé que la femme qui l'a quitté dix ans auparavant est son épouse. Selon lui, loin d'en arriver à une séparation, il l'a épousée et ils vivent depuis dix années dans un bonheur conjugal parfait.

« Je l'ai rencontrée il n'y a pas très longtemps. Elle vivait avec un autre homme. Elle avait des enfants, aussi. J'étais stupéfait. Je lui ai dit de rentrer à la maison. En guise de réponse, elle s'est mise en colère, a crié que c'était insensé. Dix ans qu'on a vécu ensemble ma peau contre la sienne, mais elle biffait tout d'un seul trait. Pourtant, partout sur mon corps et dans tous les recoins de la maison, ses traces et ses souffles sont restés intacts. Je peux parfaitement me souvenir de nos dix dernières années. Jusqu'à ce qu'on a mangé, dans quelles positions nous avons fait l'amour, quels étaient ses sous-vêtements... Nous n'avons pas eu d'enfant, parce qu'elle était stérile. Nous avons donc adopté un chat. C'était un chat siamois et nous l'avons appelé "Châtaigne douce". Elle aimait beaucoup notre chat. Moi aussi, je l'aimais bien. Je lui ai donc demandé si elle se souvenait de "Châtaigne douce". Elle m'a répondu qu'elle était allergique aux poils de chat. »

Mme Song, ancienne patronne d'un bar de luxe dans le quartier de Gangnam, n'a plus aucun souvenir de l'année 1998. L'année précédente est pour elle une année bien remplie, avec de la joie, de la tristesse, des énervements, de l'argent qui s'est envolé, l'achat de deux appartements, des factures et toutes sortes de taxes. De cette année-là d'innombrables souvenirs surgissent dans sa tête tandis que, si elle pense à 1998, elle n'a plus rien, rien du tout sauf « Une carotte ». Surpris, nous lui demandons en chœur :

« Une carotte ?

— Oui.

— Pourquoi une carotte ?

— Ben, c'est ça le problème. Il est certain que pour moi 1998 est une carotte. Mais j'ai oublié pourquoi j'ai fait de cette année une carotte. Je me demande toujours, pourquoi une carotte ? J'essaye de découper des carottes, d'en manger, de me faire un masque de beauté sur le visage avec ; rien n'y fait, je ne trouve aucune réponse. Pourquoi ? Pourquoi la carotte ? Il y a le concombre, le poivron, les oignons et tout un tas d'autres légumes, alors pourquoi une carotte ? Je suis tourmentée, vraiment. La carotte, ce n'est même pas très bon. »

Les membres de la Rose Rouge pleurent sur leurs souvenirs perdus, qu'ils souhaitent si ardemment retrouver. Pourtant la vérité qu'ils cherchent ne leur donnerait aucun bonheur vu qu'ils ont effacé ces souvenirs, vu qu'ils ne pouvaient pas vivre avec. Pourquoi veulent-ils retrouver ce dont ils voulaient se débarrasser ? Pourquoi souhaitent-ils se confronter à la vérité qu'ils repoussaient ? C'est peut-être parce qu'ils ont oublié la source de ces douleurs. Quand ils auront retrouvé ces souvenirs, affronté les raisons de leurs souffrances, ils voudront sûrement les effacer une nouvelle fois.

Le mécanisme du cerveau, comme celui de la conscience ou de la réflexion, est loin d'être élucidé. Dans le cerveau il y a cent milliards de neurones. Chaque neurone est relié à dix mille autres. Le cerveau a donc un nombre infini de combinaisons pour produire des impulsions nerveuses ou des protéines. Un homme pourrait-il contrôler cet infini ? Néanmoins, de nombreux scientifiques parlent d'une possibilité, dans un avenir proche, de coupler le cerveau humain et l'ordinateur, pourvu que l'on parvienne à dévoiler le mécanisme global des neurones et des cellules nerveuses. Je ne crois pas que ce genre de dispositif soit possible sans entraîner des effets indésirables mais, si jamais ça l'est, j'avoue que je suis tenté de relier mon cerveau au PC. Que vais-je voir alors sur l'écran? Quelques milliers de scènes pornographiques vont-elles apparaître alors que ma femme et mes enfants seront là, les yeux rivés sur l'écran?

Nombre de défenseurs de la dignité humaine manifestent une grande inquiétude pour la combinaison homme/machine. À l'annonce d'infos dans ce genre, ils sont prêts à sortir manifester illico place de Yeouido; ils découpent des banderoles et courent acheter chez les papetiers des feutres pour écrire leurs slogans. « Non à l'Homme-Machine! Défendons la dignité de l'homme ! Défendons-la ! » Si vous en connaissez qui ressemblent à ça, dites-leur, s'il vous plaît, qu'on n'en est pas encore là. Le couplage du cerveau humain à l'ordinateur, c'est encore loin. En fait, on n'arrive même pas à connaître les raisons d'une migraine.

« Si un jour, le voyage dans le temps devenait possible,
Voudriez-vous retourner dans l'année 1998 que vous avez effacée ?
— Oui, je voudrais y retourner.
— À vrai dire, tout ce que je me rappelle de 1998, c'est une carotte.
— Vous n'auriez pas peur ?
— Si. Mais, dans un sens,
Il n'y a pas de période que l'on ne puisse supporter.
S'il y en avait une, je ne serais plus en vie.
Nous vivons des souvenirs heureux.
Mais nous vivons aussi des souvenirs malheureux. »

PINOCCHIO

Je voudrais maintenant parler des cure-dents. Cette petite chose de rien du tout à laquelle personne n'a jamais prêté attention dans l'Histoire.

« Je dirige une petite usine.

— Whaou, vous êtes P-DG alors ! Quels articles produisez-vous ?

— Des cure-dents.

À cette réponse, on peut difficilement étouffer un rire et on est amené à ne pas prendre très au sérieux ce P-DG. Mais c'est bien de ça que je vais vous parler. Je parlerai aussi d'un homme dont la vie, malgré sa volonté, est indissolublement liée aux cure-dents. Cet homme m'a dit : « Je commence à ressembler à un cure-dents. Mais je ne m'inquiète pas. Vous verrez, au XXIIe siècle tous les objets ressembleront à l'homme ou, inversement, tout homme ressemblera à un objet. Quoi qu'il en soit, l'un ou l'autre, c'est sûr. »

Depuis la Grèce antique où a fleuri la philosophie jusqu'au début du Moyen Âge où l'on s'est mis à bâtir des universités, nul philosophe ne s'est intéressé à l'essence existentielle des cure-dents, personne n'a témoigné son intérêt pour l'essence existentielle des baignoires, pas plus que des pots de chambre ni des moustiquaires.

La plupart de ces gens n'ont d'ailleurs aucune idée du tout. Nos ancêtres de l'Antiquité et du Moyen Âge ont eu assez à faire pour se nourrir le soir. Les rares milieux à avoir quelques idées, ces gens-là qui pensent à des choses un peu plus nobles – on peut imaginer par exemple un jeune Romain né dans une famille aristocratique, riche depuis des générations, qui possède une douzaine de répétiteurs ; ou un moine qui s'embête à mort dans le silence du couvent et se trouve donc bien obligé de penser à quelque chose ; ou encore ceux qui exercent la toute récente fonction de professeur dans les universités naissantes (notons que les sophistes grecs en sont réduits à fouiller des endroits comme nos marchés aux puces pour dénicher le fils engourdi d'une famille friquée auquel vendre leurs cours privés, ou doivent se débattre pour joindre les deux bouts en gérant de petits instituts, alors que ce nouveau métier de professeur, quelques siècles plus tard, permet enfin de vendre du savoir sans l'épuisant effort de prospect-marketing et dans des bâtiments à peu près convenables) – sont rares. Ces gens-là qui pensent ? Ils se demandent des trucs comme : est-ce que Dieu a des entrailles ? Si oui, les entrailles de Dieu produisent-elles aussi des gaz qui s'évacuent en pets ? Bref, ces gens-là, dans leurs rares questions, se demandent toutes sortes de choses qui ne servent absolument pas à la vie pratique mais relèvent de la pure métaphysique. Or donc en conclusion de tout cela, je peux dire que personne depuis l'Antiquité jusqu'au Moyen Âge n'a montré ni intérêt ni compréhension profonde à l'égard des cure-dents.

Avec l'arrivée du XVIe siècle apparaissent ceux qui réfléchissent à des trucs plus concrets, plus réels, plus solides, des trucs qui font mal quand on les heurte. Les humanistes, ces représentants de la Renaissance, par exemple. La table des matières de leurs études est pleine de tas de choses, à commencer par les planètes – la Lune, Vénus, Mars… – en passant par la Terre, la mer, les navires, les courants, les alizés, des cartes géographiques, les chaînes de montagnes, l'or et l'argent, les mécanismes d'horlogerie, les boussoles, etc. En revanche, toujours rien sur les cure-dents.

Le premier à tenter une description de l'essence cure-dentesque est un majordome dénommé Allal Rachid. À travers son ouvrage intitulé *Encyclopédie des objets perdus*, Allal Rachid nous livre ses réflexions sur les produits oubliés de différentes civilisations, cherchant à pénétrer l'essence des choses avalées par le temps. On trouve dans son ouvrage, chapitre 7233, une description des cure-dents. Selon l'auteur, celui qui a contribué à élever le statut des cure-dents fut un commerçant nommé Caspi. Ce Caspi part pour Rome, une grande ambition au cœur. Ça se passe à l'époque où la Méditerranée est redevenue le centre des échanges, où le Pape s'efforce de récupérer ses anciens locaux et où les Médicis dépensent des flots d'argent au nom de l'Art comme les nuages laissent pleuvoir l'eau.

Hélas, le navire de Caspi qui s'éloigne de Damas rencontre une violente tempête et, drossé sur les récifs, sombre. Caspi seul parvient à s'agripper à un rocher et regarde, abasourdi, toute la nuit, l'ensemble de ses biens emporté par les vagues. Au matin, il est repêché par un navire espagnol qui l'emmène à Rome. Il est parvenu à destination, enfin, mais sans plus rien à faire dans cette ville. Tout ce qu'il a sauvé de son naufrage c'est un canif au fond de sa poche. Rendu clochard il erre dans les rues romaines jusqu'au jour où il se met à tailler un bout de bois avec son couteau. Il réalise ainsi un cure-dent. Son œuvre est semblable aux autres cure-dents, du point de vue fonctionnel, c'est-à-dire que le bout est taillé en pointe. Mais tout à fait différente du point de vue formel, à savoir qu'il est aussi long et gros qu'un organe masculin en érection. En plus de la taille, la hampe est particulièrement grosse à l'image du sexe de l'homme.

Les curieux approchent et lui demandent de quoi il s'agit.

« C'est un cure-dent, répond Caspi.

— Ça alors, un cure-dent de cette forme ?

— Ce n'est pas un banal cure-dent. Ce vulgaire commerçant romain là-bas affirme qu'il faut utiliser des cure-dents après les repas parce que sinon les résidus pourrissent entre les dents, on a une mauvaise haleine et ce n'est pas bon pour la santé. Mais ces propos sont ceux d'un sot qui ne sait rien de l'essence des cure-dents. Ces choses-là ne peuvent pas être considérées comme de véritables cure-dents.

— Quelle est l'essence d'un véritable cure-dent ?

— Le véritable cure-dent doit être capable de produire une magie. Quand un serviteur, qui vient de se remplir la panse avec la nourriture de son maître, nettoie ses dents avec un cure-dent, cet objet doit être doté du pouvoir de le faire réfléchir. Par exemple, pour quelle raison ai-je mangé ces mets, que devrais-je faire en contrepartie de mon repas, combien la bonté de mon maître est précieuse et glorieuse, comment répondre à un dix-millième de sa prévenance, quelles tâches méritoires donneraient satisfaction à mon maître. Par conséquent, un esclave qui utilise ce cure-dent va travailler mille fois plus et récolter une moisson abondante pour répondre à la prodigalité de son maître. Si c'est un majordome qui utilise ce cure-dent, il ne détournera jamais les biens de son maître pour son propre compte. Même un cheval ou une vache peuvent utiliser ce cure-dent et dans ce cas ils courent à corps perdu. Et si une femme ou une religieuse l'utilisent... Oh, je préfère m'arrêter là. Il ne faudrait pas qu'un Barbare comme moi commette une indélicatesse. »

Quand Caspi achève son discours, les auditeurs demeurent bouche bée. Les nobles présents sur place, tous riches propriétaires, songent : « Oui, c'est exactement ça. Ce dont les esclaves ont besoin, ce n'est pas du fouet mais de ce cure-dent !

— Plusieurs personnes peuvent-elles utiliser le même cure-dent ? interroge un noble.

— Si cela ne dérange pas les utilisateurs, pourquoi pas, répond Caspi.

— Donnez-moi d'abord trente cure-dents, un pour vingt esclaves ! »

Malgré leur prix très élevé, les cure-dents de Caspi en forme d'organe sexuel masculin en érection se vendent comme des petits pains. Quand les nobles ont fini de s'en procurer autant qu'ils possèdent d'esclaves, ses cure-dents continuent à se vendre. On ne sait pourquoi mais des dames, des veuves et des jeunes filles coquines achètent les cure-dents de Caspi en catimini. D'après une rumeur, un couvent de religieuses en a commandé une grande quantité, mais le fait n'est pas confirmé. En tout cas, après le repas, en se piquant l'entre-dents avec cet ustensile à l'apparence tout à fait extraordinaire, certains doivent avoir pensé : « Pourquoi ai-je mangé ces nourritures ? Ah, un soir aussi triste et aussi solitaire, quelle serait la tâche la plus méritoire à laquelle me livrer avec ce cure-dent ? »

Caspi, bien entendu, n'est pas l'inventeur du cure-dent. Le besoin étant mère de l'invention, il peut y avoir des milliers ou même des dizaines de milliers de personnes qui vont prétendre en être l'inventeur. Caspi n'en est pas l'inventeur mais c'est le découvreur qui donne sa valeur existentielle au cure-dent. En y ajoutant de la fantaisie et de la magie, il élève à juste titre le statut du cure-dent, qui sans lui resterait oublié tout en bas de la hiérarchie des objets.

Bref, maintenant revenons à l'histoire de l'homme qui s'est métamorphosé en cure-dent. Sa mutation vient paradoxalement de sa détestation des cure-dents. C'est le premier cas connu de l'évolution de l'homme vers le cure-dent (quelqu'un m'a fait remarquer qu'il s'agirait plutôt d'une régression, mais admettons l'hypothèse que ce soit une évolution). C'est aussi l'histoire d'un homme qui ne souhaite pas le moins du monde retrouver une vie d'homme normal tellement il s'épanouit dans sa nouvelle vie de cure-dent.

Tout remonte à son père. Ce dernier a une usine, disons, un petit atelier. Où il produit des cure-dents. Un père qui fabrique des cure-dents et le fils qui hait les cure-dents, voilà comment débute un drame comme on en connaît tant dans la longue et douloureuse histoire des rapports père-fils.

Pourquoi hait-il tant les cure-dents ? Son surnom, son identité et son existence ont commencé avec les cure-dents et sont toujours restés en rapport avec les cure-dents. Sa grande maigreur lui vaut dès l'enfance le surnom de « Cure-dent ». Jamais il n'a été fait usage de son véritable prénom mais toujours de petits noms humiliants et de quolibets, des « Cul d'dans », « Cure-dents, dents de curé ! », « Cure-dedans ». Pour les vieux du quartier il est « Cardan », allez comprendre pourquoi ! Il suffit de prononcer deux mots cinq mille fois chacun, la langue a tendance à supprimer le superflu, de sorte que, compte tenu de la vie d'une langue qui naît, qui vit et qui meurt après de multiples péripéties, il vaut mieux respecter le principe « facile à prononcer » quand on nomme un nouvel objet ou une nouvelle thèse. Le surnom qu'il hait le plus est « Cure-parent », un mot-valise original identifiant le fils à son père qui fabrique des cure-dents avec en plus cette ignoble petite nuance de mépris.

Il hait les cure-dents, il hait aussi sa vie étroitement liée aux cure-dents, pourquoi diable parmi tous les objets qui existent de par le monde il faut que ce soit le cure-dent ! Il hait son père, sa petite fabrique de cure-dents, les machines qui crachent des cure-dents, les ouvriers qui, pendant le travail, jettent des coups œil à la dérobée aux fesses de sa mère, il hait aussi l'étonnante coutume familiale de se piquer entre les dents après chaque repas pourtant entièrement végétarien (de temps à autre pour éviter une carence en protéines, il y a des œufs frits). Enfin, pourquoi pas ? Chez lui, il traîne toujours autant de cure-dents que Zhuge Liang a volé de flèches à Cao Cao lors de la fameuse bataille de la Falaise rouge.

À la fin de sa terminale, il postule à l'école militaire. La raison en est toute simple : il lui faut trouver les études les plus éloignées de l'univers des cure-dents. Ainsi fixe-t-il son choix. Mais sur la fiche de candidature, il y a une case à remplir, la profession du père. Alors qu'il est sur le point de débuter une nouvelle vie, faut-il la placer sous l'égide du cure-dent ? Longtemps, il se tourmente avant de trouver une idée géniale. Il inscrit alors : *Transformation de bois*. Or, le professeur qui le reçoit pour l'entretien regarde bizarrement cette « Transformation de bois » écrite sur la fiche. Le jeune candidat prie de tout son cœur que le professeur passe là-dessus sans s'appesantir, mais la vie ne se déroule jamais comme on le souhaite. Le professeur interroge d'une voix basse et calme : « Quel genre de commande traite votre père avec du bois ? »

Il se tait. Il n'a aucune envie de dire le moindre mot à ce sujet. Mais le professeur attend patiemment. Résigné et rouge jusqu'au cou, il répond d'une voix à peine audible.

« Il fabrique des cure-dents. »

Le professeur ne s'esclaffe pas ni ne montre d'étonnement. Il secoue simplement et légèrement la tête de droite et à gauche. C'est quelqu'un de discret et peu enclin au rire.

« Dans ce cas, il ne faut pas écrire comme ça. Quand on remplit une fiche, il faut être précis pour que ceux qui la lisent puissent comprendre aisément. »

Le professeur l'ayant grondé amicalement, il regarde un temps la fiche puis corrige : *Fine transformation du bois.*

Moi, je pense que ce professeur saisit là quelque chose de l'essence des cure-dents. Car il classe ce métier avec précision et élégance en tenant compte de l'usage du bois, de la méthode de fabrication ainsi que de sa particularité industrielle. Cette année-là, notre jeune homme est admis à l'école militaire sans difficulté.

Sa vie, désormais, s'éloigne de plus en plus des cure-dents, selon ses vœux. À sa sortie de l'école militaire, il lui semble que son avenir s'étend infiniment sur le chemin des armes. Néanmoins, il ne peut poursuivre. Dans le peloton qu'il commande il y a successivement des suicides et des désertions, et le voici contraint de quitter l'armée juste avant sa promotion. Muni d'une lettre de recommandation de son supérieur, il trouve un poste administratif dans une entreprise liée à la Défense. Mais, habitué à la vie militaire, il crée plus qu'à son tour des conflits avec les employés, sans parvenir non plus à s'entendre avec les chercheurs. Il finit par quitter ce travail puis entre dans une compagnie d'assurances. Le commerce, fleur du capitalisme, le paye de ricanements. « Vous manquez trop de qualité commerciale. Nul client dans ce monde ne veut d'un commercial qui ordonne. » Il ne reste pas un mois à ce poste. Sa prime de départ de l'armée comme capital, il ouvre avec sa femme un petit point de restauration rapide qui fait du poulet rôti. La chance semble enfin lui sourire. Heureux hasard, dans le quartier, la construction d'une grande cité s'achève et les gens commencent à s'installer. Pendant deux mois, sa boutique connaît un succès incroyable. Mais trois mois plus tard, dix restaurants de poulet rôti poussent alentour, dont certains proposent une pizza gratuite pour un poulet acheté. Les restaurants chinois aussi se mettent au poulet, offrant une assiette de raviolis frits ou des nouilles sautées en prime. Durant trois mois il doit endurer son restaurant avec les mouches pour toute clientèle, se nourrissant exclusivement du poulet et de radis marinés, avant d'abandonner son bail et de déguerpir. À partir de là, il devient bizarre.

Il investit dans la Bourse tout l'argent qui lui reste. Le marché est relativement orienté à la hausse mais, curieusement, lui perd à chaque coup. Il s'y accroche d'une manière de plus en plus dangereuse et, avant six mois, y laisse tout son bien. Il s'endette, s'acharnant sur les paris hippiques. Le cheval galope et les compliments fusent mais ce canasson n'est jamais celui sur lequel il a parié.

Il cumule à présent des montagnes de dettes qu'il est incapable de rembourser. Il vend son appartement, sa voiture, son piano mais les dettes ne diminuent pas pour autant. Il vend un rein, un œil. Mais les dettes sont encore là. Sa femme réclame le divorce, il signe le papier sans faire d'histoires.

Il a tout perdu et contracté diverses maladies. Il ne possède plus rien. Pas même un coin où passer la nuit. Le seul endroit où il puisse aller, c'est l'usine de son vieux père, que celui-ci fait encore fonctionner pour occuper sa retraite. Il tourne ses pas fatigués vers son père. À ce moment-là, il se dit : « D'accord, j'ai compris. Je n'ai qu'à fabriquer ces cure-dents, ces putains de cure-dents. »

Il commence à travailler dans l'usine. Il ne prend pas pour autant sa revanche sur la vie. Il fabrique des cure-dents comme son père et il continue encore aujourd'hui. Oh, bien entendu, ce n'est pas à cause des malheurs de sa vie qu'il est entré dans le Placard n° 13. Sinon, notre placard aurait tôt fait de déborder avec toutes les histoires tristes de cette ville. Le motif de son entrée, c'est son pouce. Au cours de ses travaux manuels, sous une scie mécanique, il perd trois de ses doigts. Il en parle sans y attribuer plus d'importance que ça ; ce genre d'accident arrive souvent dans ces métiers.

« Quelques doigts en moins, c'est pas mortel quoique les gens me considèrent comme handicapé. En tout cas, ce n'est pas ça le problème. Compte tenu de la particularité du travail, le vrai problème, c'est qu'on a besoin d'au moins trois doigts : le pouce, l'index, puis un autre doigt pour soutenir le pouce et l'index. Mais le malheur veut que j'en perde trois. À l'hôpital, ils m'expliquent qu'il existe des prothèses pour les doigts comme pour les jambes. Tiens, je me dis, il y a vraiment tout et n'importe quoi dans le monde. »

Il se fait mettre une prothèse à la place du majeur. Il porte aussi une sorte de pince pour fixer solidement la prothèse. Mais son doigt artificiel est malaisé à manier et réduit sa productivité. Alors, gardant sa pince de fixation, il met à la place de la prothèse un bout de bois qu'il a lui-même taillé. Après des milliers d'essais, il trouve enfin le doigt qui s'adapte à merveille.

« Un jour, j'ai enlevé la fixation pour me laver le visage. Mais le doigt en bois est resté en place. Je tirais très fort pour l'enlever mais je n'arrivais pas à le retirer, pareil qu'un vrai doigt. Au début, j'ai trouvé ça marrant. Un doigt en bois qui se comportait en vrai doigt, quoi. »

Il a trois doigts en bois. Ces doigts ne se courbent pas aux articulations comme les vrais, mais ils sont parfaitement intégrés, comme poussés de sa main même. En plus, aux endroits où le bois touche la chair, un processus de fusion organique est en cours. Ça ressemble à un mélange moitié bois moitié chair, et au bout du bois on distingue quelques veines minuscules qui poussent. Comment un morceau de bois peut-il se marier à la chair ?

« C'est extraordinaire. Il y a des cas où des êtres vivants grandissent dans le corps humain mais des phénomènes de ce genre, on n'en connaît pas encore.

— Ah bon ? Ça existe vraiment ce genre de choses ?

— Oui, c'est ce qu'on appelle une chimère. La queue d'un reptile par exemple, qui grandit dans le corps humain. En tout cas, un bout de bois sans vie qui se lie avec une chair humaine, c'est la première fois, je crois. Puis-je y toucher ? »

Il me tend aimablement la main. Je regarde et je palpe longuement ses trois doigts. C'est du bois commun, celui qu'il emploie pour les cure-dents. Naturellement il n'y a pas d'ongle et à la place des empreintes digitales, il y a des cernes. Sûrement du fait de son travail, le majeur est légèrement courbé. Aussi, son auriculaire est assez petit, comme s'il manquait une articulation.

« Votre auriculaire, pourquoi est-il si court ? Vous ne vous êtes quand même pas trompé sur la taille ?

— Je me suis tranché l'extrémité à la machine. Après tout, c'est un doigt en bois et au début c'est quelque chose à maîtriser.

— Heureusement que ça ne fait pas mal cette fois.

— Détrompez-vous, c'est très douloureux au contraire. Même si c'est un doigt en bois, explique-t-il calmement.

— Vos doigts en bois, vous les sentez un peu gênants ou comme un corps étranger ?

— Oui, bien sûr, ils ne font pas partie de mon corps naturellement. Peu à peu néanmoins, la sensation d'un corps étranger s'estompe. Et puis, les doigts se transforment petit à petit. Ils s'inclinent dans la direction que je souhaite, ils deviennent plus minces aussi. Oh, ça arrive des fois qu'ils aillent dans une tout autre direction. Les premiers temps, quand je regarde mes mains, je me fais l'effet d'un monstre. J'ai un œil qui est faux, vous savez, je l'ai vendu à cause de mes dettes. Des doigts en bois, un œil en plastique, de quoi me sentir lamentable. Mais ça va maintenant. Vous verrez qu'au XXIIe siècle tous les objets ressembleront à l'homme, ou inversement, tout homme ressemblera à un objet. Quoi qu'il en soit, l'un ou l'autre, c'est sûr.

– Vous détestez encore les cure-dents ? »

Il réfléchit un long moment avant de répondre à ma question. Enfin il ouvre la bouche.

« Je ne sais pas. Je ne les hais pas comme avant, mais je ne ressens aucune affinité non plus. En ce moment, moi, je me demande si chacun ne finit pas par revenir à l'endroit qu'il a haï, obligé de vivre avec. »

Après quoi, il se saisit d'une cigarette entre son index et son doigt de bois, et l'allume. Puis il expire longuement la fumée dans le vide.

Il dit qu'il prend le chemin de ressembler à un cure-dent. Je ne sais pas exactement ce qu'il veut dire par là. Qu'est-ce cela peut être, la société du futur où l'homme et les objets se ressemblent ? Cela signifie-t-il qu'au XXIIe siècle, les tables, les vases et les verres s'aiment, se blessent et souffrent de solitude comme les hommes ? Ou, à l'inverse, au XXIIe siècle, que les hommes ne s'aiment plus, ne se haïssent plus pour enfin ne plus sentir ni solitude ni douleurs et occuper juste leur place comme ce vase ou cette table ?

Un jour, Pinocchio de retour du marché demanda à Gepetto l'ébéniste d'un air soucieux:
« Papy, suis-je un humain ou une marionnette en bois ? »
Gepetto l'ébéniste le regarda d'un regard attendri et dit:
« Fiston, ne sois pas triste.
Si tu gardes toujours un bon cœur, tu peux devenir tout ce que tu voudras.
Non seulement un humain, mais quelque chose de mieux. »
À ces mots, Pinocchio s'écria avec un visage illuminé:
« Dans ce cas, je veux devenir une marionnette en bois. »

VENDREDI, JE BAISSE LE STORE

La nuit tombe derrière la fenêtre. Je me lève et je baisse le store avant de jeter un œil discret au bureau. C'est d'un calme... Vendredi soir. Les collègues qui ont de la famille partent tôt. Bien entendu, les célibataires aussi. Tous les vendredis ils ont rendez-vous avec leur copine ou leurs potes. Ils ont le corps jeune, solide, parfait pour jouer, s'amuser ; et leur portefeuille est plutôt épais. Alors à quoi bon rester au bureau le vendredi soir ? Ceux qui traînent sont des gens dans mon style, à la rigueur : sans nana, sans ami, sans famille. Si je rentre à la maison, tout ce que je trouve dans le frigo c'est une petite boule de riz froid, une boîte de sardines entamée et de la bière éventée. Pour résumer, je vis seul dans cette putain de ville.

En ce moment, je ne flirte pas. Curieusement, depuis sept ans, je ne rencontre pas de fille qui me donne envie de sortir ; je ne ressens même pas l'envie d'en avoir une. Cela ne me rend pas plus mélancolique ni plus solitaire. Mais j'avoue que le week-end c'est un peu pénible. On ne va pas prendre une bière ou un repas seul dans un resto, les gens vous regardent de travers. D'ailleurs il m'arrive de me faire refuser sous prétexte que je suis seul. Donc, pas le choix, le week-end il faut que je cuisine. Je prends dans un hyper une quantité scandaleuse de produits (ils nous y obligent quasiment, ces malins, « On ne vend pas à l'unité, faites ce que vous voulez »), passe à la caisse et ramène ce monceau de provisions à la maison. Je m'affaire dans la cuisine jusqu'à ce que d'un coup je me dise que c'est absurde de se préparer des petits plats pour les manger seul. Pas que pour le gaspillage, c'est juste un acte insensé. L'homme de Cro-Magnon aurait-il préparé un sanglier pour le manger en solo? Peut-être... De son temps il n'y a pas trop de boucherie. Ceci dit, il n'a sans doute jamais existé de Cro-Magnon solitaire. Seul, on tient pas trois jours à cette époque.

À part moi, une personne est encore au bureau. C'est Mlle Son Jeong-eun, du département des Affaires générales. Tous les jours, blottissant dans un coin discret et autant que faire se peut son corps énorme, elle continue de travailler après le départ des autres. Qu'est-ce qu'elle peut bien faire dans cette boîte où personne ne fiche jamais rien?

D'une même voix, les employés la trouvent bizarre. Je partage cet avis. Je veux bien être sympa mais, malgré toute ma bonne volonté, impossible de dire que c'est une fille normale. Elle n'ouvre jamais la bouche. Hormis les quelques rapports professionnels d'une stricte nécessité, elle n'échange pas un mot avec les autres. On peut croire qu'elle a fait vœu de « ne plus jamais parler avec les Terriens », ou qu'elle a oublié comment parler. En plus, elle ne se montre jamais à aucune réunion, que ce soit des trucs officiels ou officieux, du genre repas entre collègues, petit verre après le boulot, pique-nique, sortie sportive. Malgré les mises en garde du Directeur général, style: « Pour ceux qui ne participent pas ce soir, ça va barder », elle rentre chez elle sans problème. Voilà pourquoi elle est tout le temps seule, mange toujours seule, travaille seule et rentre seule, sans suivre aucune de ces activités mondaines qui sont pourtant vitales pour survivre dans cette ville. Elle est trop discrète, elle est trop peu souriante, elle est trop trouillarde. Elle ne veut pas que quiconque s'approche d'elle. Elle n'accepte personne. Elle est comme une sorte de gros hérisson.

Vendredi soir, elle et moi sommes ensemble au bureau. Moi qui suis piégé par le Placard n° 13, j'ai une véritable occupation dans l'Institut, mais elle?

Serait-ce parce qu'elle est si molle? Comme dans un film, son monde tourne au ralenti: elle marche en se traînant, elle bouge comme engourdie, elle articule pro-gres-si-ve-ment. Toute tâche et tout projet, une fois entrés dans son monde, perdent leur vitesse et s'engluent irrémédiablement. Les autres employées s'énervent de son rythme: « On ne peut pas travailler avec elle. C'est impossible de s'accorder à cette lenteur. »

Bon, là il convient de dire qu'il faut quand même un sacré toupet pour sortir des âneries pareilles, sachant que personne ne fait rien. En vérité, le motif d'exaspération des filles c'est plutôt son silence, ses mouvements pesants et son manque global de réaction dont on ne connaît pas la raison, voilà.

Autre explication à ses départs tardifs: toutes les petites tâches ennuyeuses du département des Affaires générales lui reviennent au final. Je doute que tous les employés se soient ligués pour lui coller leurs boulots (encore qu'ils en soient capables...), mais de fait les choses se passent ainsi. Parce qu'elle ne se plaint jamais quand on lui balance un truc à faire. Quand elle reçoit une commande, elle s'assoit et s'y met, au ralenti, faisant des choses compliquées et ennuyeuses d'une façon lente et pas finaude. Et elle rentre tard chaque soir.

La voir si indolente, ça me met moi aussi en colère parfois. Pourquoi est-elle si pataude? Autre raison de ma colère, c'est quand Mlle Jeong – une des plus méchantes langues à l'endroit de Mlle Son Jeong-eun – dépose quelque chose sur son bureau pile au moment où Mlle Son se lève et s'apprête à partir, et lui dit, exceptionnellement en souriant: « Ma sœur, tu peux me faire ça? » Et le visage de Mlle Jeong dissimule à peine un: « Toi, de toute façon, tu n'as jamais de rendez-vous galant, pas vrai? » À ces moments-là, j'ai presque envie de gifler cette vipère, mais le pire, ce qui m'exaspère le plus, c'est l'autre nouille qui reçoit le dossier de la main de Mlle Jeong sans rien dire et se rassoit. Au « Merci, je compte sur toi, ma sœur » de Mlle Jeong, elle hoche la tête en signe d'approbation. Ça me rend dingue, comment est-il possible qu'elle ne lui réplique rien? Pourquoi ne rugit-elle pas de rage en envoyant valser les dossiers? Pourquoi ne lui jette-t-elle pas des injures : « Fous le camp, connasse. Ce que t'es censée faire, tu le fais avec ton cul ouvert à tous ou avec tes seins gonflés à péter, je m'en fous ! Mais démerde-toi ! »

C'est une drôle de vie. La vie d'un sac de sciure dans une salle de boxe : « Ben, si vous voulez, frappez. » Une vie où le corps ne porte ni honneur ni protection.

Je n'avais jamais croisé une vie pareille auparavant. Est-ce imaginable, une vie dont on ne prend pas soin ? C'est pour ça que la voir m'énerve de plus en plus. J'ai l'impression que c'est moi qu'on humilie. Comme de me voir dans le miroir après avoir été copieusement bastonné.

Enfin, je crois que c'est ce que je ressens quand je la vois.

Depuis des années, je l'observe. J'observe sa démarche, je la regarde de dos entre les lames du store quand elle s'en va ; et au bureau je jette des coups d'œil à la dérobée sur ses épaules contractées. Sans savoir pourquoi, mon regard se dirige vers elle. S'agit-il de compassion ? Oh non, la compassion, non, c'est pas possible ça. Quelqu'un comme moi, avoir de la compassion pour quelqu'un d'autre ? Allons ! Bon, alors, je veux coucher avec elle ? J'imagine la scène si je dis ça : tout le monde tombe foudroyé d'étonnement. Les collègues, les filles pouffent « Quand même ! » et prennent mon aveu pour une bonne blague. M. Kim, l'attaché, secoue la tête en disant : « Ah ben vous, vous avez un goût vraiment déroutant. » Et le directeur du département, M. Song, me gronde : « Vous êtes devenu fou ? Vous avez envoyé votre esprit en voyage ? Faites-le revenir vite, pauvre ami. »

Pour être honnête, moi-même je ne sais pas quel sentiment j'éprouve à son égard. Est-il plus juste de dire que je n'ai pas encore eu l'occasion de vérifier la nature de ce sentiment ? Ou alors je n'ai pas l'intention ou le courage d'étudier plus à fond ce sentiment. En tout cas, je ne sais pas.

Il y a un copain du temps de la fac qu'on surnomme « Comte de Myeongdong ». C'est un sacré numéro qui proclame avec véhémence avoir couché avec plus de cinq cents filles et les avoir toutes aimées. Une fois, autour d'une table assez arrosée, ce Comte nous déclare que « l'amour est comme une boîte de conserve». L'amour, à l'instar des boîtes de conserve, a pour lui sa date limite de consommation, ses divers avertissements et son prix. Il suffit d'ouvrir son porte-monnaie, de vérifier son pouvoir d'achat, de respecter la notice et d'aimer avant la date de péremption. Là, tout se déroule sans problème.

Peut-être a-t-il raison, peut-être que, dans cette ville, l'amour est comme une boîte de conserve. Car on peut en trouver facilement, qui se ressemblent à peu près toutes et qui sont sécurisées et bonnes à consommer, pourvu qu'on ait les sous, l'ouvre-boîte et un minimum d'attention pour la date limite de consommation.

Quand l'horloge du bureau marque 19 h 15, elle se lève de sa chaise qui pousse un cri strident. Quoique le bureau soit vide – à elle et moi près –, elle jette un regard circulaire avant de prendre le sac en cuir que je lui connais depuis toujours. Quand elle est arrivée ici la première fois, il était déjà tout usé ce vieux sac dont la bretelle est cassée et qu'elle porte contre sa poitrine, ce vieux truc qui doit contenir au moins un drame ; je suis curieux de savoir ce qu'elle peut dissimuler là-dedans.

Elle se dirige vers la porte. Ses chaussures toutes plates aux semelles molles crissent, comme quand on marche dans la neige. Alors qu'elle est sur le point de tourner la poignée de la porte, je sais pas pourquoi je fais ça, je lui demande à haute voix : « Mademoiselle Son, vous partez ? » Elle semble surprise et contracte un peu plus ses épaules avant de se retourner vers moi, au ralenti. Au lieu de répondre à ma question, elle courbe le dos vers mon bureau (non pas dans ma direction, mais précisément vers mon bureau). Son regard pique vers le sol comme si elle louchait. J'ai envie de lui demander : « Pourquoi vous ne me regardez pas dans les yeux ? » Mais je n'ose pas. De même que « Pourquoi vos chaussures font-elles ce bruit sourd ? » serait une question incongrue. Voire aussi impolie que demander : « Hé, vous, vous pesez combien, dites ? » Non, à sa salutation, je réponds « Oui » et je hoche la tête. Bien entendu cela ne signifie pas que j'autorise son départ. Elle aussi, elle doit le savoir.

Comme elle va se retourner vers la porte, je l'interpelle une seconde fois : « Mademoiselle Son, du courage ! Ne faites pas attention à ce que disent les autres. »

De ma bouche sortent ces mots hors de propos, ces mots qui n'ont rien, mais alors rien à voir avec la situation. Je suis moi-même surpris d'avoir lancé ça. Dans mon inconscient je dois entretenir une sorte de compassion bon marché qui veut la soutenir. Or, si j'étais un peu plus honnête, je devrais lui dire : « Mademoiselle Son, faites attention. Le Directeur général vous a à l'œil depuis un moment. Et tout le monde attend que vous quittiez la boîte. Vous comprenez, vous devriez vous mêler un peu aux autres, prendre un café ou bavarder avec eux... et participer quelquefois aux dîners et aux karaokés, tapoter le tambourin ou chanter un morceau. Nous non plus, franchement, c'est pas parce qu'on aime ça qu'on le fait, mais ça se fait. »

Elle demeure interloquée par mes paroles jetées en dépit du bon sens. Elle secoue légèrement la tête. En me voyant qui la fixe toujours, elle hésite un moment avant de trouver sa réplique. Elle fronce les sourcils, fait une mine comme si elle évaluait l'Institut et elle-même. « Est-ce que je vais bien ? Est-ce que les gens d'ici ont le droit de me traiter ainsi ? Est-ce que je souffre à ce point ? » Son front se plisse de plus en plus, suivant la succession de ses questions muettes.

« Les journées au bureau... j'aime... assez bien », balbutie-t-elle. Sa voix, que je n'ai pas entendue depuis longtemps, est légère et mince, semblable à celle d'un enfant. Elle renouvelle sa révérence en direction de mon bureau et sort lentement de la pièce. J'entends ses pas, ses chaussures plates aux semelles molles dans le couloir. Je me rappelle avoir rêvé à une époque d'entendre ses chaussures faire le même bruit que celles des autres filles, un bruit de talons quoi, *clac-clac-clac-clac*. Elle ne porte jamais de talons aiguilles, d'accord, mais tout de même, le bruit des pas dans la neige, merde ! Maintenant, je suis là à écouter son pas s'éloignant dans la neige du couloir puis descendant l'escalier. Qu'elle aime être ici, impossible, comment peut-on aimer passer ses journées dans ce fichu bazar...

Assis devant mon bureau, je prends une cigarette. Sur un mur est accroché un panonceau avec imprimé en rouge : « INTERDIT DE FUMER ». Elle est partie et je suis enfin seul. Pourtant il est interdit de fumer, avec ou sans personne dans les lieux, interdit de fumer veut dire interdit de fumer. J'allume ma cigarette et me dis : « Bien sûr, il ne faut pas fumer dans le bureau. » Je remonte le store et j'entrouvre la fenêtre. Le vieux store rouillé grince. Ras le bol de ce store. Quand la cigarette est à moitié consumée, j'aperçois Mlle Son sortir par le portail de l'Institut. Elle est toute tassée, sans doute pour tenir son vieux sac en cuir à la bretelle cassée. Décidément, je me demande ce qu'il y a dans ce sac qu'elle porte serré contre son cœur.

JE VEUX DEVENIR UN CHAT

Auriez-vous imaginé vous transformer en chat ?

Le chat est un animal charmant, un animal curieux, de caractère optimiste et qui dort en moyenne seize heures par jour. Regardez avec quelle grâce il saute sur le rebord d'un mur, quelle élégance et quelle légèreté il montre en passant d'un toit à l'autre, quelle agilité extraordinaire il dévoile en chutant d'une branche haut perchée, retrouvant instinctivement son équilibre pour atterrir tout en douceur. Et puis plongez dans ses pupilles profondes et insondables, qui ne laissent rien deviner de ses pensées.

Le chat est hypercool. Pendant que ses lointains cousins, jaguars ou léopards, se débattent pour survivre dans ces jungles ou ces savanes de plus en plus rares, les chats ont fait leur entrée dans les villes où ils se sont remarquablement adaptés. Ils connaissent par cœur le système des feux tricolores, tous les machins dangereux du genre fils à haute tension, grilles électriques à éviter, etc. Ils savent quel jour de la semaine on sort les poubelles et quelle couleur de sacs pour quels déchets. Leur appétit est assez varié, presque généreux ; ils sont capables de manger des bouts de jambon, des sardines en conserve, du pain moisi, des anchois utilisés une bonne dizaine de fois pour le bouillon. Ça ne leur convient pas forcément, mais les chats ne font pas les difficiles et ne se plaignent pas. Ils acceptent leur condition.

Quoique se nourrissant des rebuts urbains, les chats ont su conserver leur fierté naturelle. Ils se situent à un tout autre niveau que les chiens, qui, eux, secouent la queue gentiment sous les caresses de leurs maîtres pour recevoir le gîte et le couvert. Chats domestiques ou chats sauvages, les félins n'appartiennent jamais à quiconque. Ni Dieu ni maître. Vous croyez élever un chat, en réalité vous êtes loin d'en être le maître. Pour lui vous êtes quelque chose comme un majordome, un serviteur ou, exceptionnellement, un ami. Si vous négligez vos devoirs, il vous grondera majestueusement d'un « Miaou ! » en guise d'avertissement. « Miaou ! », en chat, ça veut dire que l'écuelle est vide.

Après s'être rempli le ventre, il se promène de nouveau librement dans sa jungle composée de parcs, de toits, de poteaux électriques et de gratte-ciels. Ils volent, ils courent, ils sautent, ils se cachent. S'ils vivent en ville, leur instinct est toujours intact. À la fois sauvage et urbain ! Franchement, une vie de chat, c'est une vie de pacha.

Paulus Kruger a dit : « Dans cette satanée ville, il n'y a qu'un seul moyen d'être heureux pour un homme : être chat. »

« Eh oh, vous prenez la vie pour une blague ? Vous n'avez vraiment rien d'autre à faire que d'imaginer vous transformer en chat ? », railleriez-vous. Mais c'est exactement ce que je voulais dire. La vie n'est pas une plaisanterie, non. Que ce soit tentant, une vie de chat, c'est pas non plus une raison pour qu'un humain veuille se changer en minet. Et pourquoi ? Parce que la vie n'est pas une blague, voilà, nous sommes d'accord.

Pourtant, moi, je rencontre finalement un jour ce M. Hwang Bong-gon qui m'assaille tous les matins avec ses appels insistants comme quoi il veut devenir un chat. Récemment il a tenté de se suicider, je n'y coupe plus dès lors, il faut le rencontrer. On ne sait comment il est parvenu à se procurer autant de somnifères mais il a ingurgité cent quatre-vingts comprimés. Qu'il ait survécu à cette quantité de médocs est moins impressionnant que le simple fait d'avoir réussi à en ingérer autant. Quoi qu'il en soit on le retrouve assez vite, on le transporte à l'hôpital à temps pour lui faire un lavage d'estomac. Il a du bol.

Quand j'arrive au restaurant, il est déjà fin saoul. Sur la table trônent quatre bouteilles vides de *soju*. En me regardant de ses yeux fatigués, il dit :

« Je suis amoureux. Je vous dis que je suis amoureux. Vous savez ce que cela signifie ? Quel sens peut avoir la vie si je ne peux en faire ce que désire ma bien-aimée ? »

Il se met à pleurer, enfouissant son visage dans ses mains. Hwang Bong-gon. C'est un de ces gabarits impressionnants, un mètre quatre-vingt-dix pour cent trente kilos, une allure tout à fait respectable. Et là, cette montagne est en train de pleurnicher devant moi en parlant d'amour. Les clients dans le restaurant tournent la tête vers nous. C'est plus que gênant comme situation.

« Ah ben vous au moins, tout le monde est au courant quand vous êtes amoureux. L'amour, ça vous paraît une raison suffisante pour devenir un animal ? je demande.

– Elle aime les chats.

– Oui, bien sûr. C'est un animal super mignon.

– Elle ne s'intéresse pas du tout à moi. Je suis pour elle comme un morceau de bois.

– Chacun a le droit d'avoir ses propres préférences, non ?

– Vous avez raison. Moi-même je me déteste. Regardez-moi. Comment peut-on trouver chez moi quelque chose qui inspire l'amour ?

– Il ne faut pas exagérer. Dans un sens, Bong-gon, vous êtes d'un style un peu lourd peut-être, mais il y a beaucoup de femmes qui ont leurs propres goûts, donc si vous cherchez bien vous trouverez sûrement celles qui apprécieront votre style imposant.

– Moi, je n'aime qu'elle.

– Il y a certes des trucs qu'on peut obtenir à force de volonté. Mais, vous savez, l'amour n'est pas fait pour ça. Et surtout pas en se changeant en chat. Vous croyez pas qu'il est temps d'y renoncer ?

– Je ne peux aimer qu'elle.

– C'est ce que vous ressentez là, à cet instant ; avec le temps ça passe, vous savez.

— Mon sentiment est le même depuis dix-sept ans. Et plus le temps passe, plus ça devient fort. Ma vie lui appartient. »

Je me lasse de cette conversation qui tourne en rond. J'ai l'impression de me perdre dans un labyrinthe. Tenter de se suicider, ah dis donc, à quel point de désespoir est-il ! Je ressens évidemment de la sympathie pour lui, néanmoins ce genre de blabla n'est pas ma tasse de thé.

« Si vous êtes tellement persuadé que ça ne peut pas marcher avec quelqu'un d'autre, essayez de perdre un peu de poids. Quelques kilos en moins, ça vous change, ça vaut la peine. Comme vous êtes déjà grand, vous auriez belle allure, et puis il paraît que c'est du visage qu'on perd en premier, alors, vous ne donneriez plus cette impression de ballon. Vous pouvez vous abonner à un club de remise en forme, ou courir déjà... Oui, c'est ça, on dit qu'il faut faire des exercices du style aérobic pour perdre son gras.

— Vous ne comprenez rien. Peu importe que je sois tel ou tel homme, elle ne m'aimera pas. Elle ne ressent rien pour les hommes.

— Qu'est-ce que vous voulez dire ?

— Elle a une maladie qui l'empêche d'avoir des sentiments. Elle n'a aucune empathie pour personne. Attendrissement, amour, compassion... même la colère ou la haine, rien ne la touche, rien ne l'émeut. Une fois elle m'a dit : "Comme vous, vous êtes insensible à un pin ou à un roseau, moi je le suis envers les gens. J'ai vraiment voulu aimer les gens. Je n'y arrive pas. Il ne se passe rien dans mon cœur."

— Une sorte d'atteinte psychotique ?

— Je ne sais pas. Selon les médecins, la partie de son cerveau qui contrôle les sentiments serait lésée. Bon, ils disent ça sans bien savoir. Son cerveau n'est pas si abîmé qu'il ne ressente aucun sentiment. Du moins, elle aime les chats, elle peut être triste à cause d'un chat ou heureuse grâce à un chat. »

Bong-gon continue de boire. À côté de ce type entêté, pas très malin, amoureux depuis dix-sept ans d'une femme incapable d'amour, je me mets à boire moi aussi. D'autant que je ne trouve pas grand-chose à lui dire.

Il y a des gens qui, à la suite d'une anomalie de telle zone du cerveau, ne ressentent rien, ni amour ni peur, rien. Accident de voiture, maladie, exposition aux radiations ou facteur génétique peuvent provoquer ces dégâts, tout en maintenant une capacité intellectuelle intacte. Une étude récemment publiée dans *Psychological Science* dit que ces personnes sentimentalement inertes sont beaucoup plus efficaces que les gens dits « normaux » dans les domaines de la finance, de la Bourse, des jeux. Débarrassées de toute angoisse, elles peuvent parier avec intelligence et sang-froid en dépit des risques pris. Il paraît que parmi les plus grands traders de Wall Street, nombreux sont dans ce cas.

Mlle Kim Yu-ri, dont M. Hwang Bong-gon est si dramatiquement épris, souffre d'une maladie de ce genre. Or, curieusement, les émotions de Mlle Kim Yu-ri restent vivaces envers les chats. Aucun médecin n'apporte la moindre explication là-dessus. Sa maladie n'est pas due à un accident, elle s'est développée peu à peu depuis son enfance. En l'absence de symptôme visible, personne ne devine cette affection.

« J'ai grandi dans un orphelinat. C'était la fille du directeur, un type exceptionnel. Il prenait tous les enfants dans ses bras comme si c'étaient les siens. De même, elle était habillée comme nous et partageait nos repas. Elle dormait aussi avec nous. Parce que le directeur considérait les orphelins comme ses propres enfants, elle a grandi comme une orpheline. C'était une fille très gentille. Elle ne s'est jamais vantée d'être la fille du directeur, n'a jamais réclamé un traitement spécial. Ni jalousé ni envié quelqu'un. Au contraire, elle prêtait ses crayons de couleur et ses poupées aux autres petits. C'était une fille très calme, oui, mais aussi un peu bizarre qui ne riait ni ne pleurait jamais. Elle passait ses journées perchée dans un arbre à regarder les gens d'en-haut. Moi, je l'aime depuis dix-sept ans. Je suis toujours resté pas loin d'elle et le suis encore aujourd'hui. Le dernier mot que le directeur m'ait laissé, c'était pour me demander de veiller sur sa fille. C'est une des raisons pour lesquelles je rôde toujours près d'elle. Et j'accours quand elle me le demande. Elle élève seule un tas de chats et parfois se retrouve débordée. Elle est reconnaissante à mon égard si je l'aide à s'en occuper. Bien sûr, c'est une reconnaissance objective, sans que le cœur y mette du sien. Oh, elle a fait des efforts pour avoir un sentiment envers moi. Nous avons même essayé de coucher ensemble. Mais c'était impossible. Moi je peux pas aimer un hippopotame ni faire l'amour avec un hippopotame, elle ne peut pas faire l'amour avec moi. C'est ainsi. »

D'après ce que me rapporte M. Hwang Bong-gon, Yu-ri tourne toute sa passion vers les chats. Elle en a quarante-neuf. Les chats, assez sensibles à leur territoire, ont d'autant plus besoin d'amour et de soins qu'ils sont nombreux et tenus dans un espace restreint. Elle a presque toutes les races, parce que ce n'est pas une question de goût, elle les aime tous. Que ce soit un chat précieux, un bâtard, un joli ou un moche, elle s'en moque éperdument.

« Elle s'occupe elle-même de ses quarante-neuf matous. Et puis elle dépose aussi de la bouffe dans un coin de chaque ruelle, pour les chats errants. Tout compte fait, le nombre de chats dont elle s'occupe doit être considérable. Une fois, elle tombe sur un chat écrabouillé par une moto qui rampe dans la rue avec ses entrailles sorties, beurk, alors elle pleure et crie comme une folle : "Quel lâche ! Mais quel salaud !" Ce jour-là elle est tellement triste qu'elle vide jusqu'à ses dernières larmes. C'est la première fois que je la vois dans cet état depuis l'orphelinat, elle qui, petite fille, ne pleurait ni ne riait jamais. Elle prend le chat aux entrailles pendantes contre son cœur et court jusqu'à une clinique. Ils n'ont pas pu sauver la bestiole, elle est morte. Pendant trois jours, elle reste sans rien avaler. Juré, vous savez pas, elle dépense presque tous ses revenus pour les chats. Nourriture, litières, shampooing, jouets... Elle a même construit une sorte d'arbre à chats pour qu'ils puissent jouer dedans. Elle ressent une affinité particulière avec ses bêtes, elle les aime ; mais avec les humains, rien. Un jour, elle m'a demandé ce que c'était l'amour. Alors que mon cœur était en feu, je ne pouvais lui expliquer ce que c'était, l'amour. Elle m'a dit: “Si tu étais un chat, on aurait pu partager nos sentiments.” Moi, je peux pas oublier cette phrase. Je veux lui apprendre ce que c’est l’amour; comme c’est doux, comme c’est chaleureux, comme c’est précieux de partager cet amour. Je veux lui apprendre que la seule chose de belle qu’on puisse faire, c’est d’aimer. »

De ses yeux brouillés par l’ivresse tombent quelques larmes, des gouttes de tristesse. Bong-gon les essuie du revers de sa main, puis vide un énième verre de *soju*. Je fais pareil. L’alcool est amer comme un mauvais médicament.

Durant tout cet après-midi j’écoute l’histoire d’amour que me raconte ce type énorme entre deux verres. À vrai dire, je suis ému par la pureté de son cœur, lui qui est prêt à tout changer, de la tête aux pieds, pour celle qu’il aime. Bong-gon a raison : si on n’est pas capable de changer tout ce qu’on est et tout ce qu’on a pour celle que l’on aime, quel sens peut avoir notre putain de vie dans cette putain de ville ? Ce jour-là je bois beaucoup. Bong-gon et moi sommes bien ivres. Ce jour-là, Bong-gon pleure et moi aussi. Alors je me décide : oui, il faut transformer ce gars en chat.

À l’école, on nous enseigne que l’homme est le miroir du monde. Depuis que je connais Bong-gon, je commence à douter de l’apparence dudit monde. Ce qu’il me montre dans son reflet bouscule tout ce que je connais. Quelque chose ne va pas. Peut-être Bong-gon, peut-être moi, ou alors peut-être cette gonzesse, sinon peut-être carrément ce monde... En tout cas, quelque chose ne va pas. Quoi qu’il en soit, puisque quelque chose déconne, il faut du changement.

Tout de même, se changer en chat..., vous moquez-vous toujours et encore. Cessez votre ironie. C’est exactement ce que je disais quelques heures plus tôt. Pourtant railler ne sert à rien quand on veut modifier ce qui est, ça ne sert à rien pour épargner quelque malheur à nos vies. Si vous n’avez pas la volonté absolue de nous trouver un remède magique ou une méthode secrète pour métamorphoser l’homme en chat, s’il vous plaît, fermez-la. Ce dont on a besoin pour l’instant, c’est de la magie qui nous rendra chat, point barre.

« Quelqu'un a déjà réussi à se changer en chat ?
— Oui. Paraît.
Il s'agit d'un Africain, d'origine espagnole, un certain Paulus Kruger.
C'est un personnage légendaire qui aurait réussi la transformation.
Il a vécu une vie plus qu'honorable en tant qu'homme
Et une vie plus que respectable en tant que chat.
Au bout de longs longs jours de solitude, de patience, d'entraînement
Il a pu renaître en chat top classe.
C'est le modèle pour tous ceux qui rêvent de devenir un chat.
— Qu'est-il devenu ?
— Il a été adopté par une bonne famille. Un couple qui aimait profondément les chats.
— Je vois. »

LE MAGICIEN

À la fois grand magicien et savant en sciences occultes, Kalad de Lacra, dans son ouvrage intitulé *À la recherche des magiciens perdus*, écrit en ces termes à leur sujet :

IL SE PEUT QUE VOUS NE RENCONTRIEZ JAMAIS UN MAGICIEN. CE N'EST PAS PARCE QUE LES MAGICIENS N'EXISTENT PAS. C'EST PARCE QUE VOUS AVEZ CESSÉ DE RÊVER. DANS CE MONDE, LA MAGIE EST PARTOUT. PAR CONSÉQUENT, LES MAGICIENS AUSSI SONT PARTOUT.

Nous sommes venus rencontrer un magicien. Je sais que ça paraît idiot. Déjà, l'idée qu'un homme se transforme en chat est idiote. Mais voir ce type est la seule ressource que je peux extraire du Placard n° 13. Et aussi la seule chose à faire pour un homme au bout du rouleau. Donc j'y vais. Oh, surtout, ne riez pas, moi-même je me fais honte.

Giseok, le village où habite le magicien, se trouve au pied du mont Taebaek. Autrefois le village a connu des jours glorieux, à l'époque des mines de charbon, mais aujourd'hui c'est le déclin général. Quelques mineurs au visage noirci s'en vont, relayés par une nouvelle équipe. Des terrils bordant des voies ferrées s'envolent des poussières de coke au moindre souffle de vent. Devant la petite gare où le train ne s'arrête qu'à peine deux fois par jour, quelques quidams déambulent. N'apercevant personne qui ressemble à un magicien, nous pensons qu'il n'est pas encore arrivé. Or, parmi ceux qui traînent devant la gare s'amène un type d'apparence misérable, celui dont je voudrais le moins qu'il soit notre homme nous demande :

« C'est donc toi qui travailles pour Dr Kwon ? »

Surpris de cette apostrophe familière, je lui réponds sur le coup : « Oui, monsieur. » Le magicien nous détaille avec délices et pose sa seconde question : « Comme vous êtes venus jusqu'ici, vous devez avoir quelque monnaie ? », à laquelle je réponds à nouveau par l'affirmative. Sa phrase suivante est une demande pour qu'on lui paye à boire. Me voilà donc dans un bistrot devant une table garnie de poulpe, de poitrine de porc, de concombre et de carottes, d'ail et de piment, d'un magicien et d'un type de cent trente kilos qui veut devenir chat. N'est-ce pas une rencontre fantastique ! Si je suis excité ? Absolument. Tellement excité que j'ai presque envie de me couper la cheville qui m'a mené dans un train dès l'aube pour cette destination lugubre.

« Tiens, tiens, tu veux devenir un chat parce que tu t'es fait larguer par une femme ? »

Au bout de sixième verre de *soju*, le magicien ouvre ainsi la bouche. Tel un affamé qui n'a pas vu de nourriture depuis des jours et se jette sur un bol de riz, il boit avec hâte. Manifestement, c'est un alcoolique. Ça doit faire une paie qu'il ne s'est pas lavé et il dégage une véritable puanteur. Il paraît que ça peut être un trait caractéristique du genre « ermite ». Ceci dit, celui qui se tient devant moi, ce prétendu magicien, semble plutôt relever du genre « clochard ».

« Larguer, pas larguer, aimer, pas aimer, c'est pas le problème. Cette femme ne ressent pas grand-chose pour les humains en général, elle n'a pas de sensibilité, elle n'a d'empathie que pour les chats, dis-je à sa place.

— Qu'on le prenne par un bout ou par un autre, c'est la même chose, non ? Toi, elle ne t'aime pas, c'est bien cela ?

— Oui, c'est ça, répond poliment Bong-gon, essayant de se faire tout petit dans son énorme corps.

— Tu veux vivre chat ?

— Je préfère vivre ma vie en tant que chat que continuer à vivre en homme. Je veux sincèrement devenir un chat. Je ferai de mon mieux pour y parvenir. Aidez-moi, je vous en prie. »

Bong-gon supplie le magicien avec un réel désespoir tout en lui resservant du *soju*. À ce moment-là je ressens un profond accablement ; j'en ai ras le bol de ce serment « Je ferai de mon mieux », j'en ai marre de ce charlatan, de ce magicien vantard et fier. Pourtant, si je suis là, c'est qu'aucun autre magicien ne figure dans le Placard n° 13. Dr Kwon a éliminé tous les autres, des menteurs et des fourbes, tous sauf lui. La plupart des documents vont directement à la poubelle, quelques autres sont mis de côté pour consultation ultérieure. Ce qui revient à dire que cet humain apparemment clochardisé a tout de même passé le contrôle impitoyable de Dr Kwon. Se pourrait-il qu'il y ait eu confusion entre deux dossiers ?

Quoi qu'il en soit, le magicien et Bong-gon poursuivent leur conversation.

« Qu'est-ce que tu veux faire une fois devenu chat ? A-t-elle promis de t'épouser si tu deviens chat ?

— Je n'ai jamais eu cette idée démente qu'un jour je serais le mari de cette belle femme, que je coucherais avec elle et qu'on aurait des enfants. Moi, tout ce que je veux, c'est être à ses côtés. »

Le magicien vide son verre et enfourne un morceau de poulpe à peine cuit qu'il mâchouille longuement. Il affiche une mine pensive. Il déclare enfin :

« T'as qu'à oublier cette femme. C'est plus simple. »

Puis il se tait et continue à boire. Je dois me faire violence pour ne pas cogner cette bouche qui ingurgite sans fin des tranches de poulpe.

Le magicien, peut-être enrhumé, renifle de temps à autre. Ses chaussures ôtées exhalent un fumet immonde. Quant à ses chaussettes, on ne peut deviner leur couleur originelle tant elles sont sales. Je lui glisse un regard dubitatif.

« Tenez, simplement, pouvez-vous nous faire une démonstration de votre magie ?

— Pourquoi tu veux voir ma magie, dis ? Tu crois que je ne suis qu'un clown ? »

Lui resservant à boire, j'ai une furieuse envie de lui répondre « Oui ». Franchement je ne le trouve même pas digne du titre de charlatan. Mais par égard pour Bong-gon qui m'a suivi jusqu'ici je fais un ultime effort pour l'encourager :

« On me dit que vous êtes le meilleur magicien de Corée.

— Qui ?

— Dr Kwon.

— Mensonge !

— Je vous jure !

— Cet incorrigible vieillard ne croit pas à la magie. Et évidemment, il ne croit pas non plus aux magiciens. L'autre fois, quand il est venu ici, on s'est engueulés pour de bon. S'il ne croit pas à la magie, pourquoi il vient voir un magicien ? Ah, quel vieux fou ! »

En parlant de Dr Kwon, ses vieux ressentiments lui remontent à la gorge. Il vide rapidement quelques verres. Bong-gon, avec son air inquiet, reste à ses côtés sans mot dire. La table est vide à présent, la bouffe a disparu comme par enchantement. Le magicien lève ses baguettes puis les repose, l'air déçu. Je commande une nouvelle tournée pour trois, histoire de faire plaisir à cet homme merdique qui a déjà dévoré à lui seul les trois précédentes portions de poulpe et de poitrine de porc à peine cuits.

« Bon appétit, dis-je, versant une rasade de *soju* dans son verre.

— Ben tiens, à propos, ici ils ont une fameuse marmite de palourdes », avance le magicien, pour le coup presque gêné.

La colère me monte à la tête, mais je commande malgré tout ladite marmite.

« Monsieur le Magicien, cet homme ne cherche pas à devenir chat pour s'amuser. Il est sincère et désespéré. Je ne vous demande pas de le transformer en chat, je voudrais déjà savoir si ce genre de chose est envisageable ou non. En tant que magicien, je veux dire.

— Vous, les gars, vous pensez que la transformation d'un humain en une autre créature est facile ? Vous savez, les trucs qu'on voit au cinoche ? Du genre, abracadabra et hop ! on est changé en crapaud ! Tout ça, c'est du blabla, faut le dire bien haut. En cinquante années de magie, je n'ai jamais entendu parler de qui que ce soit capable de réaliser ça. D'ailleurs, ces trucs-là, ce n'est pas de la magie. Non, la magie, c'est quelque chose qui advient lentement. Si on veut être honnête, on peut dire que la vie elle-même est magique, la nature elle-même est magique. Un nouveau-né minuscule devient un grand homme, puis redevient petit, petit vieux plié en deux, avant de terminer terre et vent. Vous prenez tout ça à la légère sans doute mais, à bien y réfléchir, n'est-ce pas miraculeux ? Regardez ces arbres. Au printemps ils fleurissent, en été ils poussent et grandissent, en automne ils donnent des fruits, en hiver ils laissent tomber leurs feuilles infiniment nombreuses et passent une saison dans la Mort. Ah, bon sang, quelle affaire ! Ça, c'est de la putain de magie. »

Quel charabia de sophiste. Plutôt râleur, je lui demande :

« Non, non, pas de causerie philosophique, ça n'aide en rien. Je veux dire... au total, dites, c'est possible de devenir un chat ou pas ? Répondez simplement, oui ou non ?

— C'est possible.

— C'est possible ? répétons-nous tous deux, sursautant de surprise.

— Bien sûr. Faut préciser que déjà dans l'autrefois de la magie, même les plus hauts experts mettaient dix ou vingt ans pour y parvenir. De sorte que, pour quelqu'un comme toi, si tu tiens vraiment à tourner chat, il te faudra au moins trente ans de méditation.

— Trente ans ? m'étonné-je.

— Vous voulez dire qu'au bout de trente ans ce serait jouable ? précise Bong-gon, des étincelles plein les yeux.

— Ah dis donc, il y a vraiment de bonnes natures. Hé monsieur, on parle de trente ans ! Quand tu serais enfin devenu chat, cette femme serait une vieille mégère ! Trente ans, c'est la version rapide. Pour une métamorphose, faut préparer le corps et l'esprit. D'abord, ça requiert sinon le jeûne, à tout le moins un régime permanent vu qu'il faut évacuer de son corps les mauvaises ondes. En même temps que l'exercice physique, il faut entraîner l'esprit. Oui, il faut avoir un esprit qui fusionnera avec d'autres et, pareil, avoir le corps qui puisse se mélanger avec d'autres corps. Genre... de l'eau, du vent, des fleurs, par exemple.

— En trente ans, on peut vraiment devenir un chat, vous dites ? redemande Bong-gon, encore assez inquiet.

— Soyons clairs : je n'ai jamais entendu parler de cas semblables, de transformations en chat, en Corée. Chez nous en général c'est plutôt en ours ou en tigre, ça colle plus à la tradition.

— Quoi ? Une transformation plus générale et plus traditionnelle ?

— C'est écrit dans le mythe de Dangun, non ? Selon le mythe, tout le monde à l'époque voulait devenir ours ou tigre, pas vrai ? Alors que de nos jours tout le monde veut être une vedette.

— Où cela dans le mythe de Dangun ?

— Toi, tu as fait la fac !

— Oui, monsieur.

— Comment peut-on être si ignare en ayant suivi des études supérieures ? Si on a été trempé au jus de la fac, on devrait avoir au minimum ce niveau de connaissance, merde. Imagine, si tu étais né au paléolithique... ton pelage n'est pas terrible, ta peau non plus, t'es qu'un faiblard menu. En plus, comme tu ne cours pas vite, tu auras du mal à t'échapper. Tu voudrais être né comme ça, en humain destiné à se débattre pour survivre dans la nature sauvage ? Ou tu préférerais être le lion, sans prédateur, qui peut trouver facilement de la viande fraîche, zèbres ou gazelles ?

— Le lion.

— Si tu étais né dans une mare, tu voudrais être un poisson, une grenouille ou un crocodile ?

— Un crocodile.

— Si c'était dans la mer, tu choisirais d'être un anchois ou un requin ?

— Un requin.

— Vous avez vu ? Ça ne remonte même pas à si loin. Dix mille ans plus tôt, il n'y avait pas un seul humain qui aurait souhaité être humain. Tous les humains préféraient en ces temps être tel ou tel animal et ils vouaient des cultes aux animaux. Là, le truc auquel il fallait réfléchir, c'était en quel animal on voulait se métamorphoser. Dans la péninsule coréenne, très montagneuse, rien ne valait mieux qu'un ours ou un tigre, vous pigez ? Bien entendu, à l'époque la magie de métamorphose était hyper au point. Les méthodes étaient très variées et, pour réduire les éventuels effets secondaires dus à la métamorphose, les connaissances sur les herbes étaient aussi très développées. Or, un jour vraiment inattendu, Ung-nyeo va voir Hwan-ung et lui annonce "Je veux devenir humain". Alors que tout le monde s'acharnait à devenir tel ou tel animal, cette ourse voulait devenir un être humain. C'était un événement majeur, un choc dans notre histoire de la magie, un truc qui a radicalement changé le destin des magiciens. C'est-à-dire que Ung-nyeo était le premier être à avoir voulu sortir du monde magique pour vivre sa vie avec sa seule force d'humain.

— Dites, vous avez déjà essayé de vous changer en tigre ou en ours ? » demande Bong-gon.

Et le magicien ivre de piquer une colère.

« Pourquoi se transformer en tigre de nos jours ? Dans toutes les ruelles, il y a des policiers, à chaque angle de rue, des caméras ! Pourquoi diable se transformer en tigre pour se faire gauler et foutre au zoo ? Et puis, en se transformant en ours, naïvement, qu'est-ce qui va encore nous tomber sur le coin de la gueule ? Des gens, il paraît qu'il y en a qui capturent des ours pour aspirer leur foie avec une paille, qui coupent les pattes de ces plantigrades en train d'hiverner pour en faire une certaine soupe. Ah, c'est dégueulasse, non ? T'imagines, toi, tu dors et d'un coup quelqu'un te plante une paille dans la poitrine et aspire pour avaler ton foie... tu peux imaginer ça une seconde ? Ben alors, qu'est-ce que tu dirais ? "Excusez-moi de vous déranger pendant le repas mais, par ailleurs, je ne suis pas un ours" ? Rien que d'y penser, moi, ma chair tremble comme une brindille dans le vent. Le monde est trop moche. Non, non, absolument pas. Dans notre monde, le tigre, l'ours, ça ne rime plus à rien. Que dalle. »

Faut-il poursuivre cette conversation épuisante ? Qu'est-ce que je fous là ? Je me pose des tas de questions de cet ordre. Les palourdes commandées vont arriver, la journée est déjà foutue et de toute façon il n'y a pas de train, alors moi, je vide ma tête et je reste assis là. Advienne que pourra. Bong-gon, lui aussi, a l'air vaguement perplexe quant à notre rencontre. Pendant un moment, nous buvons en silence.

« À part votre philosophie à trois sous, vous n'avez pas autre chose à nous montrer ? Je veux dire, quelque chose d'un minimum concret. Excusez mon insolence, mais tout n'est que paroles jusque-là et je suis pas convaincu », dis-je avec une once d'énervement.

J'ai un peu bu et puis je me dis que ça ne peut pas être pire, autant relancer.

« Eh ben, ce type-là, il veut absolument faire de moi un pauvre bonimenteur ! » râle le magicien.

Il lève sa main et couvre le dessus de son verre avec sa paume. Soudain, l'alcool dans le verre bouillonne, produisant des bulles avant de former une boule de la taille d'une balle de ping-pong et enfin de s'élever dans l'air. Il s'est réellement élevé dans l'air ! Trente centimètres au-dessus de la table ! L'alcool toujours à l'état liquide et en boule tourne lentement sur la main du magicien. Bong-gon et moi regardons bouche bée le phénomène. Je me rapproche pour mieux observer, je peux pas le croire. Je saisis une baguette et la glisse au milieu de cette boule d'alcool, mais elle reste toujours à flotter dans l'air. Puis le magicien dirige la boule liquide vers le verre de Bong-gon et l'y verse.

« Nous sommes tous les mêmes êtres, essentiellement. Moi et l'eau, l'eau et l'arbre, l'arbre et le vent, tout est semblable, un. Donc, nous pouvons nous transformer en tout, car nous sommes les mêmes. »

Bong-gon est complètement fasciné par ce truc magique. Tout ému, il soulève son verre et le vide d'un trait. Son visage marque une stupéfaction totale.

« Mais... c'est de l'eau ?!

— C'est foutrement triste, hein. Moi, je transforme l'alcool en eau, mais je sais pas faire l'inverse. De sorte que je suis un magicien sans intérêt. Le seul et unique truc que j'aimerais apprendre, c'est transformer l'eau en alcool, avoue le magicien avec une profonde tristesse dans la voix.

— Devrais-je monter dans la montagne ? interroge Bong-gon, soudain sérieux.

— Quelle drôle d'idée, pourquoi la montagne ?

— Je devrais me mettre à la méditation, c'est pas ça ? répond Bong-gon de sa voix la plus déterminée.

— Que tu médites, d'accord, mais pourquoi t'emmerder dans la montagne ? Non, y a déjà beaucoup trop de touristes bruyants qui caracolent dans les cols. C'est suffisamment pesant. La méditation, tu la feras chez toi, tu la feras au boulot et ça ira très bien. Pourquoi t'agiter dans la montagne ? Ces mal-éduqués qui ramassent même pas leurs déchets, à quoi ça sert de méditer ? Ils n'ont même pas la base, aucune base, zéro, rien !

— Alors, vous, magicien, pourquoi vous vous entraînez dans les cimes ?

— Ah, tu vois toujours pas ? Ben simplement parce que la vie coûte moins cher ici. Tu crois que ça ma réjouit de vivre dans ce trou ? »

Le magicien s'apprête à sortir tout un discours sur les promeneurs salopant les monts quand arrivent les plats. Il renonce aussitôt et se rue sur la bouffe. Bong-gon et moi, suivant son exemple, goûtons à la soupe. Qui est un véritable délice.

« C'est à s'évanouir », s'enthousiasme Bong-gon sur un ton de totale admiration.

C'est la vérité. Si jamais un jour je suis condamné à mort et qu'on me demande ce que je veux pour mon dernier repas, sans hésiter je réclamerai ce plat tellement c'est bon. Tout le monde se tait, nous plongeons dans la marmite comme des furieux et la vidons en un éclair.

« La cuisine, n'est-ce pas aussi une sorte de magie ? C'est le festin du feu, des aliments, des secrets et des abracadabras. Sinon, on pourrait pas avoir ce goût divin. »

Nous redemandons cinq fois de suite la même marmite. L'une suit l'autre sans que le goût nous lasse. Une vieille toute pliée, sûrement plus de quatre-vingt-dix ans, grommelle en nous servant la dernière : « Y a plus de palourdes, pourritures ! » et nous devons renoncer à enchaîner sur une sixième. À ce stade de satiété, nous sommes tous trois honorablement saouls.

Le magicien enchaîne sans repos une « Chanson des feux », un drôle d'air que je n'ai jamais entendu auparavant. Il sort un long discours sur l'Espagne, patrie spirituelle de tous les magiciens. Il parle aussi d'un changement révolutionnaire dans l'histoire du vol magique qui s'est produit au XVIIe siècle, à savoir que dans le système d'autrefois le manche du balai se trouve vers l'avant alors que, après, le balai se positionne dans l'autre sens, et là les bougies font leur apparition, sorte de lampes antibrouillard. Il parle de son père et son grand-père magiciens ; qu'un jour son grand-père va rendre visite à son copain magicien en Corée du Nord et que, au vol de retour, il accroche un pan de son manteau dans les grillages de la frontière et se fait tuer par la balle d'une sentinelle. Enfin bon, ce genre d'histoires complètement aberrantes, quoi. Il insiste, soutenant que la cicatrice sur son front provient d'un accident, enfant, lors d'un entraînement de vol à balai. Il revient à ses regrets, au temps jadis, quand les humains vouaient encore des cultes aux ours et aux tigres. Il se lamente sur ce truc inconcevable qui veut qu'on aspire un foie avec une paille au lieu de vénérer celui qui sait se changer en ours. Le magicien, en plein délire, soutient que la baisse de la magie est due à Ung-nyeo qui n'a pas voulu demeurer ourse mais se transformer en humaine, que lui il déteste cette Ung-nyeo, que depuis Ung-nyeo, l'histoire de la magie est dans une spirale de déclin et ainsi de suite. Bong-gon, lui, parle de Yu-ri en sanglotant. Il ressasse que le seul sentiment que Yu-ri peut ressentir pour un être humain est le dégoût envers ceux qui maltraitent les chats, que ça fait trop mal au cœur de la voir vivre dans cet enfer, et il gémit et se répand encore. Enfin le magicien lui tapote les épaules pour le consoler et lui promet qu'il va se changer en chat, que tout va aller mieux désormais. Bong-gon fait une grande révérence au bonhomme et tout un tas de serments, comme quoi il fera de son mieux pour mériter ça et qu'il n'oubliera jamais son immense bonté.

Moi, entre l'ivresse qui monte et les paupières qui descendent, je me dis que c'est la première et la dernière fois de ma vie que je me fourvoie dans une beuverie aussi consternante.

Après m'être donné un grand mal à pousser dehors le magicien qui s'obstine à vider encore des verres, Bong-gon et moi nous couchons dans une chambre d'auberge minable à Giseok.

« Ne soyez pas trop découragé. Il doit y avoir un moyen, dis-je.

— Au contraire, moi, je crois ce que m'a dit le magicien. Aujourd'hui, j'ai retrouvé l'espoir. À partir de demain, je fais du footing et je me mets au hula hoop. Comme dit le magicien, il faut que je prépare mon corps et mon esprit pour recevoir l'autre existence et pour fusionner avec. Désormais, je dois vivre de mon mieux, pleinement, à fond. »

Après cette déclaration, Bong-gon s'endort raide. Dans cette chambre sombre d'une auberge de Giseok, un type qui ronfle aussi fort qu'il est gros a retrouvé l'espoir. Je crois au pouvoir de l'imaginaire. Car je suis le gardien du Placard n° 13. Car il n'y a rien qui ne puisse s'y produire. Alors un vrai chat peut sortir de l'enseignement d'un faux magicien. Un extra-super-ultra chat qui pèse dans les cent trente kilos.

Un magicien m'a dit :
« Bien que cela vous paraisse incroyable, les magiciens ont depuis longtemps ouvert un dialogue entre le Sud et le Nord. Les magiciens des deux camps organisent une rencontre tous les quatre ans. Si la relation entre les deux Corées s'est pas mal améliorée, c'est en grande partie grâce à nous. Or, depuis un moment, de faux magiciens commencent à apparaître. Depuis, nous avons instauré un test.
– Qui consiste en quoi ?
– Un saut par-dessus la Porte de l'Est.
– La Porte de l'Est… celle qui se trouve au bout du cinquième bloc de Jongno ?
– Absolument. Donc, s'il arrive à sauter par-dessus, il assiste à la réunion mais s'il échoue, il est renvoyé.
– Et ces gens extraordinaires du Sud et du Nord, capables de sauter par-dessus la Porte de l'Est, ils discutent de quels sujets ?
– Eh bien, le problème des familles séparées, la réunification, le nucléarisation du Nord, les questions alimentaires, etc., il y a plein de choses à passer en revue. »

Un autre magicien est venu me dire :
« Bien que cela vous paraisse incroyable, les magiciens ont depuis longtemps ouvert un dialogue entre le Sud et le Nord.

— Je l'ai entendu dire.
— Alors, vous aurez aussi entendu qu'on fait un test pour contrôler la réalité des pouvoirs et distinguer les vrais magiciens des faux en leur demandant de sauter par-dessus la Porte du Sud ?
— Ne serait-ce pas la Porte de l'Est ?»
À ma question, le magicien s'est emporté violemment :
« C'est la Porte du Sud. La Porte de l'Est, il n'y a que des faux qui la fréquentent !
— Ah ! Évidemment... »

LA CHAMBRE D'HÔPITAL

« Comment va le laboratoire ? demande Dr Kwon, posant son livre sur sa table de chevet.

- Toujours pareil. Disons, désordonné avec toujours l'irréel qui a force de loi. Et puis les consultations délirantes au téléphone...

— Il paraît que vous êtes allé au mont Taebaek ce week-end ? »

Drôle de vieux. Allongé ici, dans sa chambre d'hôpital, comment a-t-il pu glaner ce genre d'info ? Cet entêté qui ne croit personne, même pas ses proches, ce parano qui ne peut supporter sans angoisse de ne pas tout savoir et qui fait fonctionner de multiples antennes à droite et à gauche. Si ça se trouve, c'est exactement ça qui pourrit sa vie. Je tourne discrètement la tête vers la fenêtre, feignant de penser à d'autres choses.

« Vous tentez d'éluder ma question ?

— Si je n'étais pas allé au mont Taebaek, votre Bong-gon, à cet instant précis, c'est dans un cercueil qu'il reposerait. Et comme il est énorme, il reposerait dans un cercueil énorme.

— C'était inutile. D'ailleurs, ce magicien est un charlatan.

— Il peut soulever une boule d'alcool dans l'air !

— Justement, parce que c'est un charlatan. Ce genre de trucs, un apprenti magicien peut le faire aussi bien. Il vous a montré ce numéro-là et vous a étalé sa soi-disant philosophie complètement absconse.

— L'important n'est pas de savoir si c'est un vrai ou un faux. L'important, c'est l'espoir qu'il peut donner.

— Alors, votre énorme jeune homme a eu sa rasade d'espoir ? Se laissant duper par une fausse magie, s'est-il enfin transformé en chat ?

— Oui. Quasiment. Il fait du footing tous les matins et s'est abonné à un club de gym. Il compte aussi faire des randonnées dans les montagnes le week-end et se mettre au yoga. Il mène sa vie plus sainement et plus ardemment que jamais. Avant, on aurait juste pas pu en rêver.

— Nous ne sommes pas des intermédiaires. Nous ne pouvons rien faire pour eux ni ne devons tenter pour eux quoi que ce soit.

— Dans ce cas, pourquoi vous, Dr Kwon, êtes-vous resté accroché à ce placard pendant quarante ans ? Si vous n'êtes même pas capable de leur donner une petite lueur d'espoir ? Vous savez, c'est pas par plaisir que je me suis tapé l'aller-retour jusqu'à Giseok en sacrifiant mon week-end. »

Sans en avoir l'intention, je hausse le ton. Dr Kwon a une expression de surprise. Il s'apprête à me dire quelque chose mais, fait inhabituel, il se ravise et demeure muet. Il tourne la tête en direction de la fenêtre et reste ainsi un moment. Nous regardons tous deux au dehors. Dans la chambre, le silence. Cette chambre individuelle où Dr Kwon a son lit est tellement calme qu'on pourrait entendre les gouttes de sa perfusion tomber l'une après l'autre.

À propos, Dr Kwon a pris une chambre individuelle et c'est assez étrange de sa part. Je ne l'ai jamais vu se payer le moindre luxe, ni d'ailleurs en offrir aux autres. Quand on voyage en province, c'est toujours par les transports en commun. Nos gens bizarres habitent souvent dans des endroits bien paumés et nous devons parfois marcher une demi-journée pour les rejoindre. Eh bien, Dr Kwon marche. Pour le déjeuner il achète sans relâche du cake et du lait parfumé à la banane. Il aime son cake insipide et industriel. Moi pas. Pourtant, on mange du cake. « Dans ce monde, il n'y a que le cake qui nous permette de déjeuner au meilleur prix pour la meilleure qualité », répète Dr Kwon. Moi je réplique qu'il y a environ un million d'autres solutions largement plus satisfaisantes pour déjeuner pas cher. Mais même après cette conversation, on continue de bouffer son cake. Alors, qu'il prenne une chambre individuelle, ça fait soudain drôlement dispendieux.

Dr Kwon ouvre finalement la bouche :

« Nous ne faisons que conserver les écrits. Si on pouvait faire quelque chose pour eux, ce serait bien, mais nous sommes impuissants. D'ailleurs, un faux espoir, loin de nous aider à endurer la réalité, peut s'avérer un pur poison. Non, nous sommes uniquement des gardiens. Ceux qui classent les fiches dans le placard et qui ferment le cadenas. Rien de plus, rien de moins. S'il vous plaît, ne l'oubliez pas. »

Sa voix est basse et faible. Elle me rend mal à l'aise. « Si vous recommencez une seule fois, je vous briserai les dents à coup de marteau. » Ce genre de tonalité lui va mieux, à mon sens. Tandis que me sortir d'une voix basse et faible : « S'il vous plaît, ne l'oubliez pas », ça ne colle pas. Pense-t-il que je reçois cinq sur cinq son message ? En tout cas il ne parle plus de mon voyage avec Bong-gon et de la rencontre avec le magicien. Il tourne de nouveau la tête vers la fenêtre et pose son regard sur un chêne avant de s'endormir. Je reste un moment à contempler son visage.

Il meurt.

Le cancer et ses métastases prolifèrent dans son foie. Quand j'interroge son médecin, « Comment va-t-il ? Il va s'en sortir ? », cet ancien camarade de lycée de Dr Kwon a un sourire amer avant de me répondre : « Il n'y a pas de miracle avec le foie. » Il peut me répondre sur le mode classique des toubibs, « Eh bien, on va voir », c'est plus facile pour moi comme ça, mais non, lui il ne me parle pas à leur manière. Le foie est un organe rétif aux miracles. Dr Kwon qui a travaillé toute sa vie comme une bête, au lieu de gérer ses fichiers, il aurait mieux fait de gérer sa santé et, au lieu de manger des nouilles lyophilisées ou des cakes industriels, prendre des repas convenables.

Comme il n'y a pas de miracle pour le foie, il va mourir. Il le sait. Il ne s'est jamais marié, donc n'a pas d'épouse. Pas d'épouse, d'accord, mais en plus il a toujours été tempérant sur le plan sexuel, donc il n'a pas d'enfant non plus. Toute sa vie a filé ainsi pour la recherche. Bien que personne ne se soit intéressé à ce qu'il cherchait ; d'autant que jamais il n'a publié ni résultats de ses recherches ni thèse durant ses quarante années de travail.

Pourquoi donc m'engager et finalement faire de moi son assistant ? Au cours de ces fameuses quarante dernières années, il a travaillé sans assistant, encore moins avec un disciple, alors pourquoi, à moi qui ne connais rien en science, confier tous ces monstres ? Pendant sept ans j'ai vraiment été très curieux de percer ce mystère. Et maintenant qu'il ne lui reste plus longtemps à vivre, ça commence à me peser. Que j'hérite du Placard n° 13 m'apparaît totalement absurde.

Dr Kwon se réveille tard dans la nuit alors que je suis sur le point de partir.

« Vous êtes encore là ? s'étonne Dr Kwon.

— C'est pas que je me fasse du souci pour vous, c'est pour éviter le métro bondé.

— J'imagine bien. »

Dr Kwon scrute le plafond puis expire quelque chose comme un soupir. Ça, c'est un prélude, un travail préparatoire. Pour inciter à la compassion afin de me coller encore un truc sérieux sur les bras. Mais je ne suis plus dupe. Exactement comme prévu, Dr Kwon tourne la tête vers moi et me plante dans les yeux son regard d'herbivore. J'ai envie de lui dire : « Vous croyez pas qu'il est temps d'arrêter tout ce cirque ? Déjà, rien qu'à répondre au téléphone à votre place, j'ai la tête qui bout ! » Quelle que soit la demande de Dr Kwon, je ne suis pas prêt à l'assumer. Quoi ? Être prêt à... ? Dr Kwon lui-même doit savoir mieux que moi comme tout cela ne tient pas debout.

« Vous avez compris qu'il ne me reste pas longtemps à vivre. Après ma mort, que vont devenir ces pauvres gens du Placard n° 13 ?

— Comment pouvez-vous me demander ça à moi, Docteur? Vous pourriez avoir un minimum de décence! Si vous m'avez fait tellement bosser, je pense que vous pourriez ressentir plutôt une bribe de culpabilité. Sans compter que je suis totalement nul dans vos domaines de biologie, recherche génétique, ethnologie, archéologie, psychiatrie, que sais-je encore. Il y a une chose que vous, Docteur, vous devriez comprendre. C'est... voyons... comment dire... c'est que, moi, j'ai fait des études de lettres et notamment de littérature coréenne. Je suppose que vous, docteur en sciences, vous ne saisissez pas très bien la spécificité de ces études. Elles consistent à travailler sur des trucs comme les traits distinctifs des consonnes et des voyelles, vous voyez, elles n'ont rien à voir avec les fiches du Placard n° 13, hormis le fait qu'elles sont rédigées en coréen, certes.

— C'est vous qu'il me faut. Vous êtes rêveur et pas très malin. De plus, vous êtes gentil. C'est clair, rien que de voir que vous avez travaillé sept ans sans être payé et vous laissant piégé par une banale imposture.

— C'est pas que je sois si bête mais vous me faisiez pitié.

— Oh, je m'en doutais un peu. Vous n'êtes pas malin et, de surcroît, vous avez bon cœur, ça doit être rudement difficile pour vous de vivre dans ce monde.

— Vous ne comptez pas vraiment me désigner comme votre successeur?

— Mon successeur? Non. Je ne suis qu'un scientifique en rade et un humain défait. Je n'ai aucun besoin d'un quelconque successeur. J'ai juste besoin de celui qui pourra s'occuper à ma place de ces malheureux du Placard n° 13. Vous.

— Je ne saurai rien faire.

— Ça, c'est pareil pour moi aussi. Pendant quarante ans, j'ai rien pu faire pour eux avec nos soi-disant "connaissances scientifiques". C'est pourquoi vous ferez mieux que moi. Vous êtes plus jeune, plus doux. Je ne vous demande pas grand-chose. Vous n'avez qu'à noter et conserver leurs histoires. Pour que les gens comprennent qu'ils ne sont pas des monstres effrayants ou dangereux, mais qu'ils sont nos descendants, le nouveau destin que nous devrons un jour accepter.

— N'y a-t-il personne de plus qualifié que moi ? Par exemple, des scientifiques qui ont eu une formation adaptée ?!

— Ils ne comprennent pas. La science a creusé elle-même sa tombe. »

Dr Kwon saisit ma main dans la sienne fébrile. Une main devenue squelettique à cause de son foie qui ne nettoie plus rien, une main couverte de bleus à la suite de nombreuses piqûres. Une main qu'il sort tout juste de sous la couverture mais qui est pourtant glaciale.

« Je vous le demande, sincèrement. »

Moi je suis décontenancé, il est normal que je le sois parce que je ne suis qualifié d'aucune sorte ni ne possède de compétence en la matière, mais il faut dire quelque chose, n'importe quoi, voire un mensonge, devant celui qui agonise, tout en sachant que si je fais un faux pas maintenant, je vais le regretter longtemps. De toute façon Dr Kwon a vécu sa vie, donc c'est sûr que c'est un peu triste mais un humain ne peut pas vivre éternellement, alors je vais dire quelque chose un peu chaleureux pour qu'il ne meure pas avec tristesse quoique en sept ans il ne m'ait rien dit de gentil et qu'il m'ait exploité de telle sorte que me demander ça maintenant c'est gonflé, mais après tout c'est trop cruel de dire “Non, je ne peux pas” à un homme dans son état, mais voyons, non, me charger du Placard n° 13, c'est pas une plaisanterie, ça fait peur, et ce Dr Kwon qui me fixe avec ses yeux bovins, tellement innocents et tellement tristes... Oh, ciel...

Voilà, il y a de quoi hésiter. Moi qui déteste les devoirs depuis toujours, faut-il maintenant accepter cette charge accablante ? Cette chose pour laquelle Dr Kwon a sacrifié quarante années de sa vie, puis-je la prendre maintenant à ma charge ? Si jamais j'obtempère, est-ce qu'il va me falloir lire des livres de génétique, de biologie moléculaire, ces domaines qui me sont aussi éloignés que le cunéiforme de Mésopotamie. C'est foutrement compliqué ! Mais à vrai dire, à ce moment précis, ma tête n'a pas toutes ces pensées alambiquées. Franchement, ma tête n'a pas la structure pour gérer toutes ces réflexions tordues en même temps.

Je crois que je dois penser au ventilateur dans les toilettes du quatrième étage, là où je fais caca tous les matins. Dans ces toilettes, il y a un grand ventilateur en acier qui tourne en rond sans répit et qui coupe morceau par morceau la fumée des cigarettes pour l'évacuer. Installé pour vider mon ventre après un café, avec un journal et une cigarette, je ne peux m'empêcher tous les matins d'imaginer que mon esprit part avec la fumée et que la fumée part tranchée par le ventilateur, donc, la plupart de l'essence de mon esprit part coupée morceau par morceau par les ailes du ventilo.

Le peu de pensée rationnelle qui se tortille dans mon esprit est haché par les pales d'un ventilateur, avec la fumée de ma cigarette, elle n'est plus l'ombre de mes gestes quand je m'entends avouer :

« Docteur, j'ai peur du Placard n° 13. »

Dr Kwon me regarde de ses yeux vides et tristes mais n'insiste pas. Je le salue avant de quitter la chambre.

Sur le chemin du retour, je demande à moi-même : « C'était un acte égoïste ?

— Ben, de toute façon, tu es égoïste, non ? » répond un autre moi en moi.

EN BUVANT DES CANETTES DE BIÈRE

Chacun a une période dans sa vie dont il n'a pas envie de se souvenir. Moi, c'est 1997. Cette année-là est la pire des pires. Un copain me dit: « Les malheurs n'arrivent pas sous forme de remboursement mensuel. Ils arrivent toujours en somme brute. C'est pour ça que c'est difficile de les gérer. »

En 1997, en janvier, ma mère tombe. Quand on la transporte à l'hôpital, il est trop tard. Les médecins aux urgences ne font que paniquer, les infirmières semblent ne rien comprendre à mon « C'est comme ça que c'est arrivé ». Dans l'ambulance, ma mère, comme sachant qu'elle va mourir, me prend la main pour me dire: « Essaye de trouver un travail stable. C'est important. »

Voilà ce qu'elle veut laisser en guise de testament à un fils pas trop dégourdi.

Mon enfoiré de père quitte la maison quand je suis encore petit et me laisse à jamais sans nouvelles. Sans que je sache s'il est mort ou vivant, je vis avec ma mère depuis ma petite enfance. Comme notre famille est pas bien grande – en fait, à part un oncle du côté maternel je n'ai personne d'autre – ses obsèques sont un désert, tout comme sa vie. Quand le cercueil glisse dans le four pour l'incinération, je dis à mon oncle:

« Je suis désormais orphelin. »

Lui, écrasant du pied sa cigarette, répond:

« Tout le monde finit par devenir orphelin. »

Cette année-là, au printemps, en sortant de la fac, je me retrouve expulsé dans le vaste monde. Bien entendu, je n'y suis pas préparé. À partir du dernier semestre de la quatrième année de fac, soit à l'automne 1996, j'envoie mon CV à cent vingt-six entreprises pour recevoir autant de refus. Disons qu'une soixantaine de fois je ne suis pas retenu sur dossier et une cinquantaine d'autres fois après l'examen. Six fois tout de même j'ai un examen préliminaire et je pousse jusqu'à l'entretien; pour un refus final, certes. Le juré aux cheveux blancs me demande une fois si j'ai une qualité particulière. Il se trouve au centre du jury et ressemble à un P-DG, on va dire. Moi, tout tendu, je réponds: « Il n'y a pas une qualité particulière dont je puisse me prévaloir, mais j'ai la volonté première de bien faire, quel que soit le travail. » Le genre de P-DG sourit, les commissures de sa bouche remontant légèrement. « Quand j'avais votre âge, je me sentais capable de conquérir le monde entier. Regardez-moi maintenant, je ne fais que des jeux de mots avec des blancs-becs comme vous. » Et c'est exact. Si j'y repense, cette réponse est vraiment celle d'un blanc-bec. Au XXIe siècle, il n'existe plus de travail qu'on puisse accomplir juste avec la volonté de bien faire. Fini le temps du Far West. Ce dont on a besoin aujourd'hui, ce n'est ni de volonté ni de courage mais de diplômes et de certificats.

Cette année-là, je romps avec la copine que je fréquente depuis huit ans et sept mois. Pour être plus précis, j'apprends cet été-là qu'elle n'est plus avec moi depuis un paquet de temps déjà. Comme on se connaît depuis le lycée, qu'elle est toujours à côté de moi, cette nouvelle me fait un drôle d'effet. Je ne sais pas précisément à quel moment nous nous séparons. Ni elle ni moi n'avons jamais parlé de rupture. Ne nous étant jamais posé la question, nous n'avons jamais eu à y répondre. Je l'appelle un jour et c'est une femme mariée. Cela peut sembler invraisemblable mais c'est ainsi. Je l'appelle donc et lui dis: « Excuse-moi de ne pas t'avoir téléphoné ces derniers temps. J'étais assez occupé par les exams. À propos, ça te dirait de sortir ce week-end et d'aller voir un film ? » Elle, elle balbutie d'une petite voix: « Je suis mariée. » Là, j'en reste comme deux ronds de flan. Personne ne peut sortir avec les honneurs d'une telle situation. Pas plus elle que moi, elle qui ne doit pas avoir grand-chose à me raconter après sa déclaration. C'est pour ça que nous restons un moment sans rien nous dire. En fond sonore, j'entends un feuilleton télé et la vague trace d'une autre voix, tonalité de baryton. Qu'est-ce qu'il dit? Est-ce: «Chérie, il n'y a plus de dentifrice dans la salle de bain.» Après un moment de silence, d'une voix inquiète, elle interroge: «Ça va?» Je lui rétorque que oui. Je pense sincèrement que oui, d'ailleurs. Voilà la fin de mon histoire avec cette fille que je fréquente pendant huit ans et sept mois. En résumé, c'est mon amie pendant huit ans et sept mois, puis elle se marie un beau jour avec un type qui réclame du dentifrice de sa voix de baryton. Voilà tout.

Puis-je dire que je l'aime, tout ce temps? Oh que oui. C'est une fille tellement gentille et tellement belle que je n'ose pas l'approcher de but en blanc. Et je la loupe d'abord. C'est l'époque où rôde autour de moi une sorte de léthargie empreinte d'angoisse, comme une nappe de brouillard qui se répand. Trouver un travail m'est aussi inconcevable qu'aborder une terre inconnue, je n'ai ni qualité ni compétence particulière et aucune expérience. Quand mes copains se plaignent devant le formulaire de présentation de soi: «Quoi! Comment peut-on demander de résumer la vie d'une personne en une dizaine de lignes! On nous prend pour qui!», moi, je sens une certaine détresse de ne pas avoir de quoi remplir ces quelques lignes. Chaque fois qu'un pote me demande: «Tu te maries pas, toi?», je bondis intérieurement: «Merde! Avec quoi veux-tu que je me marie, j'ai rien!» Ma copine, je n'ai pas la force de recouvrir son avenir de mon avenir.

Et puis cette année si cruelle, en été notre chien est mort. Il nous a accompagné ma mère et moi pendant dix ans. C'est un labrador, un chien calme, patient, attentif. Il ne râle pas trop de douleur ni ne geint excessivement durant son agonie, mourant calmement, fidèle à son caractère. S'il m'a adressé des prières particulières, c'est possible, des signaux, je ne les vois pas. Il se peut aussi que j'ai choisi de les ignorer. Ceux qui savent ce que c'est d'avoir un chien comprennent le sentiment qu'on éprouve à sa mort, après dix ans de compagnonnage. Cette tristesse, aux autres il est difficile de l'expliquer. Je ne sais pas comment cela se produit, en tout cas, ce jour-là, j'ai pris mon chien mort dans mes bras et j'ai pleuré plus longtemps et bien plus tristement que le jour où ma mère est morte.

Le lendemain, je fourre le cadavre du labrador dans un plastique noir et le tout dans un sac pour les courses. Je prends le bus qui dessert une banlieue perdue avec en tête l'idée de l'enterrer au sommet d'une montagne. Sur le chemin, je croise un homme qui, étonné de me voir avec un tel sac dans un tel lieu, me demande ce que je viens faire. J'explique que je viens ensevelir mon chien. Il fait une grimace et me dit que c'est illégal, ce à quoi je réponds par un sourire narquois.

À la montagne, cet été-là, il fait très chaud et le cadavre du chien est très lourd. Je renonce à l'idée de l'enterrer au sommet avec la belle vue. Je creuse un trou dans la terre à mi-hauteur. Illégalement, bien entendu. J'arrose d'alcool la sépulture du labrador et en bois un peu. En allumant une cigarette, j'interpelle mon vieux chien :

« Toi et moi, le temps qu'on a passé ensemble, c'était pas si mal, non ? »

Sur le chemin de retour, je ne sais pas ce qui me prend, je retire tout l'argent qui reste sur mon compte, une petite somme que ma mère m'avait laissée en guise d'héritage. Hormis notre appartement, je n'ai rien d'autre. Avec ce pécule, je me paye des canettes de bière. Ça correspond grosso modo à quatre cent cinquante packs, soit plus de dix mille canettes. La caissière dit qu'elle ne peut pas vendre une telle quantité de bibines à un particulier. Moi je n'admets pas qu'on tienne ce discours, que dans notre système capitaliste si formidable un individu ne puisse acheter n'importe quoi en quantité (sans compter qu'il ne s'agit pas non plus de cocaïne ou d'armes de poing, mais de simples canettes de bière) du moment qu'on met son argent sur la table. Du coup, je gueule : « Mais qu'est-ce que vous racontez, là ? » Comme je fais du scandale dans le magasin, un type, apparemment un supérieur, s'extrait de son bureau pour dire à la caissière de me laisser les canettes à condition de prendre mes coordonnées. Elle demande donc mon adresse et mon numéro de téléphone, je lui griffonne le tout sur un papier, puis je réclame la livraison à domicile.

Je ne comprends toujours pas pourquoi je commets une telle bêtise. Ce n'est pas que je veuille me suicider, avec toute l'élégance d'un ventre plein. Simplement j'ai envie de ne voir personne, de ne parler à personne, de ne m'expliquer sur quoi que ce soit vis-à-vis de qui que ce soit. J'ai surtout envie de disparaître sous terre.

Cet été-là donc, je m'enferme dans l'appartement et je commence à boire mes bières. Sans rien faire, juste être à la maison et boire. Ces quatre cent cinquante packs de canettes achetées avec mon héritage, je les entasse jusqu'au plafond dans la véranda, le salon, les chambres et même aux toilettes. Et je les vide en exactement cent soixante-dix-huit jours. Du matin au soir où, mort de fatigue, je tombe de sommeil, je ne consomme rien d'autre que ces bières, quelques cacahuètes et de l'eau.

Ce n'est ni grandiose ni difficile comme on peut se l'imaginer. Il suffit d'ouvrir la porte du réfrigérateur, sortir une canette, l'ouvrir, la boire, broyer la canette vide et la jeter n'importe où. Quand ça me picote la gorge ou quand j'ai faim, je mange des cacahuètes. Puis, je recommence la procédure : sortir la canette, l'ouvrir, la boire, l'écraser, la jeter. Les canettes vides, je les pilonne. Massacrer la canette... C'est pas un simple détail, c'est un moment crucial ! Ça peut paraître idiot, mais au moment où on écrase l'aluminium surgit un sentiment de destruction du genre « Advienne que pourra », qui donne la force de sortir la nouvelle canette du frigo.

Tant qu'on se demande pas pourquoi on est en train de faire un truc pareil, chacun peut continuer une bêtise de ce genre jusqu'à la mort. Les premiers jours, on peut avoir des nausées à cause de la quantité monstrueuse d'alcool ingérée. La tête dans le trou des toilettes, vomissant quelquefois, on peut avoir le sentiment qu'on pourra plus avaler une seule goutte de bière jamais au grand jamais. Mais ça passe. Encore quelques jours et on n'a plus la moindre nausée. On n'a quasiment plus mal à l'estomac, c'est pas si compliqué, on se rend même pas compte qu'on est en train de faire un truc grave. Rien que la bière, des cacahuètes et de l'eau, on n'a pas faim, au point qu'on finira par cette déduction insensée que, avec la bière, les cacahuètes et l'eau, y aurait bien assez pour vivre. Là, on est en bon chemin. À ce stade, on peut se concentrer sur le rythme : ouvrir la canette, la boire, l'écraser. Et la réalité remplie d'angoisses, de courses et de tensions laisse la place à l'irréel qui s'installe confortablement dans la tête. À ce stade, arrêter de vider des bières semble plus redoutable que tout.

Pendant cent soixante-dix-huit jours, j'ouvre des canettes dès que j'ouvre les yeux. Les boire, les écraser une fois vidées, décortiquer quelques cacahuètes et m'effondrer dans le sommeil. Quand j'urine, il m'arrive de regarder, hypnotisé, ce qui coule de mon corps. Parfois, le soleil derrière la fenêtre bouillonne comme dans une jungle avant de heurter les fils électriques et de dégringoler derrière l'horizon. Les sons gris opaque des klaxons de voitures s'envolent dans l'air à une vitesse phénoménale. Mais tout ça, avec les linges étendus sur le balcon d'en face, me semble n'avoir rien à voir avec moi. Le vent secoue les linges, le soleil les sèche et, le moment venu, quelqu'un sort sur le balcon pour ramasser le tout après les avoir fait claquer vigoureusement. Qu'est-ce qu'on enlève en secouant le linge ainsi ? Je me demande si la dame d'en face cherche à se débarrasser des particules de rayons brûlants du soleil. Ou peut-être des traces des spermatozoïdes de son mari, tout séchés et qui ne peuvent plus ressusciter ? À vrai dire, je me fiche pas mal de savoir ce que la dame d'en face disperse de sur son linge. C'est juste parce que je la vois, alors je m'invente des trucs sans intérêt.

De temps à autre, je reçois des coups de fil de Gaz de Ville ou de la Compagnie d'Électricité me réclamant des factures impayées. Je les entends sans vraiment faire attention à ce qu'ils racontent, je leur réponds que j'ai pas d'argent. Des impôts aussi, j'ai quelques coups de fil. Chose comique, on est sûr d'être appelé par les impôts si on achète quatre cent cinquante packs de bière d'un coup.

« Je vous appelle parce que vous avez acheté quatre cent cinquante packs de bière en une seule fois. Si un particulier achète autant de bière, il faut nous en déclarer l'usage. C'est qu'il y a des cas de trafic illégal. Vous organisez un événement ? Dans ce cas, indiquez-nous au moins le titre de l'événement : il faut que nous constituions un dossier.

— Y a pas d'événement. Je les ai prises pour les boire. Seul.

— Comment ? Vous rigolez ? Personne n'achète autant de bière pour boire seul ! »

Klang !

Tous les jours pendant ces cent soixante-dix-huit jours, je bois donc des bières. Il se peut que par moments je m'intéresse plus à écrabouiller les canettes qu'à les avaler. À l'intérieur de moi roule comme une rivière d'énorme détresse et d'impuissance, des eaux terriblement violentes et contre lesquelles je suis absolument démuni. Non, j'ai cru à cette rivière en moi. Or, en y repensant maintenant, est-ce qu'il y a vraiment eu quelque chose comme ça ? Est-ce qu'un homme peut mourir par amour ? Je crois que non. Un homme, je sais pas, moi, du moins, je ne vais pas mourir par amour.

Il me reste encore quelques canettes et quelques cacahuètes, mais au bout de cent soixante-dix-huit jours, j'arrête cette folie. Tout comme je n'ai aucune raison de débuter ça, je n'ai aucune raison particulière de cesser. Fondamentalement, dans toute chose, on n'a que deux choix : continuer ou arrêter. En tout cas, ce jour-là, dans tous les coins et recoins de mon appartement gisent entassées tant de canettes écrasées qu'on peut ouvrir une mine d'aluminium. Ce jour-là, débarrassant le bazar, je m'interpelle moi-même :

« Bon, maintenant qu'y a plus d'endroit pour s'enfuir, va falloir sortir ? »

Je ne suis pas près d'oublier le goût de cette soupe de bœuf que je me tape dehors au bout de ces cent soixante-dix-neuf jours. Je sanglote pendant tout le repas. Ce n'est pas du regret ni de la repentance. C'est parce que le riz dans la soupe fumante est si bon.

Deuxième partie

UNE VILLE AU PARADIS

SAUTEURS DE TEMPS

Mlle Kim Yun-mi disparaît le 14 juin 1999 dans le métro. Elle a rendez-vous avec son ami M. B au troisième bloc de Jongno. Sa famille et la police la recherchent activement durant deux ans, offrant même une récompense, mais elles ne récoltent pas la moindre information pertinente. Mlle Kim s'est réellement évaporée. Puis, le 14 juin 2002, soit exactement trois ans plus tard, elle est découverte à 17 heures, au troisième bloc de Jongno devant la boutique du chausseur Geumgang. C'est le dernier huitième de finale de la Coupe du monde de football et le boulevard Jongno est plein de supporters convergeant place de l'Hôtel de Ville. D'après ce que rapporte la personne qui alerte l'hôpital, Mlle Kim lui demande le jour et l'heure avant de s'évanouir.

Ce que Mlle Kim fait durant ces trois années, le lieu où elle se trouve alors, nul ne le sait, nul ne l'a vue, elle ne laisse nulle trace de son existence. Elle porte à son retour les mêmes habits et les mêmes souliers que ceux qu'elle portait en quittant son domicile trois ans auparavant. Elle n'a aucun souvenir de rien.

Ce n'est pas une première. Au début du lycée, elle disparaît trois mois avant d'être retrouvée dans son armoire et, l'année où elle redouble son bac, elle disparaît encore, six mois cette fois. Or, la famille de Mlle Kim refuse d'admettre ce qu'elle avance, c'est-à-dire que son temps s'efface comme un mirage:

« Au lycée, elle n'avait pas de copines et quand elle a redoublé son bac elle était terriblement angoissée. Ça peut se comprendre. Elle voulait toujours s'enfuir. Je ne sais pas ce qu'elle a pu faire pendant ce temps-là, vendre ses charmes ou vivre chez quelque type louche, en tout cas elle était revenue saine et sauve et c'était l'essentiel. »

Son quatrième saut de temps survient en juin 2004. Cette fois-ci, elle ne semble pas trop choquée. Le temps envolé est relativement court, deux mois. Elle ne donne aucune explication à sa famille sur cette absence, ne montre pas non plus de réaction spécialement hystérique – ce qui est plutôt courant chez les sauteurs de temps. Elle revient avec naturel et renoue avec son quotidien calmement. Lors de la consultation, je lui lance une petite plaisanterie : « Vous avez l'air plutôt bien. » Elle a un sourire amer et me dit : « On s'habitue. » Une semaine plus tard elle se pend dans sa chambre.

Un jour elle dit :

« Je sais ce qu'est la mort. Imaginez un compte en banque où vous thésauriseriez du temps. La mort, c'est ce compte sans provision. Vous avez tout dépensé ou vous avez été saisi, peu importe, la faillite est là. »

La douleur n'est pas mesurable. Je ne connais pas l'intensité de sa souffrance et je ne sais dire si son suicide est, en quelque sorte, justifié ou non. Pourtant, sur le moment je veux croire que son compte est encore créditeur. Assez pour reprendre sa vie, quoi. C'est un regret profond pour moi de ne pas l'avoir dit avant, même si ça n'aurait rien changé sans doute.

Il y a des gens chez qui le temps disparaît. Dans un métro qui roule, pendant la lecture d'un livre, en marchant vers un rendez-vous, en regardant leur montre... Ils perdent dix minutes ou dcux ou trois heures et dans certains cas ils perdent plusieurs jours, voire plusieurs années. Pour eux ce ne sont que quelques secondes, tandis qu'une quantité phénoménale de temps est passée. Plus exactement, le temps n'est pas passé, il a disparu et rien de ce temps ne demeure ni dans leur mémoire ni dans celle du monde.

Le temps perdu et la perte d'existence qui l'accompagne, pour ceux qui en font l'expérience, sont bien plus traumatisants qu'on ne saurait l'imaginer. À mon interrogation sur son ressenti, Mlle Lee Su-a, une comptable, m'explique :

« C'est comme si on m'avait volé la vie entière. »

Cruelle ironie, les sauteurs de temps sont tous des gens qui gèrent leur vie d'une manière hyperorganisée. Ils ont besoin de cadres, de règles. Ils sont ponctuels, presque maniaques dans leur quotidien.

« Tout ce qui n'a pas de principe clair ni de projet détaillé m'angoisse. C'est pourquoi je préfère mener une vie régulière. J'essaye de ne pas gaspiller mon temps. Réduire au maximum les facteurs imprévisibles, profiter au maximum des moindres bribes de temps, aménager les plages de sommeil et les plages de sport pour préparer le lendemain ; et si je rencontre des gens par hasard, je fais attention de ne pas bousculer le planning établi. Le week-end, je me donne du temps pour oublier le stress. Eh, quel est le problème ? Tout le monde nous chante qu'une vie régulière est saine, non ? »

Bon ben, moi non plus je ne sais pas quel est le problème. Selon certaines théories de physique contemporaines, le temps peut très bien disparaître. Ce n'est pas une donnée si linéaire ni absolue, comme on se la représente habituellement. Le temps peut augmenter ou diminuer, s'étirer ou rétrécir. Le temps se contracte, gonfle, disparaît ou naît.

Ceci explique que le temps et l'espace arrivent parfois à se tordre d'une manière telle qu'un sauteur du temps réapparaît dans un endroit inattendu. M. Gu Dong-jin, ingénieur dans la Marine, s'efface dans le métro Yeoksam pour se réveiller trois ans plus tard sur une petite île perdue du Pacifique Sud.

« J'ai déjà connu ce phénomène avant. Il m'est arrivé assez souvent de perdre dix minutes ou une demi-heure. Mais perdre trois ans d'un coup, c'était la première fois. Quand j'ai repris conscience, j'étais sur une île. Des enfants pêchaient des crabes et des jeunes filles aux seins nus, la peau couleur de miel, riaient entre elles. Le soleil était éblouissant, la mer transparente. Le paradis. Je regardais bouche bée ce paysage autour de moi. Je pensais être dans un rêve. L'instant d'avant j'étais dans un métro bondé qui m'emmenait au bureau et, d'un coup, sur un atoll de rêve dans le Pacifique Sud. C'était impensable. Je suis resté là un moment sans bouger. Les enfants en souriant m'ont apporté des crabes grillés et des bananes cuites. C'était délicieux. Je ne parlais pas leur langue, mon portable ne captait pas, il n'y avait pas de distributeur pour ma carte de crédit, je n'avais pas mon passeport, que vouliez-vous que je fasse ? Faute d'autre choix, je suis resté quelques jours comme égaré avant que, lentement, je laisse filer toute envie de penser à quoi que ce soit. C'était comme si ma tête se vidait petit à petit pour ne laisser vivre que mon corps, simple et honnête. C'est pourquoi je suis resté. Les enfants m'ont initié à la pêche au crabe, j'ai aussi appris comment attraper des poissons avec un harpon. Je nageais, je plongeais, je cueillais des bananes et des noix de coco, je faisais la sieste dans un hamac jusqu'à m'en lasser. Je me suis marié avec une jeune fille, là-bas. Elle est aussi belle que celles des photos, vous savez, sur les calendriers. Elle s'appelle Bouba. C'est joli comme prénom, vous ne trouvez pas ?

— Vous ne pensez pas rentrer en Corée ?

— Non.

— Pourquoi ? C'est tout de même votre pays ?

— Là, vous parlez du pays natal... ce sont de drôles de mots. À cause de ces mots, on y reste. On y mange, on y dort, on s'y marie, on y achète sa maison. On soutient l'équipe nationale et, juste parce qu'on est du même pays, on est amis. Mais, moi, j'ai passé des jours vains en Corée. Dans l'espace ou dans le temps, quelque chose clochait. J'ai fait de grands détours pour arriver là, mais maintenant je sais ce qu'est le bonheur et je pense que le pays natal n'est pas si important. Si on veut découvrir qui on est vraiment, il faut parfois oublier le pays natal et devenir nomade. »

Un problème classique avec les sauteurs de temps, c'est qu'ils ont les pires difficultés à renouer avec le quotidien, après. Le monde n'a pas l'air très changé, pourtant tout leur est différent et étranger. Comme dans un film mal monté, le temps est bizarrement recollé. Eux ont l'impression de dormir un moment, mais le monde poursuit sans eux sa course à une vitesse étourdissante. Pendant leur absence, les cactus grandissent, un employé passe cadre, un nouveau-né atteint l'âge de raison, le chiot est un chien. En comparaison, leur vie discontinue paraît un désert. C'est le cas de M. Park Jung-gu, un vrai paumé aujourd'hui.

« On m'appelait Taureau. Une fois un travail commencé, il fallait que j'aille au bout, coûte que coûte. J'étais du genre indispensable, la personne sans qui les choses n'avançaient pas. C'était la réalité. "Sans M. Park, la boîte aurait déjà fermée." Tous les cadres dirigeants de l'entreprise, dès qu'ils avaient un peu bu, me faisaient ces compliments. J'étais content de les entendre. C'était motivant. Alors je ne faisais que travailler et travailler à fond. Les projets les plus importants me revenaient toujours. Jusqu'à ce que, soudain, six mois de ma vie s'envolent. J'avais l'impression d'avoir juste cligné des yeux, six mois s'étaient évanouis. C'était tout à fait déroutant mais je ne pouvais me plaindre à personne. De toute façon personne ne m'aurait cru. Je suis revenu au bureau. Je pensais que, en mon absence, la société aurait sombré dans le chaos, pourtant rien de tel ne s'était produit. Quelqu'un d'autre avait repris mon équipe et s'en tirait parfaitement. La boîte roulait très bien sans moi. J'aurais dû en être soulagé. Or, j'ai senti quelque part au fond de mon cœur une sorte d'anéantissement : "Putain, le monde tourne très bien sans Park Jung-gu." Je me suis senti vidé. J'ai démissionné. En ce moment je reste plutôt chez moi, pour boire. Ma femme râle, me pousse à aller gagner de l'argent ; moi je n'ai plus envie de travailler. Il me reste encore quelques économies et mes indemnités de départ alors j'ai l'intention de me reposer. Quand je n'aurai plus d'argent, j'aviserai. »

La vie de certains évolue de manière plus positive. Mlle Hwang Mi-ok, styliste et diagnostiquée comme « maladivement dépendante du travail », a entièrement modifié son style de vie après un long saut de temps. Depuis, elle est plus molle, plus dolente, et aussi légèrement moins compétente. Elle affirme que cette paresse la rend plus heureuse.

« Je n'arrivais pas lâcher le travail. Je travaillais comme une dingue. Après le bureau, je courais à l'Institut de langues pour suivre des cours d'espagnol. Je me suis inscrite au cursus post-universitaire de gestion où je suivais des cours du soir après lesquels je repartais au bureau pour travailler jusqu'à 2 ou 3 heures du matin. Et le matin, je revenais à la première heure. Le stylisme c'est toujours pareil, si on commence à retoucher c'est sans fin. À l'époque je ne m'accordais jamais la moindre pause. Ben, notre époque est celle de la compétition permanente, non ? Soudain, je me fais voler deux ans. Quel choc ! J'ai dû en passer par un traitement psychiatrique. Ce que disait le docteur, évidemment, ne servait à rien, mais en tout cas je suis retournée au bureau. Comme j'avais toujours fait mon travail plutôt correctement et que, par ailleurs, mon oncle était dans les hauts cadres de l'entreprise, il n'y a pas eu de souci majeur pour que je reprenne ma place. Cependant quelque chose avait changé. Pas le boulot ni les collègues, non, moi. Je me suis aperçue que je vivais mieux. Je boucle le travail quand c'est à peu près propre. À l'heure de fermeture, même s'il me reste encore à faire, je quitte le bureau. J'avais tendance à parler sèchement et durement aux employés que je dirigeais, à présent je leur dis des trucs comme : "La coupe n'est pas parfaite ? Allez, personne n'en mourra, hein." Après le boulot, je m'amuse. Pour qui a perdu deux ans de sa vie, trois ou quatre heures perdues dans la soirée, ça ne compte vraiment pas. Je bois des bières, je vais parfois en boîte de nuit avec des copines bien roulées et sympas. Je ne souffre pas particulièrement les jours de mes règles mais je prends mon congé mensuel. C'est un droit tout à fait normal, pourquoi toujours tout sacrifier à ses supérieurs ? Non, je ne veux pas dire que, avec tous ces changements, ma vie soit gâchée, disons qu'elle est devenue un peu plus détendue, un peu plus équilibrée aussi. Qui sait ? Imaginons que je vive sans jamais penser à moi et qu'un jour presque tout mon temps disparaisse, que je me réveille en vieille mémé, vouée aux thés dansants et interdite de boîte de nuit, eh ! »

Nos angoisses font que nous recherchons la stabilité. Nous établissons des plans minutieux et y plions notre existence à travers des comportements répétés, réguliers, maîtrisés. Nous construisons une vie efficace à force d'habitudes et de normes. Mais ça veut dire quoi, efficace ? Est-ce que ça a un sens ? Et quel sens ? Arriver au terme de sa vie avec quelques bons souvenirs et voilà tout ?

Mlle Im Yu-na, qui a déjà connu six sauts de temps, m'a confié un jour :

« Je me demande où sont en train de rouler mes jours perdus. Quand j'y pense, ça me fait vraiment mal au cœur. Ce sont des périodes où j'aurais pu aimer quelqu'un ou faire des choses utiles pour les autres. Du temps effacé, il ne reste rien. Pas de gaspillage, pas de ruine, pas de regret, pas de blessure et surtout pas même la sensation d'avoir vécu. »

Les statistiques le disent, ceux qui vivent trop sérieusement et trop régulièrement ont jusqu'à 8 % de risque en plus de devenir des sauteurs de temps.

Ne menez pas une vie trop stricte.
N'établissez pas de projets trop contraignants.
Ne vous agitez pas pour dépasser les autres.
Si vous persistez dans cette attitude, votre temps va largement se vider.
Ne serait-ce pas dommage ?
Ce serait aussi bête que, la veille de solder votre compte-épargne,
Mourir dans un accident de voiture.

Le seul moyen d'épargner du temps, c'est de vivre tranquille.
Profitez de votre congé mensuel.
Utilisez-le par avance.
Habituez-vous, par-ci par-là, à ne pas respecter le dernier délai.
Si votre supérieur vous propose de renoncer à vos vacances contre une prime,
Faites-lui un doigt magnifique (vous connaissez tous le geste ?).
Les jours de mélancolie, pratiquez à l'occasion l'absentéisme.

Ceci était un message du siège du Mouvement pour la Vie Relâchée.

NÉO-HERMAPHRODITUS

Un jour je rencontre une femme qui arbore un tatouage de scorpion sur la poitrine.

Ça se passe à l'automne dernier. Elle porte une robe noire moulante. Son corps est d'une beauté rare. Son visage est fascinant, mais ce n'est rien comparé à son corps. Sa robe, qui s'ouvre sur un décolleté profond, produit un irréfragable désir. Le corps du scorpion n'est pas visible ; dissimulé sous le tissu, seule sa queue arrogante sort sur son sein gauche et se dresse fièrement vers sa clavicule. Elle semble avertir : « J'ai du venin dans le cœur. Soyez prudents. » Cette avant-scène superbe met l'eau à la bouche : quelle forme a le scorpion que l'on découvre en dégrafant le soutien-gorge ? à quoi ressemble cet animal qui court autour de ses aréoles, qui bouge sur son cœur à chaque respiration ? J'ai soudain l'envie insolente de la déshabiller pour savoir, pour toucher. Ça n'a rien de pervers, n'importe qui la voyant ressent le même désir.

Son charme ne tient pas juste à son visage ou à son corps. Elle use d'une langue élégante, cultivée, et sait aussi mettre à l'aise son interlocuteur. Elle me parle d'objets et de peintures murales d'anciens Celtes sur lesquels elle travaille. À chaque terme spécifique à ces arts, elle s'arrête pour l'expliquer d'une façon simple et modeste. Pourtant, dans son regard passe quelque chose d'inquiet et pendant la conversation, plutôt charmante, je remarque parfois son souffle profond. Cette femme dégage une aura de mystère et de trouble.

J'ai trente-trois ans et elle, quarante-quatre. Nous couchons ensemble.

Bien sûr, je la rencontre à titre professionnel. Hormis le fait que je ne connaisse pas alors ses symptômes, elle ne diffère en rien des autres patients que je reçois en consultation trois ou quatre fois par semaine. Sinon qu'elle a ce corps si beau et qu'elle dégage ce magnétisme propre à séduire tous les mâles et que moi, qui ne suis rien de plus qu'un mâle banal, je me laisse prendre. D'ailleurs, honnêtement, je suis flatté et, oui, ému de faire partie des mâles qu'elle veut prendre dans ses rets.

Le lieu de rendez-vous qu'elle suggère est un bar gay. Vu que c'est la première fois que je mets les pieds dans un endroit de ce genre, je l'interroge sur ce choix plutôt inhabituel.

« Je croyais que c'était seulement des hommes un peu... spéciaux qui venaient ici.

– Mon dieu, je n'ai jamais entendu une chose pareille. Vous voulez dire que, dans un jardin botanique, seuls les cactus mexicains ou les eucalyptus ont le droit d'entrer ?

– Pourquoi pas. D'après les règlements, seuls les animaux ont le droit de pénétrer dans un zoo et seules les plantes sont autorisées à pousser dans un jardin botanique. Il n'y a pas très longtemps, un aï, croyant qu'il était de l'ail, a tenté de s'introduire dans le jardin botanique avant de se faire virer. Le gardien lui a crié dessus : "Hé toi, idiot, t'es pas une plante, t'es un foutu aï, t'entends ?" »

Elle rit très fort en se rejetant en arrière.

« Pauvre paresseux ! C'est trop chou. »

Elle commande un Martini et moi une Budweiser. Elle me regarde boire cette bière non sans curiosité et pointe que : « Une Budweiser, c'est pas trop classe.

– Basta. Ma vie non plus est pas trop classe.

– Pourtant l'emballage semble correct ?

– Le contenu est pas génial. La date de péremption est

largement dépassée. C'est une vie qui n'a guère de chance d'être vendue, même à prix d'ami, ni soldée.

— Vous vous sentez vieux ?

— Oui. J'ai commencé à vieillir vers mes quinze ans. Et d'une manière vertigineuse. Depuis lors, rien ne m'intéresse vraiment. Je ne me suis jamais intéressé à grand-chose. C'était une vie assez nulle. Mais vous, vous avez l'air jeune, corps et esprit, tous les deux.

— Ce n'est pas tout à fait exact. Je suis ménopausée depuis deux mois. Ça me rend triste.

— C'est si pénible ?

— Oui, réellement. Parce que je ne pourrai plus avoir d'enfant.

— Vous ne vous êtes pas mariée ?

— Avoir un enfant et être mariée, ça n'a rien à voir. J'avais juste peur de faire un enfant aussi monstrueux que moi.

— Ben merde ! Comment pouvez-vous dire un truc aussi absurde ? Si vous aviez eu une fille, ç'aurait sûrement été une beauté extraordinaire. C'est vrai que c'est triste de ne pas l'avoir mise au monde. Disons que c'est une belle de perdue, voilà tout.

— J'ai vraiment rêvé d'avoir un enfant, mais j'ai passé ma vie entre angoisse et inquiétude, jusqu'à être trop vieille pour ça. »

Elle écluse son Martini et prend une vodka. Elle sèche aussi ce verre et en réclame un autre. Puis elle garde le silence.

Elle ne dit rien mais, curieusement, je ne me sens pas mal à l'aise. Sur le moment, je me fais la réflexion que c'est rare ça, dès la première rencontre pouvoir garder le silence sans se sentir gêné. Je grignote des cacahuètes en continuant de siroter ma Bud. Un peu gai sans doute, je lui trouve même du goût. « C'est bien. Cette bibine de base me convient à merveille », me dis-je à moi-même.

Parfois elle trinque, son verre de vodka choquant ma bouteille, et j'incline ma tête avec onction pour lui rendre hommage tandis qu'elle rit, amusée. Quand elle achève son sixième verre, je propose : « Bon, si on parlait de nos affaires ?

— Non. Pas aujourd'hui. Je n'ai pas envie. Par contre, quand vous aurez fini votre breuvage bas de gamme, nous coucherons ensemble», répond-elle d'une voix si claire et déterminée que le barman n'en perd sûrement pas une miette.

Je suis pris de court mais il n'y a pas à hésiter, alors je vide mon verre et nous partons pour faire l'amour, l'ivresse et la proximité d'un hôtel aidant.

Sur son sein gauche je vois le scorpion rouge. Son corps est splendide, son vagin profond et chaud. Ses mains et sa langue sont prévenantes, sa respiration résonne dans mes oreilles comme un écho. Quand elle pousse des petits cris de jouissance, les bouts de ses seins s'érigent et le scorpion, qui jusqu'alors dort sur sa poitrine, se dresse, comme brûlant de venin. Chaque fois qu'elle halète, l'animal venimeux s'agite furieusement. Du bout de mes pieds jusqu'à ma tête coule et coule encore l'adrénaline et, tandis que nous faisons l'amour, je n'arrête pas de m'exclamer en mon for intérieur: «C'est le meilleur coup de ma vie!»

Le lendemain matin, à mon réveil, elle dort, paisible, sur le flanc. Son corps, que j'entrevois à travers ses sous-vêtements noirs, est toujours aussi beau, dans un total abandon. Seul le scorpion sur son sein me jette un regard perçant, façon ange gardien. Je ressens à nouveau ce désir fulgurant. Prudemment, je glisse ma main dans sa culotte, vers sa vulve encore humide. Je pousse mes doigts plus loin, pénétrant son vagin. Elle se réveille peut-être, se tortille sur le lit, ouvrant ses jambes.

Je continue en son intérieur doux, ressors, effleure son clitoris.

Mais merde, quelle horreur! De son vagin pointe soudain! de dedans! un pénis! Je le vois sortir bouche bée. Il ressemble au sexe d'un adolescent avant sa circoncision.

Je vomis à plusieurs reprises sur la moquette de la chambre. Elle se réveille au bruit de mes hoquets et saisit tout de suite la situation. Plus question d'allure élégante et majestueuse. Elle affiche une mine honteuse et sanglote en me regardant.

«Je suis désolée», hoquette-t-elle entre ses larmes.

Sans lui répondre, je lui adresse un regard dégoûté, méprisant, j'enfile mes vêtements à la hâte et sors en courant. Dehors je marche toujours d'un pas vif. Pris d'une sensation répugnante, lugubre, je sens la chair de poule envahir mes membres.

Quelquefois, il m'arrive de repenser à elle. La honte me prend d'avoir quitté l'hôtel avec une telle hâte. Ce qui me déçoit, avec le recul, c'est cette trahison de ma propre image. Avec tout ce temps au côté des symptomatiques, je croyais être mûr pour accepter, du moins jusqu'à un certain degré, des différences, des bizarreries. Mais non, ce n'était qu'une illusion. Le contact de mon corps avec cette anormalité physique m'a dégoûté et rendu furieux. À ce moment-là j'étale véritablement toute ma dimension humaine si niaise.

Pas impossible que tout ça soit un cadeau de la part de Dr Kwon qui m'a envoyé à sa rencontre sans aucun indice sur ses symptômes. Peut-être que ce drôle de vieux fou veut me faire comprendre quelque chose comme: «Quelles que soient tes prétentions affichées, ce qui gouverne ton corps et ton esprit n'est rien d'autre que les vieilles idéologies conservatrices. Tu es incapable d'accepter ce qui est différent, ce qui est au-delà de la barrière que tu as installée. Tu demeures ce que j'appelle un "lâche".»

Ça doit être ça, oui, j'ai sans doute eu peur. Elle a un organe génital masculin, certes, mais cela ne l'empêche nullement d'être belle, ne change rien à sa culture, sa gentillesse, sa prévenance. Je sais. Or, quand elle me téléphone pour le travail, ma voix change, devient sèche, neutre. Je dois la revoir, à titre professionnel, mais je l'évite. Ça me fait mal au cœur de l'imaginer qui raccroche, triste. Dr Kwon se moque de moi: «Vous êtes vraiment nul. Vous n'avez pas l'attitude du gardien des écrits. Le gardien ne doit pas avoir de sentiments personnels ni de préjugés.»

Mais il faut me comprendre aussi. La première femme qui fait battre mon cœur depuis sept ans, depuis le départ de mon ex, une nuit où je tombe amoureux. Et la femme de mes rêves a un pénis!

Les personnes qui possèdent un organe génital masculin et un organe génital féminin en parfait état, on les appelle des

« Néo-hermaphroditus ». Le préfixe « néo » c'est pour les distinguer du syndrome de Klinefelter, avec ses chromosomes XXY, ou de Turner, au seul chromosome X, qui résultent tous deux d'anomalies génétiques. Dans la société traditionnelle coréenne, on a quelques termes genre « *eojijaji* », « *namyeochuni* », pour désigner les personnes pourvues des deux organes génitaux, probables précurseurs des Néo-hermaphroditus. Ils sont génétiquement stables, peuvent avoir des enfants et leur QI est considérablement supérieur à la moyenne, contrairement à ceux souffrant de gènes défectueux, dont la capacité intellectuelle est, dit-on, inférieure à la moyenne et qui ne peuvent se reproduire.

Les Néo-hermaphroditus ne sont ni hommes ni femmes. Ils ne sont ni gays ni lesbiennes. Ils sont à la fois hommes et femmes, gays et lesbiennes en même temps. Des êtres pourvus d'un pénis, d'un vagin et de seins, des êtres au physique et à la sensibilité androgynes, des êtres forts et doux, des êtres qui ont à la fois le feu et l'eau, des êtres prêts à aimer le monde entier.

Pourtant les Néo-hermaphroditus ne reçoivent d'amour ni des hommes ni des femmes, ni des gays ni des lesbiennes. Méprisés de tous, ils font l'amour entre eux et, comme ils ne sont pas bien nombreux, ces personnes qui peuvent aimer tout le monde, rejetées de toutes parts, vivent dans la solitude et la détresse.

« Nous sommes d'autant plus susceptibles d'être seuls que nous sommes nés pour aimer et pour être aimés. »

Certains Néo-hermaphroditus mettent même leurs propres spermatozoïdes dans leur vagin pour tomber enceints. Est-ce atroce ? Bien sûr que ça l'est.

La plupart renoncent à l'un des deux sexes pour vivre comme tout le monde dans cette ville. Ceux qui choisissent leur masculinité subissent des opérations qui scellent le col, retirent l'utérus pour éviter les règles, et ils prennent des hormones pour réduire les seins. Ceux qui choisissent la féminité se font enlever le sexe masculin ou apprennent à le dissimuler.

Pour escamoter le pénis, ils ont une technique très au point. Ils le rentrent dans le sinus urogénital, entre la cavité péritonéale et les testicules. Le truc à savoir, c'est que tous les humains, hommes et femmes confondus, ont une verge dans le ventre à la naissance. Chez les garçons les testicules descendent par le canal inguinal pour prendre la place que nous connaissons, tandis que chez les filles ils s'invaginent. Lorsqu'ils descendent suivant le canal inguinal, celui-ci se trouve complètement bouché et il peut arriver qu'à ce moment la pression dans le ventre monte anormalement, entraînant le déchirement de la péritonéale et la descente des entrailles par le canal. On appelle ce phénomène, dans le jargon médical, une hernie inguinale aiguë. Dans ce cas, conséquemment à la descente des entrailles, les testicules augmentent de volume jusqu'à trente fois. Il faut alors remonter les organes au-dessus de la cavité et procéder à une opération pour fermer le canal. En attendant, ce que font les urgentistes c'est de manipuler les testicules gonflés pour remonter le tout vers le haut ; et donner une poignée de médicaments pour la diarrhée en disant : « Quand vous allez au siège, ne poussez pas trop fort. » Enfin, si les entrailles peuvent descendre jusqu'aux testicules, le contraire est aussi possible, c'est-à-dire que les testicules peuvent remonter jusqu'à elles. Ceci pour dire que, avec un peu d'entraînement, chacun d'entre nous peut cacher testicules et pénis dans le canal d'où ils sont descendus.

Les Néo-hermaphroditus qui choisissent la féminité sans subir pour autant d'opérations doivent faire attention à ne pas laisser sortir le pénis hors de l'utérus quand ils font l'amour. C'est que, lorsqu'elles sont excitées sexuellement, leur verge bande aussi. C'est pour ça qu'elles font l'amour en cachant le plus loin possible l'organe masculin et en serrant au maximum les muscles du périnée pour le contenir.

« Quand on dissimule l'organe masculin au fond de son ventre, c'est difficile d'avoir un orgasme. Le sexe enfoui se débat comme un fou pour émerger. Mais il ne faut pas le laisser faire. Si jamais, si jamais, il sortait, il se passerait quelque chose de terrible. Alors j'attends que mon partenaire jouisse puis, après l'éjaculation, je sors doucement de son étreinte pour aller dans la salle de bain où, feignant de prendre une douche, je sors mon pauvre pénis pour me masturber. »

« Si une nouvelle vie vous était donnée,
Voudriez-vous naître homme ou femme ? »

« Je ne veux pas renaître
Dans ce monde de dichotomie si violente. »

L'HORLOGE DE BABEL

Ce que l'horloge de Babel fait à l'aube, c'est ouvrir les grilles du métro. Alors la ville entre en fonction. Un employé bâille, la lumière s'allume aux entrées des stations et les rames commencent à rouler. Tout de suite après déboule la foule. L'horloge de Babel, observant les heures prévues, fait circuler des métros, règle les éclairages publics, commande les feux aux carrefours. Elle coordonne aussi tous les réveils de la ville.

« Eh oh, réveille-toi ! Toi qu'es en tête pour la prochaine charrette de licenciements, tu crois que c'est le moment d'être en retard ? »

Le problème c'est que, notre temps biologique étant trop lent ou trop irrégulier, il est super difficile d'accorder notre corps à l'horloge de Babel. Celui-ci réclame encore du sommeil, quand celle-là nous ordonne de sortir du lit et d'aller bosser. Notre corps ne ressent pas d'appétit, mais l'horloge nous dit de déjeuner parce que c'est comme ça, faut aller à table maintenant. Notre corps aspire au silence, mais l'horloge nous sonne que la réunion va commencer et qu'il faut déblatérer sur tout un tas de projets.

L'horloge de Babel contrôle les postes de police, de pompiers, les signaux routiers, les tuyaux d'eau et tous ces câbles qui circulent sous terre, électricité, téléphone ; si un jour quelqu'un enraye son mécanisme, la cité tombera dans le chaos. Mais ça n'arrivera pas.

« Eh, les escargots, vite, vite, nous sommes au XXIe siècle ! »

L'horloge de Babel me pousse. Chaque fois qu'elle me presse, j'ai l'impression de manœuvrer lourdement mon moi, d'être caparaçonné de métal, empêché dans tous mes mouvements. Franchement, je ne suis pas du tout en harmonie avec cette horloge qui crie des « C'est les temps modernes ! Allez ! ».

Moi qui suis plutôt timide, je mène une vie de bon élève. Je fais la queue quand tout le monde la fait, je mange quand tout le monde mange, je cours sans demander pourquoi quand tout le monde court. Quand j'entends cette histoire, en première année de fac, au cours de physique : « Il n'y a pas de temps absolu. Tout être a son propre temps », ces phrases n'ont aucun écho en moi. Einstein dit : « Tout être a sa propre horloge intérieure. Pour ceux qui courent vite, le temps est lent, pour ceux qui courent lentement, le temps passe vite. Ceux qui vivent sur Terre vont plus lentement que ceux qui vivent dans des satellites, alors les Terriens vieillissent plus vite. » Un étudiant qui ne comprend rien lève la main : « Si on court vite, le temps passe plus lentement ? Comment est-ce possible ? » Le professeur répond : « Je n'en sais rien. C'est l'Univers qui est fichu ainsi. »

Donc le temps fait comme bon lui semble et même Einstein dit en ignorer la raison ?! Ce qu'il suggère en revanche, c'est que chaque être a son propre temps. Ça veut dire qu'il n'existe pas dans l'Univers une horloge de Babel unique, point de convergence entre tous les temps. La lune possède son horloge « Moon™ », le lièvre a la sienne de « © Lièvre », l'éclair garde son horloge « Made in Eclair ». Cela revient à dire que, si on affiche sur Terre « Le 11 novembre à 9 heures du matin, venez tous au Stade public de Mars pour les compétitions amicales pour la Paix dans l'Univers », ce jour-là, à cette heure-là, le stade va être complètement vide. Parce que « Moon™ », « © Lièvre » et « Made in Eclair » ont chacun leur rythme, le 11 novembre à 9 heures du matin s'avère aussi multiple et déconcertant qu'une grille de chiffres aléatoires en statistiques. On peut imaginer que le lièvre, plus proche de notre biorythme, arrive vers 9 heures, précédant la lune, mais l'éclair qui file à la vitesse de la lumière – et pour lequel, conséquemment, le temps passe si lentement – se pointe plus tard, ou peut-être jamais. Le lièvre et la lune devront-ils alors chanter jusqu'à leur mort une ritournelle sur «*L'éclair, éternel traître*» dans le stade dépeuplé de Mars où flottent, seuls et éternellement, les drapeaux de tout l'Univers?

Les compétitions amicales pour la Paix dans l'Univers, donc. Sans l'éclair, ce lâcheur, le lièvre et la lune s'apprêtent à se mesurer sur cent mètres. Le lièvre interroge:

«Es-tu prête?

— Juste un moment, s'il te plaît. Je dois m'échauffer, répond la lune.

— Tu peux t'échauffer tant que tu veux, tu n'as aucune chance. Par hasard, t'as pas entendu parler de la légende du lièvre qui court super vite?

— Non, ça ne me dit rien.

— Dommage. En tout cas, cette légende, c'est moi. Je suis le lièvre qui court super vite.

— T'as de la chance d'être si célèbre. Bon, tu n'as qu'à continuer. Moi, il faut que j'aille m'échauffer, excuse.»

Or la lune ne revient pas. Au bout d'un mois, furieux jusqu'aux oreilles, le lièvre part à sa recherche.

«Qu'est-ce que tu fous là? Si t'avais pas le courage de m'affronter, fallait le dire tout de suite. Tu crois que tu peux faire attendre sans fin un lièvre qui est une légende?»

La lune de répliquer, remuant lentement son corps:

«Oh là, je viens de terminer mon exercice de courber le flanc à gauche trente fois. Attends encore un peu. Il ne me reste plus qu'à le courber trente fois à droite.»

La question du temps, c'est la question de l'ordre de l'Univers. Chacun suit son horloge propre, personne ne peut établir une horloge de Babel, un ordre absolu. N'allez pas croire que l'humain est à ce point amoureux de Liberté et en lutte contre le Fascisme qu'il repousse tout ordre supérieur (idée géniale bien sûr, mais je doute que les humains soient aussi chic), c'est juste que chacun suit son horloge personnelle. En restant sagement sous l'horloge de Babel, on commence à sentir mille fourmis partout, à gigoter, on se demande si la vie n'est pas un peu tordue, on fait des bêtises. Ce n'est pas qu'on soit idiot, c'est que notre temps ne correspond pas à celui sous lequel on se trouve. Au total, en dépit de la résolution prise de suivre l'ordre unique, ça ne marche jamais.

Et l'Univers de nous dire :

« L'ordre artificiel et forcé ne fonctionnera pas. Observez silencieusement votre ordre intérieur. Je vous ai accordé une horloge individuelle, adaptée à vous seul. Pourquoi personne ne l'utilise ? »

Nous ne comprenons pas que certains puissent vieillir plus vite que d'autres, que certains puissent avoir faim avant d'autres, que certains puissent tomber amoureux plus vite que d'autres – et se lasser plus vite –, que certains puissent tomber amoureux à nouveau après avoir pleuré une séparation des nuits entières. On dit souvent « Moi je t'aime, pourquoi ne m'aimes-tu pas ? », « Comment l'amour peut-il changer ? » ou encore « Quand moi j'avais ton âge, on n'était pas comme ça, pourquoi êtes-vous si nuls, vous ? », etc.

Récemment un type vient en consultation. Après avoir obtenu son doctorat en économie aux États-Unis, il rentre en Corée et passe dix ans à jouer au *FreeCell* devant son ordinateur. Enfermé chez lui il joue douze heures par jour au *FreeCell*, pendant que les autres trouvent un travail, se hissent de promotion en promotion, achètent un appartement, se marient, ont des enfants qui vont maintenant à l'école primaire. Ça alors ! Jouer sans fin à ce jeu de cartes idiot, c'est impossible ! Il est un peu arriéré sans doute ? En aucun cas. Il a obtenu son doctorat avec mention très bien dans une université étasunienne renommée.

« Alors, pourquoi ? »

Typiquement la question que se posent la plupart des gens. Pourtant il n'y a pas de « Pourquoi ? ». Il est ainsi, c'est tout. Je ne sais pas trop, je pense qu'il doit jouer au *FreeCell* à ce moment-là, quand pour les autres il est temps de se dépenser, de vivre leur élévation sociale.

Nous acceptons difficilement que plusieurs façons de vivre soient possibles. Nous ne savons pas que, même si elles semblent bêtes ou absurdes, ces autres voies sont nécessaires à ceux qui les empruntent, que c'est leur façon de supporter le monde. C'est pourquoi on leur prodigue des conseils : « Eh oh, vous n'aviez rien de mieux à faire que jouer au *FreeCell* ? » Et si je leur dis « Si on lui enlève ce jeu, il risque de mettre fin à ses jours », ils ont un sourire moqueur, manière de dire « Arrête tes conneries ». C'est pourtant vrai. Il a besoin de jouer au *FreeCell* lui, maintenant, pour vivre.

Avant de feuilleter les fichiers du Placard n° 13 et de fréquenter ces gens, j'avoue que je n'admettais pas trop qu'on s'écarte de la règle. Je ne cherchais pas franchement à comprendre ces questions et je m'en portais très bien. Pourtant il y a des gens dont le sens de la vie échappe tout à fait à mon intelligence et à ma notion de l'humain. « Mais alors, j'y peux quoi ? Le monde est si vaste, il est normal qu'on trouve des gens différents, je sais pas moi, au Congo, au Gabon, dans l'Himalaya ou en Amazonie ! Qu'ils existent ou pas, rien que m'occuper de ma vie, c'est assez compliqué ! »

Arrive un moment où quelque chose apparemment sans rapport avec nous pénètre au cœur de notre existence et s'impose à nous. Que l'on le veuille ou non, l'incompréhensible, l'étrange, errent autour de nous et nous sommes tous brassés ensemble dans ce récipient complexe qu'est le monde. Vivre ensemble ? Ce n'est pas une question de solidarité humaine, c'est le centre même de la condition humaine.

Il y a une histoire tout à fait remarquable dans le dossier de la police de Brooklyn, cote 1998.

Dans le métro, direction Brooklyn, un jeune Noir ouvre son portefeuille et compte des billets de cent dollars. Ce jeune sot vient de toucher son premier salaire. Exhiber ses billets dans un métro new-yorkais est plus que périlleux. Surtout dans ces quartiers. À ce moment une vieille dame s'approche de lui. Immigrée clandestine, elle lui raconte que sa petite-fille se meurt à l'hôpital faute de sept cent cinquante dollars. Pour appuyer ses dires, elle lui montre une facture d'hôpital sur laquelle figure ladite somme et déclare : « Si je ne trouve pas cet argent, elle n'aura plus de traitements. » Le type balance la tête de droite à gauche.

« Admettons que ce que vous me dites soit vrai et que, par hasard, moi j'aie huit cents dollars en ma possession. Pourquoi devrais-je vous donner cet argent ?

– Pour vous c'est un mois de salaire, et vous allez en toucher bien d'autres par la suite. Pour ma petite-fille, c'est le seul moment de sa vie où elle en a besoin. Pensez une fois, juste une fois, à la vie si précieuse. »

Sur ce, il laisse échapper un sourire et dit :

« Vous et moi, le hasard nous a placés dans la même rame, c'est tout. »

On retrouve le jeune gars assassiné à coups de couteau dans une ruelle non loin de Brooklyn. À cause des huit cents dollars. Les meurtriers appartiennent à un gang de Noirs ; ils l'ont vu compter ses billets. L'un des tueurs, essuyant la lame ensanglantée, conclut : « Pas de bol. Fallait pas sortir ton fric dans mon métro. »

On arrête les assassins grâce à la déposition de la vieille Mexicaine sans papiers. Elle déclare juste à la police : « Je les reconnais, ces Noirs, ils étaient dans le métro. »

Quant à savoir ce qu'il advient, dans l'histoire, de cette pauvre gamine mexicaine à l'hôpital, le rapport ne le dit pas. Quelle est la morale de cette anecdote ? Qu'il ne faut pas exhiber son argent dans le métro ? Que le crime finit toujours par être puni ? Qu'il ne faut pas détourner son regard de la misère de nos voisins ?

Honnêtement, je partage assez la réflexion du jeune homme qui va se faire tuer : « Vous et moi, nous avons pris le même métro par hasard, dans cette mégapole de dix millions d'habitants. Et cette seule raison vous autoriserait à me demander tout mon salaire, afin de sauver une fille dont je ne connais même pas le nom ? C'est déplacé. Je ne suis qu'un petit citoyen ordinaire, et la solidarité dans une ville de dix millions de citoyens ordinaires n'est pas telle. Si je ferme les yeux devant votre visage triste, je garde mon portefeuille rempli. Après, la probabilité de vous revoir demain est mathématiquement de un dix-millionième. En plus, mon salaire mensuel, c'est le minimum pour survivre dans cette ville. Si je n'ai plus ça, combien de temps je vais tenir ? »

Il n'y a pas de morale à cette histoire. On a trop tendance à chercher une leçon ou une maxime dans tout et n'importe quoi, mais s'il y en a une, ça ne change pas notre vie. La conclusion de cette histoire est donc :

Après tout, nous sommes dans le même bateau.

COMMUNICATION AVEC LES EXTRATERRESTRES

Communication avec les Extraterrestres est une association de gens dont l'activité consiste à envoyer des ondes électriques vers d'autres planètes.

Ses membres sont très hétérogènes du point de vue social et professionnel : avocats, agents de nettoyage, routiers, pianistes, plombiers, etc. Ils érigent une gigantesque antenne dans leur jardin ou sur leur toit et envoient des ondes avec un ampli en direction des planètes, entre six et douze heures par jour. Si les extraterrestres leur répondent ? Mon opinion : « Tu parles, quelle foutaise ! », leur opinion : « Ça arrive. Il faut le temps. »

Communication avec les Extraterrestres diffère pas mal des autres associations de radioamateurs. Déjà, ils ne communiquent jamais avec des Terriens. Si par hasard ils accrochent une autre fréquence humaine, ils changent de bande sur-le-champ. Même entre eux ils ne communiquent pas par ce biais. La radio sert à ça, mais non, pas avec eux. N'est-ce pas ridicule ? Ils se choisissent une fréquence rien qu'à eux à partir de laquelle ils arrosent l'univers, sans se soucier d'être entendus ou non. Personnellement je pense que le résultat serait strictement identique s'ils parlaient dans une boîte de conserve au lieu d'un poste radio qui coûte la peau du cul.

Parce que, en plus, leur petit jeu est fort onéreux : qu'il s'agisse de satellites, de missiles, voire d'une simple vis ou d'une boîte de conserve, tout ce que l'on veut faire voyager dans l'univers se paye au prix fort, vu qu'il faut s'affranchir de la gravité qui nous colle au sol. Et les ondes électriques ne font pas exception. Les émettre vers l'infini, comme ils font, exige un matériel hors de prix ; en fait, plus c'est loin, plus c'est cher. La chambre de M. Go Du-sik est équipée de tout le nécessaire pour les communications radio, l'ensemble – uniquement les pièces ! – atteignant les quatre cents millions de wons. Il soutient avoir réduit la facture en se chargeant lui-même du montage. M. Go Du-sik a conduit son camion réfrigéré durant vingt ans et continue de le conduire encore aujourd'hui douze heures par jour. En somme, M. Go conduit un camion douze heures par jour et envoie la plupart de ses revenus aux extraterrestres.

Pourquoi font-ils ces trucs aberrants ? On ne gagne pas un rond en émettant des ondes dans l'univers, même pas une quelconque réponse. J'interroge Du-sik sur ses motivations, il m'affirme qu'il s'agit d'une affaire *top secret* et me fait jurer de ne jamais en parler, avant de chuchoter à mon oreille d'une voix tremblante :

« En vérité, nous ne sommes pas des Terriens. Nous sommes les descendants des extraterrestres. »

À cette réponse inattendue – et complètement débile –, une exclamation m'échappe : « Ah ! »

Selon Du-sik, les membres de Communication avec les Extraterrestres ne sont pas de chez nous, en dépit de leur apparence, ce sont les arrière-arrière-arrière-petits-enfants de créatures exilées sur Terre, venues d'une autre planète, d'une autre galaxie, d'un coin lointain de l'Univers. Ce que m'inspire son discours ? Ils ont l'appendicite, font leur service militaire, font des enfants, tout ça ne tient pas debout. Des extraterrestres qui se font opérer de l'appendicite, c'est crédible ça ? Ils sont en tous points de braves Terriens, c'est évident. Conclusion : Communication avec les Extraterrestres est une association de Terriens qui se croient descendants d'extraterrestres et jouent avec des radios qui coûtent les yeux de la tête.

Extraterrestres exilés, ils n'ont aucun patrimoine. Chaque matin ils se rendent à leur travail dans la ville tentaculaire. Là, il y a les bureaux des comptables, les entreprises de transports, les facteurs de pianos. Les membres de Communication avec les Extraterrestres accomplissent fidèlement les tâches que la cité leur attribue. Ils accordent les instruments, ils photocopient les dossiers de la défense pour un pédophile qui crie « Ce n'est pas un crime d'aimer ! », ils ôtent des W-C publics les hôtes indésirables comme une culotte ou des collants égarés, ils pêchent des thons rouges qui chassent des sardines et qui se retrouvent congelés à la volée sur le tropique du Cancer. Ben, après tout, tout le monde dans cette ville fait à peu près la même chose, pas vrai ? Au fond, ce qui différencie les membres de l'association des citoyens lambdas, c'est qu'ils gaspillent leur paie difficilement acquise dans un bazar d'antennes surpuissantes, de modulateurs et d'amplificateurs au lieu de rembourser leurs prêts immobiliers.

Le plus souvent ils se tournent vers des métiers qui ne réclament ni une grande éloquence ni un grand sens des relations publiques. Il est rarissime de voir un membre de Communication avec les Extraterrestres vider un bock aux réunions de camarades d'école ou chanter au karaoké après un dîner entre collègues. Ils ne se rencontrent même pas entre eux, en réalité ils n'échangent que des questions et conseils techniques au sujet de leur passion, et encore, seulement via internet. J'ai demandé à Du-sik s'il n'est pas souhaitable qu'ils se rapprochent les uns des autres, entre extraterrestres exilés. Là-dessus, Du-sik me répond :

« Nous avons chacun notre propre planète patrie. »

Nom de Dieu, c'est consternant. Les membres de Communication avec les Extraterrestres viennent chacun d'une planète différente. Tout comme celle du Petit Prince, B612, et celle de l'Éclaireur sont deux planètes différentes.

Les membres de Communication avec les Extraterrestres travaillent sérieusement et ne font jamais de problèmes. Ils attendent patiemment que la journée dans cette mégapole complexe s'achève puis, quand arrive la nuit calme, après un dîner léger et solitaire, une douche réconfortante, ils s'installent devant leur poste émetteur. Ils allument leurs appareils et augmentent progressivement le volume de diffusion, propageant leurs ondes hors de la Terre aussi longtemps que possible, bien sûr, vers leur planète mère, là-bas.

Certains fredonnent leur chanson favorite, d'autres racontent les anecdotes du travail, leur pire client de la journée, ce genre de choses. Certains décrètent que la Terre est la plus atroce des planètes parmi celles qui accueillent la Vie et protestent contre le cruel châtiment qu'est leur exil sur Terre. Ils glosent sur leur difficulté de jouer au théâtre de cette vie où il faut endosser le costume des Terriens. Il leur arrive aussi de dévoiler des secrets cruciaux et à Noël ils ne manquent pas d'envoyer des airs traditionnels avec un petit discours. Quelques membres murmurent la nuit durant dans une langue que personne ne peut comprendre. Selon l'un d'eux, il s'agit évidemment de leur langue propre, celle de leur planète ancestrale.

Chez Communication avec les Extraterrestres, chacun a ses problèmes relationnels. La plus banale conversation se heurte aux pires obstacles: bégaiements intempestifs, transpiration soudaine, bouffées de panique ou léthargie paralysante, effrois irrépressibles, le tout finissant entre dépression et mélancolie. Alors ils s'arment de silence, repoussent les hypocrisies, les fausses amitiés, les fausses gentillesses, tous les mensonges qui rôdent dans le langage quotidien.

« Les Terriens sont trop puissants. Jamais nous ne pourrons les vaincre. Ceux qui s'adressent à nous affectueusement cachent en réalité les intentions les plus sournoises. C'est effrayant de ne pas pouvoir anticiper ce qui va arriver. C'est pour ça que j'envoie des ondes toutes les nuits à ma planète, pour supplier que l'on mette fin à ma peine. »

Voilà. Ils sont seuls, murés dans leur détresse, fuyant cette humanité à laquelle ils n'appartiennent pas. Ils vivent de boulots mal rémunérés, n'importe quoi pourvu qu'ils limitent au maximum les contacts avec l'extérieur. Cette planète n'est ni leur patrie ni même leur pays d'adoption. Tout comme personne parmi nous ne souhaiterait avoir une vie glorieuse dans une horde de singes, ils n'espèrent rien sur Terre.

Ils se donnent néanmoins un mal fou pour continuer à vivre dans cette prison dont ils rêvent toutes les nuits de s'évader, et c'est pourquoi ils sacrifient tout à ce matériel, ces messages désespérés qu'ils lancent vers l'infini. Pourquoi ne peuvent-ils pas vivre en Terriens ? Pourquoi ne peuvent-ils pas s'identifier à l'espèce humaine ? Ils payent chaque mois leurs cotisations pour l'assurance maladie, la retraite, ils payent leurs impôts et ils suivent le code de la route. Mais pourquoi donc veulent-ils absolument se prendre pour des extraterrestres ?

Eh bien, je n'en sais rien. Mais quand je pense à notre planète triste et ennuyeuse, où il est impossible de trouver quelqu'un avec qui dialoguer chaleureusement, ils ne me semblent plus totalement fous. Avec une radio assez puissante pour envoyer des ondes dans l'univers, je crois que l'envie peut aussi me prendre de dire quelque chose au micro. Quoique en guise de vie extraterrestre je ne connaisse guère que *E.T.* et les *Télétubbies*.

« Comment est la vie où on parle plus aux extraterrestres qu'aux Terriens ?
À vrai dire, moi aussi, j'en ai un peu assez de cette Terre. »
Demandai-je.
Du-sik m'a répondu :
« C'est solitaire. »

ELLE DÉJEUNE EN DESSOUS DU VENTILATEUR QUI CRACHE DE LA POUSSIÈRE

Nous avons une cantine au sous-sol de l'Institut.

À l'heure du déjeuner j'y descends. En chemin, je me demande pourquoi je vais dans cet endroit dont je déteste la cuisine, pourquoi descendre dans ce sous-sol, où on nous traite comme des clochards avec un minable plat unique ? Pourquoi ne pas choisir plutôt une de ces bonnes gargotes, où on vous accueille comme un roi, où on a le choix entre tout plein de plats tous plus délicieux les uns que les autres ? Parce que les autres restos sont trop loin ? Parce que la cantine est meilleur marché ? Parce qu'on y règle en tickets-restaurant sans chercher à faire payer l'addition au directeur Song-le-gentil (à chaque repas pris entre collègues à l'extérieur, il faut faire semblant de renouer ses lacets ou de chercher un cure-dent, tout ça pour pousser ce pauvre M. Song vers la caisse. M. Song est père de trois enfants dont l'aîné vient d'entrer à la fac. Élever trois enfants avec un salaire de directeur d'un petit département, est-ce si aisé ? Les frais d'inscription à la fac, est-ce une paille ? Ah, ayez un peu de cœur, les gars ! Il faut qu'on change !) ? Voilà pourquoi moi, je vais à la cantine. Ça, c'est ce que je veux pouvoir soutenir.

Honnêtement, c'est pas la vraie raison. Si je descends, le cœur serré, au sous-sol, c'est parce qu'on a cet Avis officiel de la Direction : PRÉFÉREZ LA CANTINE ! Le patron de la cantine est proche d'un des dirigeants de l'Institut. Il doit avoir pleurniché que son commerce ne marche pas, etc., accompagnant ses plaintes d'un petit pot-de-vin. Mais quand même. Comment peut-on mettre un message aussi ridicule que « Préférez la cantine ! » via un truc aussi austère que l'Avis officiel de la Direction ? Pour sûr, le type qui rédige ça ne connaît pas la honte.

Ceci dit, pour les salariés, pour nous, il s'agit pas de tergiverser. Lorsque tombe un Avis officiel de la Direction, il faut se courber et obéir. Il est mal venu de faire des remarques comme « C'est pas du riz, je reconnais ce goût, c'est du ciment » ou « Vous n'auriez pas de la pâtée pour chiens plutôt que votre plat-là ? ». Homme révolté ! C'est du propre ! L'homme doit dénoncer l'absurdité du monde et lutter contre, certes, mais quand on est un mâle, n'est-ce pas plus digne de lutter pour quelque chose de plus… valorisant ? Ça fait pas hypernoble de se révolter à cause des légumes servis à la cantine, c'est carrément mesquin, à la limite. Délicat d'en faire la Grande Cause. Donc, pour lutter contre quelque chose de valable, autant laisser passer courageusement ce genre de futilités et manger leurs plats les yeux fermés.

Me voilà assis. L'uniformité étant sans doute ici le seul principe culinaire, on a exactement les mêmes plats d'accompagnement pendant toute la semaine. Devant la table ainsi garnie, répondant de temps à autre aux discours et aux plaisanteries de M. Kim le Directeur général – dont rien que le visage me donne des troubles digestifs – je me gave de riz, cuillerée après cuillerée. Et ça a quel goût ? Bon ben, je dirais, comme du riz mélangé à de la sardine crue, enfin quelque chose dans ce genre.

« Ah ! Mais ! Regardez cette fille-là ! »

Après quelques bouchées de riz, M. Kim claque la langue en désignant du doigt un coin de la salle. Là déjeune Mlle Son

Jeong-eun, du département des Affaires générales. Personne d'autre qu'elle ne s'installe dans ce coin où trônent un réfrigérateur géant, des poubelles et un grand ventilateur qui brasse violemment l'air et les odeurs dans un bruit étourdissant. Moi aussi, quand je la vois chaque midi, je me demande pourquoi elle s'isole là-bas.

« Je pige pas un truc pareil ! Elle bouffe tout le temps toute seule dans ce coin puant qui grouille de bactéries. En plus, elle s'empiffre. Après, c'est pas étonnant qu'elle soit si grosse. Je me demande d'ailleurs si c'est vraiment une femme. Franchement, on peut appeler ça un corps de femme ? Comment on peut se permettre de s'exhiber ainsi au bureau ? N'a-t-elle aucune idée de ce qu'elle impose comme vision à ses collègues, quel manque de sens civique ! Non ? » demande M. Kim.

Personne ne répond. Évidemment, qui va dire : « Oui. C'est exactement cela. Tout le monde souffre d'un effroi terrible à la voir » ? Si M. Kim affirme qu'elle mange tant et tant, ce n'est qu'un préjugé de sa part : elle est grosse, donc elle doit manger énormément, alors qu'en réalité la quantité de riz sur son plateau est normale. Comme personne n'ouvre la bouche, M. Kim se remet à dévider son discours. « Bon, admettons, le corps c'est une chose, passons. Mais quelle mentalité elle a de manger toute seule dans ce coin, juste là où s'envolent toutes les poussières ? Ça lui ferait mal de déjeuner amicalement avec ses collègues en discutant de tout et de rien ? Faut-il qu'elle se donne en spectacle pour pouvoir avaler son riz ? Eh bien, c'est lamentable, vraiment lamentable. Quand je la vois, moi, ça me donne comme des suffocations. N'est-ce pas, M. Park ? »

Au lieu de demander au groupe anonyme, cette fois-ci il harponne M. Park.

« Oui. C'est cela », répond énergiquement ce dernier.

Qu'est-ce qui est cela ? Il n'a sans doute même pas entendu les propos de M. Kim. Simplement, à ce genre de question, généralement, la réponse « Oui, c'est cela » a plus de chance d'être adaptée que « Non, ce n'est pas ça ». Et il est certain qu'un esprit positif est utile pour la vie sociale. M. Park a donc raison d'acquiescer ; même si sa vigoureuse réponse ne vient pas de ce qu'il a un esprit positif mais parce qu'il n'a jamais aucune opinion sur rien.

Elle, le visage plongé dans son plateau, continuant régulièrement ses mouvements de mastication, ne semble avoir cure des méchancetés que M. Kim est en train d'étaler. À côté de notre table, quelques filles du département des Affaires générales rigolent fort en mangeant. Peut-être sont-elles en train de déblatérer le même genre de méchancetés à son égard, vu que le sujet le plus amusant de l'Institut, c'est elle et ses histoires cachées. On peut parler de son poids, de ses vêtements démodés et ridicules, de ses chaussures usées, de son silence entêté, de son intérieur insondable. En même temps, si on n'y prête pas vraiment attention, on ne se rend pas compte de sa présence. Alors comment les gens peuvent-ils échanger des ragots avec une telle passion au sujet d'une personne aussi transparente ?

« Vous savez, on dit qu'on peut vivre avec un renard mais pas avec un ours. Je ne comprenais pas très bien ce dicton mais, depuis que je la connais, tout s'est éclairé. Celle-là, si on la mettait dans une grotte, elle vous dégueulerait de l'ail et de l'herbe pendant cent jours jusqu'à redevenir un ours ! À propos, M. Song, son travail, c'est comment ? » relance M. Kim, affichant une mine sérieuse.

Apparemment, M. Song ne s'attendait pas à cette question. Il engloutit d'un coup le riz qu'il mâchait depuis un moment, puis avale une gorgée de soupe. Soupe d'algue au bouillon d'anchois, la spécialité de notre cantine, hélas. On n'en trouve l'équivalent nulle part ailleurs, heureusement. Comment est-elle ? Eh bien pour le dire rapidement, c'est du beurk. Cette description vous semble trop abstraite, vous avez du mal à comprendre ? Disons que cela ressemble à quelque chose qu'on peut faire en mélangeant des algues et des anchois dans un bouillon de torchon sale.

« C'est que... comme elle n'est pas de notre département..., tente M. Song.

— Pourtant vous partagez le même bureau ? » insiste M. Kim.

Il est de ces gens qui forcent la réponse qu'ils souhaitent

entendre sans rien céder. Si vous tenez à épargner votre patience avec eux, autant répondre tout de suite dans leur sens, même si, par ailleurs, il n'y a guère de tâche dans notre Institut qui permettrait de mesurer la compétence de chacun.

« On m'a dit qu'elle s'acquittait correctement de son travail, dit M. Song, toujours très calmement.

— Correctement ? Celle-là ? Celle qui ressemble au croisement d'un ours et d'un cochon ? Vous qui dites "correctement", avez-vous au moins idée du sens de ce mot ? s'emporte soudain M. Kim. OK. Comme dit M. Song, admettons qu'elle fasse son boulot "correctement". Mais est-ce que cela suffit pour mener une vie sociale digne ? Exécuter son travail, c'est bien le moins pour un employé qui perçoit un salaire, mais il faut quelque chose de plus. Les employées, ce sont les fleurs de l'entreprise, les fleurs ! Apporter un peu plus d'ambiance au bureau, donner l'envie de mieux faire, adresser des paroles gentilles, et ainsi de suite, vous savez tout cela ! »

Puis, baissant la voix, M. Kim rapproche son visage de notre petit groupe. Une forte odeur d'eau de toilette mélangée à celle de peau grasse nous atteint. En y ajoutant une cuillerée de soupe aux anchois et aux algues, la nausée aussi se rapprocherait.

« Vous êtes encore jeunes, vous ne pouvez pas savoir mais, quand on a certain âge, il est difficile de dresser le truc. Quand je la vois, celle-là, mon truc que j'ai dressé à grand-peine se ramollit. Immédiatement. Et le sentiment que ça me fait, ben il n'y a pas plus désastreux. Quand on a mon âge... c'est déjà difficile de l'ériger et puis quand ça se dégonfle, c'est vraiment calamiteux. Voilà, celle-là, elle est calamiteuse. Ah ! ah ! ah ! »

Purée, tout ça pour ça. Tout ce discours à la con pour cette plaisanterie minable ? Tout le monde à table tient enfin l'essence de l'affaire et se met à rire. Ha ha, Heo heo, Hé hé, merde ! Nos rires n'ont rien de naturel. Quand c'est drôle, on rit, spontanément. Mais là nos rires trahissent notre humeur. Tout le monde est mal à l'aise. Après une scène de ce genre, chacun se sent nul vis-à-vis des autres. Le peu d'estime que l'on veut conserver pour les autres retombe, comme après avoir échangé des paroles du style : « C'est comme ça. Rien à faire, nous non plus. Faut passer ce mauvais quart d'heure si on veut gagner sa vie. »

Entre-temps, M. Kim écluse tout son plateau. Finir son bouillon de torchon jusqu'aux dernières gouttes demande un appétit incroyable. Ceci dit, que ne peut-il digérer ? Il paraît qu'il accepte tout en pots-de-vin : espèces, objets, chèques-cadeaux, même les traites à six mois sont les bienvenues, d'où son surnom « Set d'assortiment de cadeaux ». À sa décharge, les commissions ne l'arrosent pas en vain et les carrières des généreux donateurs profitent en retour. Il se mouille dans de multiples affaires de corruption, fraude, sollicitations indues, ce qui l'a fait monter et descendre maintes fois dans sa carrière de haut fonctionnaire avant d'atterrir finalement ici. Quoi qu'il en soit, il tient bon. Faut qu'il reste chez nous environ deux ans et, après l'oubli de ses dernières bêtises, il pourra repartir. De lui, on dit qu'il est « parachuté », mais ce n'est pas un parachuté, c'est un avion de guerre chargé de bombes jusqu'à la gueule posé en urgence mais momentanément.

M. Kim se lève, tenant son plateau à la main. M. Park et moi nous levons d'un bond et tendons nos mains vers son plateau.

« Je vais le remettre », proposons-nous en même temps.

Nos mains tendues vers M. Kim nous font honte.

« OK. Merci. »

M. Kim nous regarde tour à tour avant d'avancer son plateau vers moi. Puis il jette encore une fois un coup d'œil vers Mlle Son.

« Eh ben, dites donc, comment est-ce qu'on peut manger dans un coin aussi peu ragoûtant ! Celle-là, je l'ai jamais entendue avancer la moindre opinion sur quoi que ce soit pendant une réunion. Elle garde la bouche cousue et ne dit pas ouf. Pas une seule fois elle ne s'est présentée au repas officiel, pas un seul bonjour aimable quand on la croise le matin. Son visage est pas terrible et elle est grosse. Avec ce caractère et ce poids, je me demande si elle arrivera à se marier. Jamais, bien sûr ! Quel drôle de zigue prendrait celle qui ressemble à une truie ? En attendant, n'y aurait-il pas au moins moyen de vivre sans voir cette cochonne ? »

Il parle fort cette fois. Assez en tout cas pour que ses paroles arrivent jusqu'à la table de Mlle Son Jeong-eun. Elle continue de manger, tête baissée, mais je vois ses joues s'empourprer et ses épaules trembler ; je ne sais si c'est de colère ou de tristesse.

Edouardo Manet écrit dans son ouvrage *L'Île du lézard vert* que l'âge de quinze ans est l'âge où on veut « exploser le monde à coups de dynamite ». C'est le seul passage de ce livre dont je me souvienne. Avec un certain recul, si je repense à mes quinze ans, c'est exactement ça, une période où j'ai vraiment envie de faire péter tout le lycée, sous réserve d'avoir de la dynamite. Je suis constamment en colère contre tout ce qui m'entoure.

Par exemple, je ne supporte pas que le règlement du lycée oblige tous les élèves à porter l'uniforme boutonné jusqu'au menton. Avec ses boutons, il me donne l'impression de suffoquer. Pareil pour ce principe qui nous force à méditer quelques instants sur nos ambitions chaque fois que nous passons devant la statue du fondateur du lycée, statue au pied de laquelle est inscrit « Garçons, ayez des ambitions ! ». Les autres garçons ont des ambitions du genre devenir médecin, avocat, au moins entrer dans telle faculté, mais moi, hélas, aucune. Honnêtement, je ne peux même pas comprendre en quoi devenir médecin ou avocat peut être une ambition pour un garçon.

Rien du lycée ne m'attire. Quand je reçois sur la tête le tampon du tableau lancé par un prof ou que je récolte une punition, tête contre le mur, dans le couloir, parce que j'ai un peu somnolé pendant le cours, je ne comprends pas que les élèves ne s'insurgent pas. C'est dingue. Les élèves, je les trouve bien trop gentils. Je ne réussis pas particulièrement en classe, je ne suis pas spécialement fort physiquement non plus. La plupart du temps, quand on m'interroge, je suis incapable de fournir une réponse correcte, même en la connaissant, et ça finit généralement par une paire de claques. En matière de bagarre, je suis encore moins bon et je me fais piquer mon argent de poche par les plus grands et les plus forts. Je suis un garçon *comme ci comme ça.* Mes quinze ans sont ainsi. Mais, où est le mal d'être *comme ci comme ça*? Le monde est de toute façon rempli de choses *comme ci comme ça.*

C'est en octobre, je crois. Pendant le cours, je regarde par la fenêtre. Il y a un grand et magnifique tourbillon qui brasse les feuilles avant de les envoyer vers le ciel. Les feuilles de ginkgo suivent le mouvement circulaire et montent encore plus haut que le mât portant le drapeau national. Tel le mouvement d'une toupie, tels les grains de glace qui forment l'anneau de Saturne, le spectacle de ce tourbillon de feuilles dans la cour est aussi étonnant que beau. Je n'ai jamais vu jusque-là un vent aussi magnifique. « Ah ! », une exclamation s'échappe de ma bouche. Alors là, le prof d'éthique, surnommé « Gel de Silicate » du fait de son visage maigre semblable à un squelette et de sa peau aussi sèche qu'un désert, m'appelle à son bureau. « Qu'est-ce que tu regardais ? » Moi, je m'imagine qu'une scène si belle n'arrive que rarement dans l'adolescence d'un garçon et que le prof va comprendre ce sentiment. C'est pourquoi je lui réponds en toute sincérité : « Je regardais le beau tourbillon qui fait tournoyer les feuilles de ginkgo vers le ciel. » Les camarades se mettent à rire. Et Gel de Silicate me contemple comme une drôle de bête. Puis prononce : « Ce connard a perdu la tête. » Il enlève sa montre et me gifle. Une ! Deux ! Trois ! Quatre ! Je ne ressens pas la douleur sur mon visage. En revanche, mon cœur est étreint par une douleur énorme. Ce que je garde là, au fond de moi, ces choses trop pâles et trop tristes surgissent avec une telle force que je hurle comme un fou. « MERDE ! MERDE ! MEEERDE ! »

Gel de Silicate, surpris de mes cris démentiels, recule de quelques pas, restant bouche bée. Les élèves aussi me regardent sans piper mot. Dans la classe, le temps semble suspendu. Je sors en courant.

Pourquoi tout d'un coup cette histoire de tourbillon ? À quinze ans, je ne suis qu'un garçon ordinaire et *comme ci comme ça,* mais je sais ce qu'est la beauté et je sais montrer de la colère. Or, regardez cette séance de déjeuner. N'est-ce pas aussi irréel que les fichiers du Placard n° 13 ? Parce qu'il se situe plus haut dans la hiérarchie, un humain peut dire en face à un autre humain des choses comme « N'y aurait-il pas un moyen de vivre sans voir cette cochonne ? ». Franchement, ça, même devant un véritable cochon on ne doit pas le dire.

Pourtant personne ne s'indigne. Pire, le fait que personne ne réagisse est naturel. Toutes ces indignations qui débordaient à mes quinze ans, que sont-elles devenues ? Où sont-elles aujourd'hui ? Je fouille d'une main dans ma poche, comme pour y retrouver mes indignations perdues. En déposant le plateau du Directeur général au guichet, je crie vers la cuisine : « Mesdames ! Demain, faites autre chose que de la soupe aux anchois ! On en a vraiment marre ! »

JE SUIS LÀ, MOI AUSSI

Une fois ou deux par mois, je fais le même cauchemar où je revis une histoire vécue datant de mon service militaire. Dans le rêve, je sais que c'est un rêve. Pourtant, bien que j'en aie conscience, je ne peux échapper à la terreur qui m'étrangle. Au milieu d'un incendie, dans la fumée, j'attends impatiemment quelque chose. Qu'est-ce que j'attends ? Ça doit être mon tour. J'attends mon tour.

C'est un exercice d'incendie. Le vieux sergent instructeur secoue la tête. « De ma carrière militaire, en trente ans, c'est la première fois que j'assiste à un exercice aussi débile », se dit-il. Voici le scénario : notre troupe doit quitter le campement et faire retraite. Le campement a pris feu sous les bombardements. Il faut donc sortir les objets stratégiquement les plus importants dans l'ordre. Dans l'Or-Dre !

Sur ce qu'il faut absolument sauver est collée une étiquette bleue, et sur ce qu'on peut laisser dans le feu ou ce qui doit être détruit, une étiquette rouge. Moi, avec une étiquette bleue sur la poitrine, je suis assis dans un bâtiment d'entrepôt avec d'autres objets : tables, pelles, masques à gaz, une télévision, etc. Je joue le rôle d'un soldat blessé. Je ne fais pas partie de ce qu'on peut jeter. En voyant l'étiquette bleue sur ma poitrine, je suis rassuré, je dois absolument être sauvé.

Dès que l'exercice commence, quelqu'un met le feu à l'entrepôt pour donner « la sensation du réel ». Quelqu'un d'autre balance des fumigènes. Tout d'un coup, le bâtiment est noyé dans la fumée (« en situation réelle », bon d'accord, laissons-les faire si ça leur chante. Il est logique d'accomplir un exercice comme un exercice et de livrer une vraie bataille comme une vraie bataille, mais il y a cette expression qui nous dit de vivre « un exercice comme une situation réelle, une situation réelle comme un exercice »). Le major avec son masque à gaz entre dans l'entrepôt suivi de quelques soldats. Ceux-ci s'efforcent d'éteindre le feu à la hâte à l'aide de couvertures.

« Qu'est-ce que vous foutez là ? aboie le major.

— Il ne faut pas éteindre le feu ? demande un soldat.

— Imbécile ! Nous sommes en situation de guerre. Des bombes nous tombent sur la tronche comme la pluie, quel crétin éteindrait le feu ? » s'énerve le Major. (*Kof kof kof!* Oui, c'est pas con. Personne ne va s'occuper du feu pendant le bombardement, à moins d'être un vrai crétin. Ça, c'est convaincant.)

« Il faut respecter l'ordre. Dans cet exercice, l'ordre est primordial. Vite, vite, sortez tout selon l'ordre de priorité stra-té-gique ! » crie le Major.

En premier, ce sont les documents qu'il faut sauver. Documents top secret, documents de sécurité de première catégorie, documents de sécurité de deuxième catégorie, documents confidentiels, cartes, dossiers de projets tactiques, textes codés, mots de passe (*Kof kof kof!* Hum hum, c'est vrai qu'ils ont l'air importants, ces papelards)...

Quatrièmement, le chien éclaireur (*Kof kof kof!* Bon, c'est un berger allemand qui coûte, paraît-il, trente millions de wons)...

Septièmement, des Laws, des Stingers (*Kof kof kof!* Ça va, c'est encore supportable. Laws, roquettes antichar, Stingers contre les hélicoptères, déjà, rien que leur nom est luxueux. Rien à voir avec le simple soldat Gong)...

Huitièmement, cartouches et grenades (*Kof kof kof!* Mais, ça alors, ils font n'importe quoi, il faut les sortir en premier, si jamais ça explose, on est tous fichus !)...

Neuvièmement, des fusils stockés en réserve et les cadenas (*Kof kof kof!* Quoi? Les cadenas? D'accord pour les fusils, mais pourquoi les cadenas? Ils déconnent ou quoi? Ah, et puis j'en peux plus de cette fumée!)...

Dixièmement, les fichiers et le placard (*Kof kof kof!* Quoi? Le placard? Je le crois pas, ça!)...

À ce moment, j'ai un doute: ils savent que je suis là? On n'a pas oublié de signaler dans le dossier de l'exercice qu'il y a un soldat blessé dans l'entrepôt, entre les pelles et le téléviseur? Saisi de panique, je lève une main sans faire de bruit.

« Major, moi aussi, je suis là. »

Le major au masque à gaz demande au caporal qui se trouve à côté de lui: « Qu'est-ce qu'il raconte?

— Il dit qu'il est là, lui aussi.

— Je veux dire, qu'est-ce que ça veut dire, patate!

— Je pense qu'il demande quand il va sortir...

— Dis-lui d'attendre son tour! Ce n'est pas encore son tour. Onzièmement, les toiles de protection biochimique. »

Le gentil caporal vient me voir, moi qui suis en train de tousser comme un catarrheux, et me dit: « Ça doit être dur pour toi, soldat Gong. Ben, paraît que c'est pas encore ton tour. Désolé.

— C'est pas grave, caporal Park. Je peux encore tenir. *Kof kof kof!* »

Il n'y a aucune raison qu'il soit désolé. Ce n'est pas de sa faute si ce n'est pas encore mon tour. J'ai comme l'impression que mes poumons s'enflamment dans la chaleur des fumées. Les soldats emportent les trucs sans trop se presser. Des larmes coulent de mes yeux, de la morve coule de mon nez, de la salive coule de ma bouche. Je ne peux même plus tousser. Dans ma conscience, qui devient de plus en plus opaque, tourne un « C'est quand mon tour? ». Je frappe ma poitrine, j'arrache mes cheveux. Je me demande: « Se peut-il que mon rôle soit celui d'un cadavre plutôt que d'un soldat blessé? Comment un homme encore vivant peut-il compter moins qu'un placard? »

Le caporal qui ne supporte plus de me voir dans cet état dit au major :

« Major, un peu plus, il va avoir des problèmes. La fumée est trop épaisse. Quand est-ce qu'il va être évacué, lui ?

— Je vous ai dit d'attendre ! Les couvertures, c'est dix-septième. Les casiers sont à abandonner. Les gamelles, leurs couvercles, les porte-savons, ça n'a aucune importance. Des chips et des nouilles instantanées, putain merde, qu'est-ce que c'est, cette histoire de chips ! Ces espèces d'imbéciles du bureau administratif ont écrit n'importe quoi ! Bon, passons. Les couvertures, c'est dix-septième, je l'ai déjà dit, voilà, il est là, un soldat blessé ! Seizième ! Donc il peut sortir après les masques à gaz. »

Je vaux moins que les masques à gaz. Moins qu'un berger allemand, moins que des protections contre les attaques biochimiques, moins que les placards, et juste encore un peu moins que les masques à gaz. Heureusement, je passe avant les couvertures. Fort heureusement ! Les couvertures évacuées avant moi, je les imagine sinon me railler sur le mode : « Hé, t'es sorti tard. Bon, c'était dur ? Maintenant t'as compris mon statut dans l'armée ? Alors désormais ne me traite pas n'importe comment quand tu dors et ne me bave pas dessus, s'il te plaît », et ça, ça m'aurait vraiment été pénible.

Moi, donc, pleurant des yeux et du nez, toussant à mort, des soldats m'évacuent, me traînant par terre juste après les masques à gaz. À choisir, l'idéal aurait été une sortie magnifique, en courant les deux bras grands ouverts comme dans le film *Les Évadés*. Las, mes jambes tremblent tellement que je ne tiens plus debout.

Après cet exercice, je suis changé. Comment vous expliquer... disons que mon regard sur les objets est un peu différent. Je suis plus gentil à l'égard des placards, plus poli avec les masques à gaz, je me comporte plus respectueusement devant le râtelier quand je range mon fusil après mon tour de garde. Après tout, ils sont plus importants que moi, dans « l'or-dre stra-té-gique ».

Il y a des moments où on sent notre existence diminuer infiniment. On se dit que personne ne va se souvenir de nous, que notre tour ne va jamais venir. Des moments où on a peur que notre existence ne vaille pas plus qu'une agrafeuse ou qu'un aspirateur aux yeux de ceux que nous aimons le plus. On perçoit alors sous quelle apparence, avec quelle valeur on existe dans ce monde. Quelqu'un m'a dit : « Eh oh, sois pas découragé. Être homme, c'est avoir un ticket pour la file d'attente. Il faut donc attendre, gentiment. De toute façon, tu n'y peux rien. »

LES UNITÉS MULTI-PERSONNELLES

Aujourd'hui on compte environ cent soixante-dix groupes d'Unités Multi-personnelles actifs de par le monde.

Les Unités Multi-personnelles sont des gens qui échangent leur corps les uns avec les autres. L'esprit de A habite aujourd'hui le corps de B et habite demain celui de C. Il arrive que A, B et C restent en même temps dans le corps de D. Si cette description ne vous semble pas super claire, imaginez sept voitures et sept conducteurs qui partagent ces voitures. Par exemple, le matin on va au garage où on choisit une des sept. Si plusieurs personnes vont dans la même direction, ils peuvent monter dans un même véhicule, normal, non? On peut économiser de l'essence, avoir une réduction au péage si la voiture est pleine, par exemple.

Du fait qu'ils échangent leur corps, ils accumulent pas mal d'anecdotes. Dans des revues publiées par la MPHA (Multi-appearance People History Association), institut italien majeur dans le domaine des Unités Multi-personnelles depuis la Renaissance, on trouve toutes sortes de plaintes ayant trait aux corps partagés.

« Monsieur Tambourine ne calcule jamais les calories qu'il consomme. Il mange et boit trop et repart en laissant le corps dans un état lamentable. Personne ne voudrait de bon gré prendre celui qu'il vient de quitter. À 14 heures, je dois faire du tennis, ce qui est quasiment impossible avec un corps dans cet état, dix fois trop lourd. Courir après des balles là-dedans, c'est vraiment à chier. »

« C'est un corps nullissime, sauf pour faire l'amour. Sa langue ne distingue pas le R du L, par exemple. Quand je discute avec les clients, ça me fout la honte. Comment convaincre ses interlocuteurs dans ces conditions ?

— Mais c'est bien quand même pour faire l'amour ?

— Whaou, ça c'est génial en revanche ! Son clitoris grossit comme un haricot ! »

« Il n'y a pas longtemps, ma femme et moi, nous avons échangé nos corps pour faire l'amour. Ma femme a utilisé le mien et moi le sien.

— Il paraît que les femmes ont un orgasme plus fort que les hommes, est-ce vrai ?

— Ce jour-là, j'ai découvert que j'étais nul au pieu… »

Bon, vu comme ça, c'est plutôt amusant, effectivement. J'adore l'idée d'utiliser un corps pourvu d'un pénis gros comme le bras. Ou aussi d'utiliser un corps musclé et puissant comme celui de Tyson pour pilonner la tête à la bande de mecs qui m'emmerdent au lycée.

À l'origine, les Unités Multi-personnelles ne visent pas des buts aussi vains et insignifiants. Avant le XVIIe siècle ce sont des associations de gens géniaux, tandis que celles qui s'activent de nos jours servent les multinationales ou les politiciens. Elles sont pour la plupart sérieuses, impersonnelles et égoïstes.

Dans l'Histoire, les Unités Multi-personnelles confirmées sont plus nombreuses qu'on le pense. Léonard de Vinci, Newton, Galilée, Christophe Colomb, entre autres. Si vous ne me croyez pas, il suffit de songer aux tâches colossales accomplies par eux dans leur brève vie d'homme. Au XVIe siècle, du temps de la guerre à cheval, un type comme Vinci conçoit et fabrique des maquettes de tanks, d'avions, de sous-marins et tente même d'en construire ! C'est un visionnaire, un scientifique génial, un médecin et un anatomiste qui connaît non seulement l'emplacement mais aussi la fonction de toutes les artères et de toutes les veines, de tous les organes et tous les os. Il est évidemment le plus grand artiste de la Renaissance, déjà rien que pour avoir peint la Joconde. Célèbre dans toute l'Europe, il monnaye cher ses réalisations. Mathématicien expert tant en géométrie qu'en algèbre, physicien brillant, immense stratège militaire – qui ne dédaigne pas fabriquer également des armes –, bref, génial inventeur qui a une idée pour répondre à presque chaque question (rien que dresser la liste de ses inventions est un boulot fastidieux), inventeur de mécanismes innombrables, géologue, astrologue, biologiste (il s'intéresse notamment beaucoup aux oiseaux et à leur vol), chimiste versé en alchimie, Vinci est unique. Néanmoins, définir Vinci est peut-être plus facile qu'on le pense car, vu qu'il touche à tous les arts de son époque, on peut lui attribuer tous les titres afférents.

Ah quand même, vous ne pensez pas qu'un seul homme puisse réaliser des choses aussi grandioses, même pas une ni deux, même pas d'un domaine ni de deux, mais dans tous les domaines et en même temps ? Léonard de Vinci est un Génie universel. Il réfléchit au mécanisme d'un avion à construire tout en peignant la Joconde. Si un auteur choisit un personnage comme lui pour un roman, on va forcément critiquer ses invraisemblances. Des chercheurs spécialistes de Léonard de Vinci, ne pouvant admettre la quantité incroyable de travaux effectués par une seule personne, inventent une légende selon laquelle le maître ne dort pas. La vérité est que, au lieu de l'appeler au singulier « Léonard de Vinci », nous devons parler d'une « équipe Léonard de Vinci ». Dans cette équipe sont réunis tous les grands savants et génies de l'époque. Ils accomplissent une quantité phénoménale de travail en se partageant un même corps. Ils ont tout simplement réalisé toutes ces œuvres et thèses via le guichet unique « Léonard de Vinci ».

L'auteur du *Comte de Monte-Cristo* et des *Trois Mousquetaires*, Alexandre Dumas, est lui aussi soupçonné d'être une Unité Multi-personnelle. Il publie une quantité de romans telle qu'aucun homme jamais ne pourrait en écrire en une seule vie. Or, à la suite du procès « Fabrique de romans : Maison Alexandre Dumas et Cie », le doute qui pèse sur lui est clairement levé : Dumas a une espèce de fabrique à romans qui tourne avec soixante-treize « nègres » pour produire en série ses livres à date fixe. Après ce procès, Dumas et sa fabrique deviennent certes un sujet de moquerie, mais sa renommée et ses revenus ne chutent pas pour autant. Il est en quelque sorte un chef d'entreprise et doit finalement être écarté par les chercheurs en Unités Multi-personnelles.

Récemment, une autre rumeur s'est propagée au sujet de l'ancien président des États-Unis d'Amérique, Bill Clinton. Selon cette hypothèse, celui qui déclenche les multiples scandales sexuels n'est pas Clinton lui-même mais un certain Robert Huntington, mathématicien de génie et secrétaire au Trésor. Le cerveau de cet Huntington produit un taux excessif d'hormones qui le rend presque incapable de contrôler ses désirs. Mais, pourvu d'un physique peu avenant et d'un visage rien moins que disgracieux, il n'a aucun succès auprès des femmes. Donc, toujours selon la même rumeur, à chaque fois qu'il emprunte le corps de Clinton, il fait un maximum de bêtises. Le fameux « Monicagate » et une trentaine d'autres scandales sont l'œuvre de cet Huntington. Notons que les proches de Clinton rient de cette opinion.

« Il n'est pas impensable que Clinton soit une Unité Multi-personnelle, il est tellement idiot que, loin de gouverner un pays, il pourrait à peine gérer un fast-food. Mais je ne suis pas convaincu que Huntington soit responsable de toutes ces histoires. Et pour ce qui concerne la production d'hormones masculines, Clinton ne céderait rien à Huntington. »

Quoique ces histoires d'Unités Multi-personnelles puissent paraître démentes, de tels phénomènes existent depuis toujours et dans le monde entier. Par exemple, la télépathie est une technique classique des Unités Multi-personnelles et si j'ai, moi aussi, entendu dire que la télépathie est théoriquement impossible, il y a, en Russie, un institut de recherche spécialisé dans ce domaine. Durant la guerre froide, le KGB et la CIA tentèrent d'utiliser cette méthode à des fins d'espionnage. Les migrations de l'âme, c'est-à-dire le phénomène où l'esprit sort librement du corps, est également une technique de base chez les Unités Multi-personnelles.

Lors de leurs rituels, les adeptes du vaudou reçoivent des esprits qu'ils nomment « loas ». Ils les accueillent et essayent de vivre selon leurs commandements, persuadés que celui qui donne les ordres à leur âme et à leur corps est le loa qui les habite. Le modèle des zombies, qui apparaît souvent dans les films d'horreur, est une variante de cette croyance. C'est à peu près la même chose que le phénomène de transe qu'on peut constater chez les chamanes de différentes civilisations dans le monde. Quand un chamane reçoit un esprit, la voix, les attitudes et même les traits de caractère de ce dernier s'expriment via son corps.

En somme, le principe de l'Unité Multi-personnelle est ce phénomène où l'esprit de l'un gouverne le corps de l'autre ou, en termes plus contemporains, l'Unité Multi-personnelle ressemble à un réseau auquel plusieurs personnes se connectent.

Les chercheurs avancent deux hypothèses sur l'origine du fait. L'une fixe une origine remontant jusqu'aux maçons de l'Égypte ancienne, les bâtisseurs des pyramides, l'autre situe l'origine à l'époque de la Kabbale.

Selon la première hypothèse, la méthode d'Unités Multi-personnelles vient des bâtisseurs égyptiens et répond au problème du transport des pierres et de la préservation du secret de ces techniques architecturales. Cette hypothèse, dominante pendant longtemps, est largement inspirée par les événements mystérieux liés aux découvertes des tombeaux antiques mais aussi par l'impossibilité technique de la construction de pyramides avec les moyens de l'époque. Or, d'après d'éminents chercheurs en Unités Multi-personnelles, cette technique égyptienne ne va pas au-delà de la simple étape d'une télépathie banale, c'est-à-dire la domination du cerveau et du corps d'autrui. Chez les Égyptiens, les Unités Multi-personnelles ne sont sans doute qu'une technique pour échanger des informations et discuter.

Ceux qui détiennent véritablement le secret des Unités Multi-personnelles modernes sont donc, semble-t-il, des groupes issus de la Kabbale qui ont développé et transmis secrètement cette technique pendant près de deux mille ans. La méthode d'Unité Multi-personnelle est sous le contrôle des dirigeants suprêmes de la Kabbale, qui distinguent quelques rares élus, sans souci de leur statut social ni de leur origine, et les autorisent à la pratiquer avec des règles strictes et sous une constante surveillance. Les Juifs dépossédés de leur patrie et s'étant dispersés dans le monde, il advient que les dirigeants de deux pays adverses sont liés par les Unités Multi-personnelles.

Le nombre des Unités Multi-personnelles demeure cependant extrêmement réduit jusqu'à la Seconde Guerre mondiale, à partir de laquelle on commence à en former massivement pour l'espionnage. Cette technique perdure après-guerre au sein des services, KGB, CIA, FBI, Mossad, SIS, etc., et va se répandre à Wall Street, via des entreprises liées à la Défense ou au pétrole, aux mafias étasuniennes, russes, au narcotrafic sud-américain. Elle sert également à des dictateurs qui aspirent à garder le pouvoir et à détourner un maximum d'argent.

Le réseau franc-maçon, le réseau des Triades qui contrôlent l'économie souterraine, le réseau juif que forme la diaspora, sont tous connus comme des groupes utilisant les Unités Multi-personnelles pour actionner leurs connexions sur une large échelle. Le réseau lié au vaudou, qui comporte donc des morts-vivants dans ses rangs, est en relation avec des gangsters afro-américains ; au Vatican et chez les hauts dirigeants islamistes radicaux, la technique des Unités Multi-personnelles est utilisée pour gérer leurs affaires. Ces derniers conservent leur pouvoir grâce à la même méthode des Unités Multi-personnelles que celle des maîtres tailleurs de pierre du Moyen Âge au sein de leur guilde.

Les Unités Multi-personnelles contemporaines se trouvent généralement parmi les CSP+ : milieux politiques, économiques, entreprises militaires, pétrolières, liés et soudés les uns aux autres. Dans des villes importantes du point de vue politique, New York, Boston, Munich, Londres, Paris, Tokyo, Singapour, Shanghai, Amsterdam, Moscou et au Vatican, on trouve forcément des Unités Multi-personnelles. Et dans des groupes qui sont plus exposés, plus rapides, plus sécurisés (tels les groupes d'investissement, les entreprises chimiques, les filières d'armement plus ou moins directes comme Boeing, Lockheed, NASA, CIA, Mossad...), il existe inévitablement des Unités Multi-personnelles, là encore.

Ce ne sont pas des groupes qui se contentent d'échanger des informations. Apparemment ils appartiennent à différentes organisations, mais ils ne forment en réalité qu'une seule et unique entité. En faisant fonctionner ce cartel tentaculaire, ils cherchent à réaliser la seule et unique passion qui est la leur depuis l'éternité : étendre leur hégémonie sur le monde, se garantir qu'aucun peuple ou aucune race malsaine et indésirable ne prenne plus de pouvoir que nécessaire, montrer que le sang des dominants et celui des dominés ne peuvent pas être semblables, quoi qu'il arrive.

Évidemment, il est quasiment impossible de parler à une Unité Multi-personnelle appartenant à ces groupes. Comme ils partagent leur corps et leur esprit, ils ne prennent pas le risque de divulguer quoi que ce soit ni de trahir les autres pour leur propre intérêt. Songer à trahir, pour eux, serait suicidaire. On raconte que, quand une organisation décide de dissoudre une équipe d'Unités Multi-personnelles devenue encombrante, elle utilise toujours plus ou moins la même méthode. À savoir, on réunit les sept membres du groupe dans un seul corps, puis on l'assassine dans un endroit du genre déchetterie nucléaire. Ce que deviennent les six autres ? Devinez.

Les Unités Multi-personnelles que l'on peut rencontrer sont la plupart du temps isolées. On ne sait pas comment et quand elles apparaissent mais on peut supposer que le secret d'une organisation fuit un jour vers l'extérieur, ou même qu'elles apparaissent naturellement. Sans aucun rapport avec la moindre organisation cachée, ce sont des groupes constitués par agrément mutuel. La raison pour laquelle ils choisissent cette pratique est des plus simples. « C'est évident qu'on veut avoir plus de talent, qu'on veut gagner plus d'argent. Le pouvoir et la richesse ne sont-ils pas les seules visées du capitalisme ? Nous formons notre équipe en recrutant les spécialistes de chaque domaine, échangeant nos savoirs et nos informations. N'importe qui ayant des choses à vendre peut devenir membre de ces sociétés. Une fois admis comme membre, il pourra devenir tout ce qu'il veut. Obtenir une licence d'avocat, un MBA, c'est du gâteau. Rapport qualité-rapidité de travail, personne ne peut nous concurrencer. Dans la Bourse, dans le trafic illégal, on ne va jamais chuter au-dessous d'un certain seuil, en tant que membre d'un cartel. Bien sûr, je sais que ce n'est pas très correct, comme de tricher à un examen. Mais, le monde lui-même, dès la naissance, n'est pas juste. Non ? Et puis d'ailleurs, entre nous, ce n'est pas si on se donnait à fond que le monde changerait. »

Les techniques des Unités Multi-personnelles sont certes toutes un peu dangereuses, mais la pire demeure le *Hitch Hicking*. Cette méthode consiste à entrer à plusieurs dans un seul corps pour faire le boulot. C'est le cas où le partage des informations se limite à une seule et unique issue. Cette méthode, qui conduit de nombreux QI exceptionnels à des pathologies psychiques, voire même à la mort de certains, cette méthode qui fait naître le préjugé absurde qui veut que les génies meurent prématurément, met en péril la personne qui sert de guichet. Quelques chercheurs avancent une explication – plutôt naïve – sur ce phénomène en concluant qu'il s'agit d'une « mort d'extrême fatigue », du fait que plusieurs personnes travaillent sans cesse dans un seul corps. Il n'en est rien.

La véritable cause de ces décès prématurés est la persistance d'un système de refoulement appelé « symptôme des reflets » ou « symptôme des résidus ». Quand les pensées de plusieurs personnes s'activent dans un seul cerveau, la quantité même des informations ne pose, semble-t-il, aucun problème. En revanche, ce sont les tabous entrant dans un même cerveau dans le même temps qui perturbent apparemment l'inconscient de l'hôte. Il n'est pas évident, pas très logique, que les tabous demeurent dans le cerveau alors que les informations en disparaissent quand l'esprit s'en va. Ceci revient à dire que la personne qui sert de guichet des informations pour le groupe de *Hitch Hickers* de sept personnes entasse dans son inconscient la totalité des tabous de tous les autres membres.

Bien évidemment, le cerveau humain ne peut pas soutenir une telle charge. Il sature et souffre d'interférences et de refoulements ne laissant plus de place à l'imaginaire ni à la moindre immoralité quotidienne, ces choses nécessaires à la vie. Et quand tous ces tabous viennent à se heurter, la situation devient incontrôlable. La personne-guichet se met à souffrir d'énormes angoisses et manifeste successivement des syndromes psychiques tels que mélancolie, insomnie, troubles compulsifs, schizophrénie, etc.

L'Unité Multi-personnelle tenant le rôle central possède une connaissance quasi totale et une quantité d'informations inimaginable, mais au fur et à mesure que le temps passe cette faculté se réduit considérablement. Son cerveau est débordé de refoulé, il ne sait ni qui il est ni comment se comporter. Il finit par être incapable de décider quoi que ce soit ; il prend une cigarette puis l'écrase, commande un plat puis le décommande, est gai et triste tout à tour, fixe un projet puis l'annule. Ironie, plus croît la quantité des informations, plus l'imagination et la volonté de décider diminuent.

Les Unités Multi-personnelles finissent leur vie dans la misère. Elles deviennent de plus en plus bêtes. Bien que cela puisse paraître risible, certaines meurent de faim, ne sachant choisir parmi les plats sur la table. Pire, certaines souffrent de ce phénomène étrange : leur corps n'obéit plus aux ordres de leur cerveau.

À leur manière, les Unités Multi-personnelles sont très dangereuses. Au début on trouve génial cette sensation de devenir un surhomme. Pourtant on voit finalement que personne ne s'en sort.

Voici le témoignage du guichet d'un groupe de volontaires, à présent dissous, dont tous les membres endurent de sérieux effets secondaires : « Je ne sais pas qui je suis. Après le trop-plein d'interférences, j'ai oublié mon identité et ce que c'est de vivre en tant que moi-même. Ma tête est remplie de nombreux ordres et d'interdits qui pèsent sans cesse sur chaque aspect de ma vie. C'est pourquoi je suis incapable de faire quoi que ce soit désormais. Disons que je suis devenu idiot. Ces interférences sont néfastes. Nul humain n'est fait pour vivre la vie d'un autre humain. On dit souvent "Met-toi à ma place", mais ceux qui lancent ça devraient vivre l'expérience du guichet des *Hitch Hickers*. Un humain, en empruntant le corps et l'esprit de quelqu'un d'autre, ne pourra jamais penser les choses du point de vue de l'autre. Au mieux, il pensera apporter dans l'autre son "soi" qu'il croit être celui de l'autre. Il ne faut jamais prétendre comprendre les gens. De là naissent d'horribles violences. »

Je ne sais pas qui je suis.
Je ne sais pas non plus qui vous êtes.
Voilà pourquoi je ne peux pas vivre en tant que moi-même
Ni en tant que vous
Ni en tant que rien
Je vis comme ça
Tout bêtement.

ESPION, TRANSACTION ET LA CHATTE DEVANT LE PLACARD N° 13

« Dr Kwon était une tête de mule. Il n'a jamais rien voulu entendre. Vous, vous avez l'air un peu plus compréhensif », me dit l'homme au costume sombre qui me tend sa carte de visite. Sur le fond noir n'est imprimée en or qu'une seule lettre « K » assortie d'un numéro de téléphone. La carte est aussi luxueuse que son costume en soie, mais son contenu ne paraît pas remplir pleinement son rôle.

« L'apparence est impressionnante, mais elle est plutôt simple au fond, votre carte.

— Une carte de visite n'a aucune raison d'être compliquée, rétorque l'homme avec un léger sourire.

— Vous travaillez donc pour une sorte d'agence, comme un détective privé ?

— On peut dire ça comme ça. Mais pas le genre *loser* comme dans les films. Moi je préfère "consultant". »

Visiblement piqué dans son amour-propre par mes mots d'agent ou de détective privé, il apporte sa correction avec une petite grimace pas aimable. Plus tôt, quand l'homme ouvre la porte du bureau et se dirige vers moi, je m'étonne. Je le connais depuis longtemps. Il surveille le labo, enfin, le labo, Dr Kwon et moi-même. Dr Kwon me souffle que cet homme et certains autres agissent pour le compte de l'Entreprise. Ils rôdent autour de nous, puis disparaissent un temps avant de réapparaître. Mais jusqu'à aujourd'hui aucun d'eux n'est venu me parler.

Quand nous sommes au bar, il attaque ainsi, très poliment.

« J'ai une proposition à vous faire. Une bonne proposition.

— Je vous écoute, si vous dites que c'est une bonne proposition.

— Je ne me suis pas trompé, vous êtes différent, compréhensif. Bon, alors on va se passer des préambules inutiles, je vais directement à l'essentiel. Que diriez-vous d'un milliard de wons contre les documents ? »

Un milliard ! Ça fait un drôle de choc. De toute ma vie c'est la première fois que j'entraperçois un montant pareil. Sentiment d'irréalité. L'homme a un visage bien net – un samouraï de cinéma – et les yeux très bridés. Chaque fois que je croise son regard, je pense à *Chauve-souris d'or*, un ancien dessin animé nippon de la télé. *Chauve-souris-d'or* et un milliard de wons. N'est-ce pas suffisant pour vous donner un sentiment d'irréalité ?

« C'est bien peu par rapport à ce que j'imaginais », dis-je d'un ton railleur.

À ma surprise, le type arbore un grand sourire.

« En parlant de la sorte, vous me facilitez les choses. Bien. Je vais être franc. Le seuil de négociation que l'Entreprise m'a accordé, c'est deux milliards. C'est fixé. Même si vous acceptiez de signer pour moins, l'écart ne me reviendrait pas. On ne va pas chipoter comme des petits commerçants, on se dit d'emblée deux milliards. Deux milliards contre les documents.

— Certes, mais que faire ? Je ne sais même pas de quels documents il s'agit.

— On sait déjà pas mal de choses sur les symptomatiques. Il y a un département dédié à ce sujet dans l'Entreprise.

— Bon, génial, tant mieux. Dites à vos chercheurs de chercher alors.

— La plupart des symptomatiques ne sont pas intéressants sur le plan commercial. Les *torporers* ou les sauteurs de temps, par exemple, ne sont pas tellement vendeurs, vous comprenez ? Ce genre de choses n'attire pas des investisseurs.

— Dans ce cas, inutile de parler plus longtemps avec moi. Les documents que j'ai, c'est à peu près ça, rien d'autre. Franchement, je serais prêt à vendre n'importe quoi si on me donnait deux milliards. Voyez-vous, je ne suis pas en train de mener un mouvement de résistance ici. Pourquoi je tiendrais à garder ces trucs-là ? Le placard est archirempli, vous n'avez qu'à me dire lesquels vous voulez, je peux vous les sortir tous. Ce n'est pas difficile. Le problème, c'est qu'il y a pas grand-chose de passionnant, c'est des trucs qui ne valent pas un roman de gare ou un magazine *people*. Si par hasard vous cherchez ce genre de sujets, vous feriez mieux de feuilleter la presse à sensation. Les fichiers que j'ai ressemblent plus ou moins à ça.

— Nous pensons que vous conservez un document particulièrement important de Dr Kwon.

— Concrètement, vous pensez auquel ?

— Celui que nous souhaitons acquérir concerne les chimères.

— Les chimères ? Un ginkgo qui pousse sur un doigt, une queue d'animal qui pousse dans les fesses, un lézard qui se transforme en langue, c'est ça ?

— Oui, quelque chose comme ça. Une nouvelle piste pour les technologies génétiques permettant d'apparier des espèces distinctes. Sur le plan militaire aussi bien que sur le plan médical, ces techniques pourraient avoir un impact économique considérable. La NASA, entre autres, s'y intéresserait beaucoup pour la production d'un corps capable de s'adapter à l'espace.

— Vous délirez ! Vous croyez vraiment que Dr Kwon aurait fabriqué des monstres pareils ? »

L'homme soupire légèrement puis prend un paquet de cigarettes dans sa poche intérieure. Il m'en offre une. Je l'allume. C'est une cigarette de marque étrangère que je ne connais pas, très forte. L'homme expire longuement la fumée vers le plafond.

« Je pensais que nous nous étions compris et nous voilà revenus au point de départ. Permettez-moi de vous donner un conseil, il vous sera utile, je crois. Des gens comme nous ne vivent pas toujours très sainement. La nature de notre travail est telle qu'il nous arrive parfois de devoir procéder assez brutalement. Bien sûr, la plupart du temps, nous faisons de notre mieux pour évitez ces excès. Là, maintenant, je garde un profond respect à votre égard. Mais vous, vous me traitez comme un sot. C'est embêtant et cela pourrait nous mener à quelques désagréments.

— C'est une menace ?

— Une menace ? Absolument pas. Je vous demande seulement de montrer du respect pour moi. Que je puisse en conserver pour vous. »

Après ces mots il recommence son manège, aspirant profondément la fumée avant de la souffler à nouveau au-dessus de nous. Il dégage l'odeur typique de ceux qui travaillent dans l'obscurité.

« Connaissez-vous M. Kim U-sang qui est venu en 1998 ? Celui qui avait un ginkgo dans le corps.

— Ce n'était pas dans le corps, il l'avait au bout de son doigt.

— Oui, c'est bien cela. Mais... vous savez où il se trouve actuellement ?

— Je ne sais pas. Et le saurais-je, que je ne vous le dirais pas.

— M. Kim U-sang est mort. Nous l'avons trouvé aux monts Jiri, il y a deux ans. Au moment de sa découverte, le corps était tellement rabougri qu'on avait du mal à le reconnaître. Comme un piment séché, il pendait sans vie. C'était une scène horrible, on ne pouvait plus appeler ça un corps humain. Nos employés ont manqué passer devant sans le voir.

— Où voulez-vous en venir ?

— Il est mort dans des douleurs atroces. Seul, perdu dans ces montagnes sauvages, il a été vidé de lui-même par cette espèce de sangsue de ginkgo. Il ne restait que la peau. Rien que de l'imaginer, c'est horrible. Le ginkgo aussi a fini par mourir, vous savez pourquoi ? Cet arbre était incapable de puiser dans la terre ses nutriments. Vous pensez que le ginkgo de M. Kim U-sang est survenu naturellement?

— Évidemment.

— Il ne vous est jamais venu à l'esprit que cela faisait partie des expériences de Dr Kwon?»

À ce moment-là, une énorme cloche de cuivre se met à battre dans mon crâne. Pourquoi n'ai-je jamais pensé à ça? Quand Dr Kwon déclarait qu'il ne fallait rien faire, rien tenter pour ces gens, que ça ne pourrait qu'être pire, pourquoi n'ai-je jamais douté?

«Son médecin traitant m'a dit que le vieux ne pourrait pas vivre plus de trois mois. Il a toujours travaillé seul pendant quarante ans. Il n'a jamais désigné de successeur, il n'a jamais eu de disciple ni de collaborateur. Alors que vous, il vous a pris comme assistant. Pourquoi?

— Vous avez probablement fait des recherches sur moi, alors vous devez savoir. Je suis incapable de lui succéder. Je ne suis bon qu'à faire le nettoyage et à ranger des papiers sans importance. Vous affirmez qu'il existe un document qui vaut au moins deux milliards de wons. Dr Kwon que je connais n'est pas quelqu'un qui laisserait à portée de mes mains un document de deux milliards de wons.

— Cette affaire de chimères n'est pas un document à deux milliards de wons. Sa valeur peut être plusieurs centaines de fois supérieure, voire plusieurs milliers. Ce qui prouve que le document existe. Quel humain détruirait un tel trésor? D'autant que c'était pour Dr Kwon l'œuvre de toute une vie. Ce ne doit pas être si simple de renoncer à tout ça. Pour l'instant, vous êtes la personne la plus proche de ce document. En ce sens, vous avez une chance plutôt unique. Ne vous tourmentez pas avec de vaines questions morales. Si ce document existe, l'Entreprise finira par l'obtenir un jour ou l'autre. C'est une organisation puissante et persévérante. Ils vont partout où il y a du bénéfice à faire. Jamais ils ne renoncent. En résumé, ce document tombera inévitablement dans nos mains. La seule question, c'est comment et quand. Vous ne pouvez pas l'empêcher. Ma proposition vient simplifier toute la situation. Prenez le temps de réfléchir. Pour vous, le dossier *Chimères* vaut deux milliards. Si vous avez d'autres dossiers intéressants, nous pourrons nous entendre sur d'autres contrats. Quand vous aurez pris votre décision, vous m'appellerez au numéro qui figure sur ma carte.

– Quelle est cette entreprise qui veut acheter le fichier ?

– Je ne peux pas vous répondre, vous comprendrez. »

Ayant fini de parler, il se lève de sa chaise, s'incline respectueusement devant moi et quitte le café dans un enchaînement de mouvements remarquablement maîtrisés. Après son départ, je reste à notre table un bon moment. J'appelle un serveur pour commander une bière. Je cherche un truc auquel penser mais plus rien n'arrive jusqu'à mon cerveau. Je bois lentement en regardant par la fenêtre et d'un coup je murmure : « M. le ginkgo Kim U-sang... qui avait de l'embonpoint... qui était si timide... il est mort. »

Il est plus de 23 heures quand je regagne l'Institut. Je veux vérifier un point aux archives. Dans ma tête tout est en vrac. M. Ginkgo est-il effectivement le fruit d'une expérience de Dr Kwon ? Il est mort seul dans la montagne, sans personne qui puisse l'aider. Sans la possibilité de se détacher du végétal, sa mort est la plus lente et la plus cruelle qu'on puisse concevoir. Dr Kwon n'est certes pas un docteur en moralité. Quant à dire à ce point le contraire, il y a une marge. Il se peut aussi que pour lui la question ne se posait tout simplement pas.

Inutile de fouiller les tiroirs de Dr Kwon ou les archives. Quelqu'un d'aussi parano que lui n'abandonne pas à de tels endroits un document aussi précieux. Il faut néanmoins que je vérifie. Si, comme le prétend le type, un dossier *Chimères* est là quelque part, où diable ça peut bien être ? Au fond d'un coffre planqué dans le laboratoire ? Chez lui ? Dans le cartable noir qu'il trimballe depuis une éternité ? À sa banque ?

Et si jamais je mets la main sur ce document, j'en fais quoi ?

Je le vends à l'Entreprise, ça ne fait aucun doute.

La loge du gardien est allumée mais le gardien n'y est pas, probablement occupé à boire dans un bar du quartier. Typique de l'Institut ! Bref, je déverrouille la porte avec ma carte et monte d'un pas vif au quatrième.

Ouvrant la porte de la salle d'archives, je sursaute. Quelqu'un se tient devant le Placard n° 13, quelqu'un qui farfouille dans les fiches en s'éclairant d'une lampe de poche qu'il éteint à la hâte à mon entrée. J'allume aussitôt la lumière en gueulant : « Qui est là ? » Stupéfaction, Mlle Son Jeong-eu est accroupie face au Placard. Elle semble aussi décontenancée que moi.

« Qu'est-ce que vous faites là ? », je redis, plus calmement.

Elle ne pipe mot. Elle a dans ses mains les fichiers que je range dans le Placard et un cahier bleu sur lequel visiblement elle a pris des notes. J'arrache de ses mains les documents et le cahier. Dans celui-ci, les informations sur les symptomatiques sont minutieusement reportées. Je dois être quelqu'un de long à la détente. Ça fait sans doute un moment qu'elle compulse en douce les fichiers du Placard et moi je ne me suis aperçu de rien.

Derechef, ça me fout en pétard.

« Je vous ai demandé ce que vous foutiez ici ! »

Je crie avec une voix furieuse, tellement furieuse que je me surprends moi-même. Cependant elle ne répond toujours pas.

« Vous n'entendez pas ce que je vous dis ? Que vous ne parliez jamais à personne cela vous regarde et je m'en fiche, mais je vous le répète, ce n'est franchement pas le meilleur moment pour se taire. »

Pourtant elle demeure muette. Ses épaules se mettent à trembler légèrement et dans ses yeux apeurés montent des larmes. Putain ! Pourquoi donc celle-là ? Que fout-elle dans cette histoire ? Faut croire qu'aujourd'hui tout va n'importe comment.

Nous nous trouvons à présent dans les gradins du stade de *jokgu*. Un jour bien étrange. Toutes les bizarreries tombent en même temps. Sans penser à ce que je fais, je lui tends une cigarette. Elle la prend et l'allume, expirant longuement la fumée.

« Je ne savais pas que vous fumiez.

— J'évite devant les gens.
— Depuis quand lisez-vous ces fichiers ?
— Assez longtemps.
— C'est-à-dire ?
— À peu près deux ans.
— Dr Kwon est-il au courant ?
— ... »

Dr Kwon doit être au courant. De ce qui se passe autour de lui, rien n'échappe à ses antennes. Il n'a fondamentalement confiance en personne. À moins qu'il ne l'ait l'ignoré ? Il n'est pas impossible que Mlle Son fasse passer des informations à l'Entreprise à notre insu. Je feuillette son cahier bleu. Elle a écrit minutieusement tous les détails de presque tous les fichiers. Rien à voir avec moi qui les lis pour tuer le temps.

« Vous avez signé un contrat avec l'Entreprise ? »

Elle lève la tête et me regarde. Ignore-t-elle de quoi je veux parler ? Ses yeux plissés montent en point d'interrogation.

« Dans ce cas, c'était à la demande de Dr Kwon ? »

Elle ne répond pas.

J'insiste.

« Si ce n'est pas ça, pourquoi lisez-vous ces documents ?
— Quand Dr Kwon sera mort, il faudra que quelqu'un s'occupe de tout ça. »

Mais oui. Évidemment. Le vieux filou ! Je me rends, j'abandonne, ras-le-bol ! Je ne suis pas irremplaçable. Peut-être est-elle l'Assurance, ou alors c'est moi qui suis l'Assurance. Eh bien, quelle importance ! Je m'en fiche royalement de ce foutu Placard n° 13.

Le vent est frais. Elle tremble légèrement, sans le montrer. Je lui dis : « On en reste là pour ce soir. On en reparlera. C'est presque l'aube. Si on veut travailler demain, il faut dormir un peu à présent. »

J'AI HONTE DE L'ESPÈCE HUMAINE

« Alors, ces pourritures, ils vous ont promis combien ? Un demi-milliard ? Un milliard ? »

Ainsi m'accueille Dr Kwon quand je pousse la porte de sa chambre ; il remâche sa question depuis le matin sans doute. Une certaine inquiétude flotte dans ses pupilles. Quel est son informateur ? Quelqu'un me surveille ? Je me demande bien qui, Son Jeong-eun ? Possible.

Je réponds brièvement : « Deux milliards. En plus, il peut y avoir des bonus, enfin, c'est selon. » Dans ses yeux luit à présent un certain soulagement.

« Dites donc, tout augmente !

— Pourquoi être si inquiet ? » dis-je, taquin.

Dr Kwon, visiblement embarrassé lui-même, tourne la tête vers la fenêtre. Aujourd'hui, il faut que je lui parle. Au sujet de M. Ginkgo Kim U-sang. Et sur cette carte qu'il se garde en réserve, Mlle Son Jeong-eun. Et au sujet du dossier *Chimères*. Bon, mais est-ce le bon jour pour poser toutes ces questions ? Son médecin, avec qui je m'entretiens avant de venir, me confirme qu'il en a à peine pour une semaine ou deux.

« Alors si on vous promettait deux milliards, vous me trahiriez et leur donneriez ce qu'ils veulent ? » Sa voix est un mélange de sérieux et d'ironie.

« Vous déconnez ? Qu'est-ce que vous m'avez fait comme grâce particulière pour que je renonce à une telle somme ? Dès que je trouve ces fichiers, moi, je les leur vends.

— Qu'est-ce que vous feriez de deux milliards ?

— Bah ! ça doit être possible de les dépenser j'imagine, en cherchant un peu.

— Et si je vous versais un salaire mensuel pour que vous gardiez le Placard, qu'en dites-vous ?

— Combien ?

— Un million de wons. Avec augmentation annuelle indexée sur l'inflation.

— Un million ?

— Pourquoi ? C'est pas assez ?

— Vous plaisantez ? C'est même pas mon salaire actuel. Autant continuer à glander à l'Institut et encaisser mon salaire chaque mois tranquillement.

— Qu'est-ce que vous pensez pouvoir faire dans ce fichu Institut ? Là où personne ne travaille, où on tue le temps à paresser ou à jouer au go, à raconter des idioties qui ne font rire personne, et néanmoins en engloutissant ainsi chaque mois sa paie. Vous savez comment on appelle ça ? Une vie de parasite. Des gens qui n'osent pas sortir de leurs habitudes de nuls parce qu'ils ont peur de tout, des minables qui finissent par creuser leur propre tombe là où ils ont chié. Une existence de cloporte contre un appartement de trente-deux *pyeongs*, à peine un petit cent mètres carrés, ha ! »

Il est très énervé. Le voir en colère, c'est le monde à l'envers. « Eh, Doc, celui qui doit râler ici, c'est moi », ai-je envie de lui répondre.

« Hier, j'ai surpris Mlle Son Jeong-eun occupée à fouiller dans le Placard. J'ai aussi appris qu'elle jouait à ça depuis deux ans, lisant les fichiers des symptomatiques et prenant des notes dans un cahier. C'est une fille consciencieuse, il est évident qu'elle entretiendrait bien mieux que moi le dossier, soit dit en passant. »

Dr Kwon ne cille pas à mes mots.

« Vous êtes déçu ?

— Non. Tant qu'il vous reste une carte à jouer, pour moi, c'est un soulagement. »

Il répète « Un soulagement... » avant de me demander :

« Quel sens a le Placard n° 13 pour vous au juste ?

— Je n'ai jamais eu le temps d'y réfléchir tellement j'étais occupé.

— Vous auriez pu claquer la porte à tout moment.

— J'ai fait semblant d'être dupe parce que vous me faisiez pitié. Et parce qu'il n'y avait rien d'autre à faire en bas.

— Je souhaiterais que vous continuiez ce travail. C'est une tâche importante et je ne peux la confier à n'importe qui. Hormis sur quelques points, vous êtes le mieux placé pour cette mission. »

Le mieux placé ! Suis-je vraiment le mieux placé ? Pour cette mission ? Jamais je n'ai envisagé ça comme une mission. Pour tout dire il me semble que je suis au contraire le plus mal placé. Je suis distrait, je m'énerve vite durant les consultations téléphoniques et, de plus, je ne suis pas assez tolérant pour accepter un corps étranger ou une vie différente de la mienne. Alors, moi, me charger du Placard n° 13 quand Dr Kwon disparaîtra ? Non, c'est à fuir !

« Mlle Son Jeong-eun n'est-elle pas plus indiquée pour ce boulot ? »

Dr Kwon, comme réfléchissant à ma question, fixe son regard dans le vide et demeure silencieux un long moment. Moi je pense aux aires de repos sur l'autoroute. Pourquoi ? J'en sais rien. En tout cas, je me remémore ces heures que Dr Kwon et moi avons passés dans ces endroits qui sentent les vacances et le soleil, plantés de pompes à essence, d'échoppes où on vend des petits plats, de camions dans les cabines desquels sommeillent des routiers. Une aire de repos. Un grand soleil lumineux. Des gens joyeux de leur promenade. Moi aussi je suis heureux, échappant grâce au Dr Kwon à l'ennui de l'Institut. Je suis content de pouvoir quitter la ville. C'est comme partir pour un pique-nique. En y repensant, je me demande pourquoi il m'emmenait avec lui vu qu'il n'avait aucun besoin de moi, que je n'apportais pas grand-chose à son travail lors de nos déplacements. Alors pourquoi? Pour me refiler à ses derniers instants la charge de son Placard?

«Quel drôle d'idée. Pourquoi Mlle Son Jeong-eun? Elle n'arrive même pas à se démerder seule, finit par répondre Dr Kwon.

— C'est vrai qu'elle est un peu bizarre. Un peu étouffante aussi. Mais pour travailler avec vous, ça devrait convenir. Aurait-elle par hasard quelque... symptôme?»

Dr Kwon se tourne légèrement pour me fixer. Puis, sans transition, il se lance sur le sujet le plus brûlant.

«Vous pensez que j'ai ce dossier *Chimères* que l'Entreprise recherche?»

À cette question subite, une honte m'envahit et je rougis. Comme de se retrouver à poil en public en plein jour.

«Puis-je répondre en toute honnêteté?

— Je me fiche pas mal de la façon dont vous me répondrez. Je suis un vieillard suffisamment matois pour ne pas me laisser duper par le premier venu, et surtout pas par un naïf dans votre genre.

— Depuis hier je n'arrête pas de chercher où vous auriez pu le planquer. Je continue aussi à imaginer les trucs déments que je pourrais faire avec deux milliards de wons.

— J'ai mené des recherches pendant quarante ans sur le sujet. Je ne me suis pas marié, je n'ai pas d'amis non plus. Pourquoi ai-je consacré ma vie à ce travail comme un fou? Pour trouver quelque chose de bon pour l'humanité? C'est à rire. Je ne suis pas quelqu'un de si noble, non. La raison qui m'a poussé vers cette quête, dès ma jeunesse, c'est la vanité. Je voulais découvrir une affaire énorme que personne d'autre que moi, qu'aucun savant, jamais, n'avait pu découvrir. Ma recherche est le fruit de ma vanité. Une folie d'égoïste. En poursuivant mes travaux, j'ai provoqué trop de blessures. Et ces blessures, désormais, me déchirent le cœur. Est-ce qu'un homme a le droit d'intervenir dans l'apparition d'une nouvelle espèce? Non, l'Homme ne doit pas avoir un tel pouvoir. La vie de l'Homme est trop fugace pour que nous participions au jeu infini de l'Univers. Le choix reste à la Nature; pour ce qui nous concerne, il suffit d'attendre. Je me suis débarrassé de mes notes. Des ordures à détruire. Non seulement elles sont sans valeur, mais aussi pleines de risques. Le document sur les chimères n'existe plus. Ne perdez pas votre temps à le chercher. »

Plus tard, quand Dr Kwon s'endort, je vérifie le niveau de sa perfusion et je quitte sa chambre. Sur M. Ginkgo Kim U-sang, je n'ai finalement posé aucune question. Au moment de lui demander s'il fait partie de ces « blessures », je n'ose plus. Il y a des moments de la vie qui passent comme des murmures et il faut parfois les laisser ainsi, yeux clos. Au lieu de poser cette question, je dis, muettement, regardant le visage de Dr Kwon: « Celui qui avait de grands yeux gentils... des yeux de vache... ce monsieur chauve... il est mort. »

Autant pour ce qui me concerne Dr Kwon est un abominable égoïste, autant pour les symptomatiques c'est un autre homme. À eux il ouvre son porte-monnaie sans hésiter, ce qu'il ne fait jamais pour moi. Dans mon cas il n'a sûrement pas ressenti le besoin d'être généreux. Ah, j'aurais dû montrer un visage plus malheureux, il faut croire.

Dr Kwon est convaincu que les symptomatiques sont une nouvelle espèce d'hommes, moi je demeure sceptique.

« Je pense que les symptomatiques sont des humains. Je veux dire, qu'ils n'ont rien de si particulier par rapport à nous sinon qu'ils sont un peu malades. Souffrant de maladies encore inconnues.

— Possible. Quoique je souhaite le contraire.

— Vous souhaitez le contraire?

— Vous, vous diriez sérieusement qu'il reste un espoir pour l'espèce humaine?

— Bien sûr. Oh, je ne dis pas que c'est une espèce parfaite, mais du moins des êtres qui pensent.

— Des êtres qui pensent... Ne me faites pas rire. Quand j'avais vingt ans, la guerre a éclaté. Des gens nés dans le même village, qui avaient joué ensemble, pêché des poissons ensemble au bord d'un même ruisseau, se sont entretués du jour au lendemain. Massacres et vengeances se sont perpétués jusqu'à maintenant. Un jour, j'ai vu ceux d'un camp assassiner ceux de l'autre camp à coups de lance de bambou. Ils les ont alignés les uns à côté des autres et les ont trucidés un à un. Ils ont ensuite creusé une fosse dans l'arrière-cour d'une école primaire pour y jeter les cadavres. Dans la cour, une cour où jouent les enfants ! Vous pensez que c'était de la "pensée" ça ?

— ...

— Pendant ces cinquante dernières années, est-ce que nous avons réfléchi ? Nous sommes toujours en train de nous battre. Pour des raisons risibles et égoïstes, pour garder nos trente-deux *pyeongs*. Moi, je déteste l'espèce humaine. Affligeante. Une espèce capable du pire parmi le pire.

— Les symptomatiques sont-ils si différents ?

— Je ne sais pas. Mais j'espère qu'il va naître une espèce plus belle. J'espère vivement qu'une espèce, plus ouverte, plus chaleureuse, plus fraternelle, qu'une espèce qui considérera toujours sa vie en harmonie avec celle des autres, est en train d'apparaître. »

Tout d'un coup, je me demande dans quel camp se situait Dr Kwon, ce jour-là, le jour de la tuerie, dans la cour d'école. Comme il est en vie, il devait être parmi les bourreaux. C'est ça ou dormir aujourd'hui au fond de la fosse, dans l'arrière-cour de l'école.

Je ne suis pas un scientifique. Je ne suis qu'un simple scribe.
Tout dans la vie s'inscrit.
En lettres, en fossiles, dans la mémoire des gens ou dans des récits.
Tout ce qui existe s'inscrit et laisse des traces.
Les documents qui sont là, ils ont été écrits parce que quelque chose a existé
Et, parce qu'ils sont écrits, ils sont préservés.
Que l'on déteste ou pas, que l'on croit ou pas,
Peu importent notre dégoût et nos préjugés,
Ils sont écrits tout simplement parce que quelque chose a existé.
Non pas qu'ils soient grandioses ni éclatants de beauté,
Tout bêtement parce qu'ils sont là, à côté de nous.
J'ai entretenu ces écrits.
C'est tout ce que j'ai fait.

LES SIAMOISES

Elles sont nées jumelles, soudées l'une à l'autre par la tête. « An » et « Chi », tels sont leurs prénoms. « Les yeux » et « Les dents »... Pas mal comme prénoms. Je ne connais pas Chi. Elle décède à huit ans des suites de l'opération qui doit les séparer. An seule survit. Sur la tête d'An, une cicatrice témoigne de son lien perdu avec Chi.

Pendant la conversation, An cherche constamment à cacher ses mains. Des mains incroyablement petites, des mains de poupée.

« Après le lycée, j'ai travaillé dans une usine qui faisait des radios de marine. Ma tâche consistait à visser des pièces dans l'appareil. Vous imaginez à quoi ça ressemble, une vis de 2 mm ? C'est vraiment minuscule. Tellement petit que, pour les débutants, rien que les saisir est un exploit. Mais avec le temps les vis finissent par vous coller aux doigts comme à un aimant. Évidemment, elles ne se collent pas, en fait elles se coincent dans la peau durcie. Avec ces petites vis, on fixait toutes sortes de pièces dans le poste, neuf heures par jour. Avec les heures supplémentaires, ça pouvait faire jusqu'à treize heures, treize heures d'un travail répétitif, monotone. On commençait à 8 heures et on travaillait jusqu'à 10 heures, puis on avait une pause d'un quart d'heure. On reprenait de 10 h 15 jusqu'à 12 h 10. Après le déjeuner, on recommençait de 13 à 15 heures. Puis nouvelle pause de quinze minutes. De 15 h 15 on allait jusqu'à 17 h 30. Là c'était le dîner. Le repas ne durait que quarante minutes. On reprenait de 18 h 10 à 20 h 30. À part pendant les pauses, vous ne pouviez pas quitter votre place parce que la chaîne ne cessait d'avancer. Si une personne s'absentait pour aller aux toilettes, les autres devaient accélérer le rythme pour compenser son absence. Les radios se déversaient continuellement sur la bande. Moi, je serrais dans mes mains les vis de 2 mm et mes pièces et j'ajustais le tout au fur et à mesure, sans fin.

— Je croyais que tout était automatisé de nos jours.

— La fabrication des radios pour navires est réalisée à la demande; selon les particularités de chaque bateau, les radios sont différentes. Parfois on faisait une série de deux cents, et d'autres fois de cinq cents, jamais plus. C'est pour ça qu'on ne pouvait pas construire, paraît-il, une chaîne totalement automatisée.

— Pourriez-vous à présent me raconter la première fois où votre corps s'est divisé.

— À l'usine, ils refusaient de nous mettre la radio. Moi, j'aurais aimé écouter de la musique et les histoires qu'ils racontent, c'est assez distrayant, je trouve. Mais le directeur de l'usine disait que ça ferait baisser notre rendement. C'est pourquoi nous travaillions dans le bruit de moteurs, de la visserie et des métaux qui grincent les uns contre les autres. Vous voyez, il y a des gens qui sont plus sensibles aux bruits métalliques. Je dois en faire partie. J'ai essayé de me boucher les oreilles, mais en faisant ça j'avais l'impression que seul le bruit des métaux se glissait à travers les bouchons pour résonner encore plus fort contre mes tympans. Huit ans j'ai travaillé là. Et si j'ai séché les heures supplémentaires, ce n'est pas plus de trois ou quatre fois.

— Les heures supplémentaires sont obligatoires?

— Non, pas du tout. Chacun décide pour soi. Mais je n'avais pas grand-chose d'autre à faire.»

Elle boit une gorgée d'eau. La main qui serre le verre est si petite. La main d'une fillette de sept ans. Comment cette main si frêle durcit-elle et se fend-elle avec le temps jusqu'à être apte à saisir les vis minuscules ?

« Comme ce n'était pas possible d'écouter la radio, je laissais mon imagination vagabonder. Je revoyais des lieux : les aires de jeux de mon enfance, les sentiers où je me promenais avec maman, main dans la main, les ruelles où je jouais à la corde avec mes copines, l'atelier d'arts plastiques où j'avais reçu les compliments de mon professeur, et encore de nombreux autres endroits. Si on réfléchit bien, il y a pas mal de places agréables dans nos souvenirs. Ce jour-là, donc, je songeais au petit jardin le long de l'usine. Il y avait une plante que j'arrosais de temps en temps, profitant de mes pauses. Je lui donnais du lait fermenté aussi, de la marque Yakult. Si je connaissais le nom de cette fleur, ce serait plus facile pour vous expliquer, je ne sais pas, une fleur jaune, très petite, plus petite qu'un ongle d'auriculaire, on hésiterait même à l'appeler fleur.

— C'est une fleur qui vous ressemble sûrement. »

Un peu rougissante, elle sourit.

« Souvent, les garçons jouaient au ballon à côté du jardin. Ça m'angoissait. Ce jour-là, j'étais malade, très malade, alors j'ai dormi quelques minutes à l'heure du déjeuner, dans notre salle de repos. J'entendais le bruit du ballon dans ma sieste et j'étais inquiète. Si le ballon venait à tomber sur la fleur, si jamais elle était abîmée, cassée… ! J'aurais voulu ouvrir la fenêtre et leur crier : "Hé, il ne faut pas jouer au foot ici, vous êtres trop près des fleurs, vous n'avez donc aucun cœur !" Mais je n'ai pas osé. Après tout, c'était leur seul loisir. À la sonnerie, je me suis levée et j'ai senti mon corps lourd comme du plomb. Je m'apprêtais à retourner sur la chaîne, mais j'étais tellement troublée par ce ballon… J'ai eu un mauvais pressentiment, je craignais le pire pour ma fleur. Finalement j'ai couru vers le jardin, derrière nos bâtiments. Je voulais simplement jeter un coup d'œil. De l'extérieur, je pouvais entendre les machines qui roulaient sans relâche. Ma fleur était toujours là. Alors je suis revenue à l'usine, toujours en courant. Mais j'étais déjà là. J'étais là, là, à ma place, ma place qui aurait dû être vide! J'étais là, en train de visser des vis de 2 mm, comme d'habitude! C'était extrêmement étrange, vous imaginez?

— Comment vous sentiez-vous?

— Je n'ai pas eu le temps de réfléchir. Je me suis juste fait la réflexion: "Ah, je suis comme ça, je travaille comme ça, moi." Tout de suite après, j'ai été surprise par le chef qui m'a dit en passant: "Qu'est-ce que tu fais ici, toi? Tu n'es pas à ton poste?"

— N'auriez-vous pas vécu un cas de migration de l'âme?

— Je ne connais rien à ces choses. Si vous voulez dire que mon esprit avait quitté mon corps, comme on voit à la télé, je ne crois pas que ce soit ça. Parce que, moi, je sortais de l'usine, je m'achetais des glaces, je déjeunais dans un restaurant. Je suis allée au cinéma. Tout ça en payant avec du vrai argent. Si mon esprit s'était promené tout seul, je n'aurais pas eu à payer.

— Votre esprit occupe les deux corps ou juste un?

— Pendant les premières minutes, l'esprit reste dans le corps séparé, mais après, il est dans les deux.

— Comment est-ce possible? Vos deux corps vivent dans deux endroits différents.»

À ma question, elle a un petit rire.

«Pour visser des vis de 2 mm, on n'a pas vraiment besoin de réfléchir. C'est machinal. Si vous voulez, mon esprit est dans mes deux corps mais il est surtout concentré dans celui qui se trouve à l'extérieur de l'usine. L'autre corps, qui reste au travail, visse des vis par la force de l'habitude.

— Ça doit vous faire bizarre, non? Vous regardez un film mais, en même temps, vous apercevez d'autres scènes, c'est ça?

— Non, pas du tout. C'est comme rêver aux lieux de mon enfance tout en travaillant sur ces radios.

— Le corps séparé, qu'est-il devenu après?

— Je suis de Namhae, une très belle région. Peu après la division de mon corps, j'ai pris le bus et je me suis rendue là-bas.

Bien entendu, l'autre moi continuait d'aller au travail tous les matins. Ça doit vous paraître fou mais c'est ainsi. Je suis descendue du bus et me suis dirigée vers l'école de mon enfance. C'était l'endroit auquel je rêvais le plus souvent, penchée sur la chaîne. Elle était fermée. Peut-être n'y a-t-il plus assez d'enfants dans la région. J'ai fait le tour. Je suis entrée dans l'atelier des arts plastiques, j'ai joué quelques notes sur le clavier d'un piano auquel manquaient des touches. Dans une classe désertée, j'ai gribouillé des phrases sur le tableau noir en imitant la maîtresse : "Qui bavarde là-bas ?" Quand j'étais petite, j'avais très envie de devenir institutrice. J'ai aussi nettoyé des carreaux en me souvenant du temps où on faisait le grand nettoyage avec la classe. Je me suis assise sur une balançoire dans la cour. Elle grinçait. J'ai regardé des feuilles de kaki s'envoler dans le vent. Je me suis sentie très heureuse. Vous voyez, c'est que, pendant huit ans, je n'avais fait que visser des vis de 2 mm. Je suis restée assez longtemps comme ça. Et soudain, quelque chose m'a dit que j'allais mourir. C'est très difficile de vous expliquer mais j'ai su que j'allais bientôt mourir. J'ai quitté la cour d'école. Il ne faut pas laisser son cadavre à l'école. Si les enfants venaient jouer dans la cour, ils sentiraient quelque chose, ils auraient peur et les gens trouveraient ça étrange. Ne sachant où aller je me suis hâtée vers la tombe de mes parents. J'ai arraché les herbes qui avaient trop poussé, je leur ai demandé pardon de n'être pas venue plus souvent. Je me suis allongée là, le long de leur tombe, j'ai regardé le ciel et je suis morte.

– Vous êtes morte ?

– Oui, littéralement, je suis morte. C'est pour ça que le week-end où le corps séparé meurt, je vais à Namhae. Au début, j'avais tellement peur et je tremblais si fort que c'est à peine si j'arrivais à creuser la terre et à m'enterrer. J'ai fait la connaissance d'un bonze qui habite seul dans un petit ermitage, on m'incinère là désormais.

– Vous voulez dire que cette mort a eu lieu plusieurs fois ?

– Oui.

– Combien de fois ?

— J'ai connu sept morts. Pour chacune, j'ai dû m'occuper de mon cadavre. Le bonze entasse les bûches comme dans les rituels bouddhiques et brûle mon cadavre. Quand le feu prend, on sent la chair griller dans la fumée. Je vois mon corps se tordre dans les flammes. Quand enfin le feu s'éteint, on rassemble les os, tous blanchis. Le bonze les moud dans un mortier et me confie la poudre obtenue. Les os qui sortent du feu sont très chauds. En les prenant je me dis que les "moi" heureux et doux sont tous morts et qu'il ne reste que le "moi" qui visse des vis de 2 mm, qui vivra longtemps à s'ennuyer mortellement. »

Clôturant ainsi son récit, elle pleure. Pour arrêter ses sanglots, je la prends doucement dans mes bras. C'est une fille toute petite et toute frêle, qui mesure à peine un mètre cinquante et ne pèse pas plus de quarante kilos. Comme elle pleure très longtemps, je la garde très longtemps dans mes bras. C'est une fille aux mains minuscules, semblable à une fleur de gypsophile.

Ceux qui voient leur propre tombe sont rares.
Mais moi, je pense qu'avant de bâtir sa maison
On devrait construire sa tombe.
Car ceux qui ont vu leur propre tombe
Savent que la vie est précieuse.

BLUFFEURS

Un patient se plaint d'un crocodile qui se dissimule sous son lit. Son médecin le persuade que l'animal n'est qu'une fiction subjective, création de son imaginaire, et le renvoie chez lui. Le patient ne revient plus. Le médecin appelle un jour un ami du patient pour savoir comment il se porte. La réplique de l'ami tombe : « Ah, vous voulez dire… celui qui s'est fait manger par le crocodile ? »

C'est une histoire archiconnue de Lacan.

On trouve une histoire similaire dans la nouvelle française de Raymond Jean, *Un fantasme de Bella B.*

Une femme croit avoir des araignées dans les oreilles. Des médecins et des professeurs lui expliquent que divers refoulements sexuels et névrotiques sont à l'origine de sa hantise des araignées. Selon eux, l'arachnophobie est un syndrome relativement classique qui ne prête guère à conséquence. Suivant le conseil des praticiens, elle se rend chez le coiffeur. Il s'agit d'une thérapie, elle doit « changer d'air » à travers un changement physique. Or la coiffeuse fait un mauvais geste et entaille légèrement son oreille. De sa blessure sort un monceau d'araignées.

Maintenant je vous pose la question. Le patient est-il victime d'un vrai crocodile ? Sont-ce de véritables araignées qui sortent de sous la peau de Bella B. ? Si j'insiste et affirme qu'il s'agit réellement d'un crocodile et bel et bien d'araignées, les gens me rient au nez, me disent « Arrêtez avec vos histoires, c'est des conneries ». Pourtant le nombre des patients se plaignant d'un crocodile caché sous leur lit ou dans l'armoire s'élève à vingt mille de par le monde, et quarante d'entre eux meurent annuellement des suites de leur phobie. On trouve quelquefois sur le cadavre des traces de blessures similaires à celles que causent les dents du saurien. Celui-ci déchire sa proie en lambeaux, une tonne de pression dans les mâchoires. Un être humain ne détruit pas un autre être humain avec une telle force. A fortiori personne ne se suicide de la sorte. Comment est-il possible de mettre en scène le carnage d'un crocodile en restant allongé seul dans son lit ? Bon, alors, je renouvelle ma question : des vrais ou des faux crocodiles sous le lit, selon vous ?

Un spécialiste des reptiles, le Dr Kaynes, et un psychiatre, le Dr Mustas, poursuivent ensemble leurs recherches sur la phobie des crocodiles à l'université de Cambridge.

« Nous ne situons pas encore l'origine de ce syndrome. Mais cette angoisse est si répandue que son apparition ne nous surprend plus aujourd'hui. C'est à peu près la même chose qu'un fantôme dans un puits ou dans les toilettes. En réalité, les crocodiles vivent dans les marécages et il est inimaginable d'en trouver dans une chambre ou l'armoire d'un appartement. La plupart des médecins s'efforcent de convaincre leurs patients qu'il n'existe ni crocodile ni quelque bestiole sous leur lit et que le crocodile dont ils se plaignent disparaîtrait s'ils arrivaient à retrouver la paix spirituelle. Car c'est le bon sens. Ceci posé, il y a des accidents embarrassants. Un patient, que j'ai rencontré récemment, n'avait qu'une seule jambe. La police et les pompiers ont fouillé dix kilomètres autour de sa maison mais n'ont rien trouvé, pas la queue d'un crocodile, pas même un minable lézard. On était à Moscou, c'était en décembre. »

Angela, jeune Vénézuélienne, a une phobie extrême de la hauteur, bien au-delà du vertige banal. Pour que ses pieds ne quittent pas terre, elle racle les trottoirs de ses chaussures. Que ses deux pieds ne touchent pas le sol la plonge dans une panique absolue. Ne pouvant les soulever de dix centimètres, hors de question pour elle de prendre un ascenseur ni de vivre dans un appartement ou une maison à étage. Elle vit dans une maison de plain-pied ; entre les portes, pas de seuils.

« J'ai été invitée chez une amie. Je n'avais pas le courage d'y aller. Mais vu que c'est une amie d'enfance et qu'elle était toujours très gentille avec moi, je ne pouvais pas refuser. J'ai dû marcher dix kilomètres en traînant mes chaussures. Arrivée chez elle, il fallait que j'entre par le jardin, qui s'élevait de quinze centimètres au-dessus de la chaussée. J'en étais incapable. J'ai crié de toutes mes forces vers sa maison, mais il y avait déjà des convives, ils parlaient fort, personne ne pouvait m'entendre. Il aurait suffit d'un seul pas pour les rejoindre. J'ai pleuré parce que je me trouvais tellement sotte de rester plantée là sur le seuil. Une heure à pleurer avant de retourner chez moi, toujours en traînant mes chaussures par terre. »

Le premier thérapeute d'Angela est un jeune type qui manque d'expérience. Il lui explique que sa peur n'est qu'une illusion et qu'il lui suffit de faire face à sa peur pour qu'elle s'évanouisse. Sûr qu'il lit ça dans ses manuels. Il la persuade que les marches d'escalier ne sont pas hostiles et l'emmène dans la cour d'une école maternelle où courent et jouent joyeusement les enfants. Il la soulève d'un seul coup et la dépose sur la petite marche d'un jeu installé dans un bac à sable.

« Regardez, Angela. Même les enfants de trois ans jouent ici sans souci. L'escalier est sans aucun danger pour vous. Imaginez notre monde sans escaliers. Ce serait un monde horrible. Les escaliers ne sont absolument pas hostiles. Allez, je vous tiens la main, maintenant vous allez essayer de descendre, d'accord ? »

Terrifiée, Angela hurle que non. Mais le psychologue poursuit sa thérapie sans sourciller. Il suffit de bien saisir l'esprit et de descendre juste une fois, la peur disparaît alors et tout rentre dans l'ordre, estime-t-il.

« Angela, n'ayez pas peur. Rien ne se produira. »

Il la pousse légèrement dans le dos. Angela descend de la marche en plastique sur le sable.

Sous le coup, les organes digestifs d'Angela éclatent, six côtes se brisent en plus des fractures aux hanches et le long de sa colonne vertébrale. L'ambulance la transporte aux urgences. Les médecins constatent que le corps d'Angela porte les marques d'un choc comparable à la percussion d'une voiture roulant à soixante kilomètres à l'heure. Les marches dans ces jeux ne font pas plus de trente centimètres.

Il y a des gens pour lesquels la frontière entre réel et illusion est ténue. Ils rencontrent physiquement la peur, ou l'illusion de la peur, dans le monde réel. Le crocodile dans l'illusion déchiquette un homme pour de bon ; la descente d'une marche de trente centimètres écrase un corps pour de bon. Il ne faut surtout pas qu'ils imaginent un crocodile car, alors, l'animal devient réel et les dévore. Le cercle vicieux est instauré : celui qui a rencontre le crocodile de son imagination doit craindre une bête encore plus puissante. Et cet animal, encore plus puissant, encore plus gros, aux crocs encore plus menaçants, se jette sur lui. La première fois, le saurien balafre sa peau, la deuxième fois, il bouffe ses orteils, la troisième fois, il happe toute une jambe et, enfin, il dévore le corps entier.

Je voudrais vous poser ma question une nouvelle fois. Pensez-vous toujours que le crocodile sous le lit soit un animal imaginaire ?

« Il est là, le crocodile, c'est sûr. Il se cache sous mon lit. Je vous le jure. Il faut faire attention. Être très prudent. Tous les soirs au coucher je vois ce crocodile sortir de sous le lit et ramper vers moi. Se renforçant de nourritures imaginaires, il grossit de plus en plus. Il avance lentement, découvrant ses dents acérées. Habillé d'une armure en cuir, secouant vigoureusement la queue, il est là ! Je lui fais face tous les soirs. »

Comment distinguer
Le réel de l'illusion ?

Cherchez l'odeur.
Dans le monde imaginaire, il n'y a pas d'odeur.

JE DÎNE AVEC ELLE

Mlle Son Jeong-eun et moi nous trouvons dans un restaurant de sushis. Au centre trône une sorte de grand bar en forme de fer à cheval. À l'intérieur, huit cuisiniers s'affairent, la plupart assez âgés. Quand j'ouvre la carte, mes craintes se confirment : c'est cher ici. Très cher. De quoi défaillir. *Assiette de sushis,* quatre-vingt mille wons, *Grande assiette,* cent vingt mille wons, *Assiette Spéciale,* deux cent cinquante mille wons !

C'est elle qui choisit l'endroit. Nous avons de bonnes raisons pour nous voir et diverses choses à nous dire mais je ne sais trop par où commencer. L'avenir du Placard n° 13 ? Ah non, certainement pas. Elle, c'est converser qui la rend mal à l'aise, moi, c'est le silence. C'est pour ça qu'un jour je lui suggère gentiment qu'on peut dîner ensemble, que, si elle est prête à se livrer sincèrement au dialogue, je l'invite volontiers à faire bon repas. D'une voix faible elle acquiesce et promet de faire des efforts. À présent nous y sommes. Là où une assiette de sushis coûte deux cent cinquante mille wons. Ma mère a toujours dit : « Une femme, il faut vivre avec pour la connaître. » Toutes les leçons des mamans sont justes.

Manifestement, c'est une habituée. Un cuisinier gigantesque vient immédiatement la saluer et lui demande aimablement pourquoi elle se fait plus rare ces derniers temps. Elle lui rend son salut en s'excusant que les choses aillent ainsi. Dites donc, être une habituée dans un resto pareil, elle a pas toute sa tête ou quoi ? Le cuisinier doit avoir une bonne soixantaine mais son corps est si imposant qu'il a bien l'air capable de soulever un ou deux hommes sans peine.

« Aujourd'hui, les anguilles sont divines. Les daurades sont aussi bonnes. Je vous fais goûter les deux et vous déciderez », dit le cuisinier en s'essuyant les mains dans son torchon. Il parle avec un léger accent étranger. Quand il est reparti vers la cuisine, je commente : « Il a un volume étonnant.

— C'était un sumotori.

— Un sumotori ? Il est japonais ?

— Japonais d'origine coréenne. On dit qu'il aurait pu être yokozuna s'il n'avait pas été blessé.

— Carrément ?! »

Je ne sous-entends pas qu'elle mente, je m'étonne de voir un sumotori reconverti en restaurateur. Du doigt, elle désigne un pan de mur. Une photographie y est fichée sur laquelle on peut voir un sumotori rugissant, mains levées dans le *dohyô*. Une photographie en noir et blanc où l'on reconnaît aisément le visage majestueux de notre hôte. À l'instant de sa victoire, il tend les deux mains vers le ciel, son visage exprimant la confiance absolue du vainqueur inaccessible à la peur.

« Les sumotoris qui ont commencé très tôt sont, paraît-il, d'excellents cuisiniers. Parce qu'ils doivent travailler pour les anciens. On suppose que, comme ils sont énormes, ils ont de l'appétit pour tout et n'importe quoi, mais en vérité ce sont des gastronomes qui ne sont pas faciles à satisfaire. »

Après ses mots, elle pousse un petit soupir exténué. Impressionnant, son plus long discours depuis qu'on se connaît.

« Très intéressant », je ponctue.

Un assistant nous sert une assiette sur laquelle trônent deux sushis à l'anguille et deux autres à la daurade. Puis revient le presque-yokozuna-il-y-a-trente-ans, avec une bouilloire en céramique contenant le saké chaud.

« Nous le préparons nous-mêmes. Nous vous en offrons deux

bouilloires. Au-delà, c'est payant. C'est un saké assez fort en alcool, faites attention à ne pas en abuser.»

Le cuisinier nous sourit d'un air bienveillant. Elle incline légèrement la tête avant de recevoir la bouilloire. Lui me regarde comme un père regarde le petit ami de sa fille. Un peu embarrassé, j'incline la tête à mon tour pour remercier. Je nous verse l'alcool, qui est exquis, avec un goût profond et doux.

«C'est très bon.

– Oui, c'est bon. D'ailleurs, tout est plutôt bon ici.»

Je goûte les deux sushis. Elle, elle ne touche à rien, se contentant de les fixer des yeux. Le chef cuisinier revient et demande à Mlle Son: «Qu'est-ce que vous commandez?» Il n'a pas l'air de se soucier le moins du monde de mon avis. Elle tourne la tête vers moi.

«Qu'est-ce qui vous ferait envie, à vous, M. Gong?

– Choisissez ce qui vous plaît, ce que vous prenez d'habitude.»

Je prie muettement pour qu'elle choisisse des sushis plutôt «modestes», une assiette à quatre-vingt mille wons par exemple. Elle explique longuement et dans le détail sa commande au chef, et ajoute «Une *Spéciale,* s'il vous plaît». *Spéciale!* Ça signifie qu'on part pas pour un plat à quatre-vingt mille, ni même à cent vingt mille wons, la vache!

«Ce plat vous convient-il, monsieur?» me demande le chef.

«Comment voudriez-vous qu'un plat à deux cent cinquante mille me convienne?», ça, c'est ce que je lui balance dans ma tête. De un, le ton de sa question n'est pas très agréable. De deux, ce n'est pas clair. Est-ce qu'il me demande si le prix me convient, à moi qui ne dois pas être bien riche, ou est-ce qu'il me demande simplement si le plat est à mon goût? Les larmes me montent presque aux yeux en pensant à mon pauvre porte-monnaie bientôt vide, mais en l'absence d'alternative autant faire bonne figure et je réponds avec une certaine gaieté: «Bien sûr que ça me va. Aujourd'hui c'est le jour de Mlle Son Jeong-eun.»

Le cuisinier m'adresse un sourire satisfait. Elle aussi, l'air content, sourit timidement. Je remarque que, même discret, c'est la première fois que je vois ce sourire.

L'assiette *Spéciale* arrive, d'une taille indigne de son nom. Une assiette rectangulaire en porcelaine où à peine une dizaine de sushis attendent d'être partagés. « Pourquoi on appellerait ça une assiette *Spéciale* ? » Il n'y a ni décoration ni ingrédient particulier. Tout juste une assiette rectangulaire et dix sushis accompagnés de petits condiments. Ces sushis ne sont pourtant pas saupoudrés d'or pour mériter un tel prix. Ce n'est que plus tard que je réaliserai le sens de la mention *Spéciale*. La particularité de ce plat en réalité, c'est que chaque sushi consommé est aussitôt remplacé par un autre. Comme le vin de Jésus.

Je prends un sushi. Je ne reconnais pas de quel poisson il s'agit mais le riz vinaigré est un pur délice. Ben, pour que ça coûte deux cent cinquante mille wons, c'est la moindre des choses, que ce soit bon. Puis je prends un verre de saké. Elle ne mange toujours pas, restant à contempler son assiette.

« Vous n'en prenez pas ?

— Plus tard. »

Le regard baissé et l'air perdu, elle reste inerte devant son plat. Comme d'habitude, son silence me pèse. Et rester assis à côté d'elle me pèse autant. Avec soulagement je me félicite que, du moins, nous ne soyons pas face à face.

Au bout d'une heure, j'en suis à une trentaine de sushis et quatorze verres de saké. Elle, trois sushis et à peine une dizaine de verres. Je suis rassasié. Leurs sushis sont incontestablement savoureux, quoique le prix de deux cent cinquante mille wons me semble encore excessif. Et cette pensée me contrarie de plus en plus. Les joues de Mlle Son, à cause de l'alcool, prennent maintenant une teinte carmin.

Sans préambule, je l'interroge : « Vous avez trouvé amusant le contenu du Placard n° 13 ?

— Plus réconfortant qu'amusant.

— Réconfortant ? Vous pensez que votre vie n'est pas heureuse ?

— Justement non. Elle est nulle. J'aurais aimé être quelqu'un d'autre. Je ne parle pas du désir de changer ou d'améliorer ma vie. J'aurais aimé vivre une autre existence, être une herbe ou un papillon ou... »

Elle mordille légèrement ses lèvres.

« Comme de vouloir être un chat, cela vous serait égal ?

— Qu'est-ce que vous dites ? Un chat, ce serait un plaisir ! »

Curieux le fait que tant de gens autour de moi veuillent se transformer en chat.

« Et vous, monsieur Gong, pourquoi faites-vous ce travail ?

— Disons que je me suis fait piéger. Un piège que m'a tendu le vieil excentrique. »

L'ancien maître en sumo arrive et ramasse nos assiettes sans mot dire. Il met à la poubelle les six sushis qui restent. Je le vois faire, étonné. En voyant ma tête, le chef sourit et explique : « C'est un peu dommage, mais il faut les jeter. La cuisine, c'est la température. Et plus encore pour les sushis. À propos, mademoiselle Son Jeong-eun, vous me semblez toute bizarre aujourd'hui. Vous ne vous régalez pas. Dites-moi ce qui vous ferait plaisir. »

Elle rougit à ces mots.

« Mais oui, vous n'avez rien mangé. Demandez-lui ce que vous voulez », insisté-je après le cuisinier.

Elle hésite avant de répondre qu'elle a envie de saumon.

Bientôt le chef nous apporte une autre assiette remplie de saumon. Elle semble satisfaite. Elle met un morceau dans sa bouche et mâche longuement, savourant le goût. Puis elle boit une gorgée de saké.

« Pourquoi les symptomatiques apparaissent-ils ? demande-t-elle.

— Vous savez, il faudrait d'abord poser la question à notre ville, savoir si elle permet encore aux humains de conserver leur propre nature. Si l'environnement était convenable et stable, il n'y aurait aucune raison de se transformer. On n'évolue pas sans raison. Si la ville ne fournit plus les conditions d'une vie décente et que cette situation désastreuse perdure, alors l'homme doit changer. C'est une question de survie avant d'être une question d'évolution.

— Les symptomatiques sont-ils des monstres ?

— Peu importe comment on les nomme. Quoi qu'il en soit, des monstres qu'on arrive à mettre à jour sont forcément des êtres inoffensifs. »

Elle lève son verre avec précaution et boit une seconde gorgée.

Nous vidons ainsi la deuxième - et dernière - bouilloire offerte. J'en commande une nouvelle. Dès qu'elle vient, mon interlocutrice se sert un verre qu'elle avale d'un trait. Elle a l'air de vouloir accélérer sa consommation d'alcool.

« Vous voudriez être une de ces symptomatiques ? »

Sans répondre, elle remplit un autre verre qu'elle vide pareillement.

« Ils ne sont pas devenus ainsi de leur propre gré. C'est la nature qui choisit.

— Dans ce cas, je suis peut-être déjà une symptomatique. Un monstre qui ne sert à rien, voire même qui pourrait se révéler maléfique », lance-t-elle.

Après quoi, elle écluse un nouveau verre en réclamant une quatrième bouilloire au chef. Elle paraît légèrement ivre et, parvenue à cet état, elle se prend à manger ses sushis avec une nouvelle vigueur. Quand l'assiette est vide, l'ancien athlète qui bavarde de l'autre côté du bar avec un collègue rapplique et commence à en préparer d'autres devant nous.

Elle continue de manger ainsi sans mot dire. Le cuisinier, la voyant à l'œuvre, affiche une mine réjouie. Que se passe-t-il ? Elle ne cesse d'avaler ses sushis et lui, il en confectionne de nouveaux sans répit. Quand elle termine le quatre-vingtième, l'ex-sumotori lui sourit et lui déclare : « C'était le quatre-vingtième », semblant heureux de la voir se repaître ainsi. Parmi ceux-ci, j'en prends combien, quelques-uns de plus, presque rien, ma panse remplie ne m'autorise guère à aller au-delà. Je me contente de boire du saké en la regardant dévorer. L'alcool a un goût fade. « Il est nul, ce saké. Je pourrais en boire cinq cents bouteilles sans me saouler », me dis-je.

« Si vous n'avez plus très faim, je vous sers juste du poisson cru ? » me suggère le chef.

Je hoche la tête. Il m'apporte une assiette avec du poisson-globe. Après ses quatre-vingts sushis, ma demoiselle ne fait pas mine de vouloir s'arrêter et, au contraire, la vitesse avec laquelle elle joue de ses baguettes s'accélère, son rythme dépassant bientôt celui du chef. Chaque nouveau sushi est englouti à la hâte. Je suis bouche bée. Elle sent mon regard et bredouille : « Excusez-moi. Une fois que je commence, je ne peux pas m'arrêter.

— Non, non, ce n'est pas désagréable », dis-je, souriant.

C'est sincère. Ce n'est pas moche à voir. Où est le mal de manger un peu plus que les autres ? L'alcool la rend manifestement plus heureuse, ou peut-être est-ce la centaine de sushis dévorés. Elle tend son verre au cuisinier qui lui sert à boire. Ils échangent quelques nouvelles. La voir comme ça est une découverte pour moi. Jamais je n'aurais imaginé une chose pareille. C'est parfait. Je me fais la réflexion que c'est une agréable soirée arrosée.

« Lui, il a déjà vu un sumotori manger mille huit cents sushis. C'était un géant qui pesait deux ou trois cents kilos », raconte-t-elle, vaguement excitée.

Et tout en parlant, elle mange. À combien peut-elle en être ? Cent vingt ? Cent trente ? Pourtant elle ne manifeste aucune intention de s'arrêter. Elle boulotte encore plus vite. Avant même de finir une bouchée, déjà elle enfourne la suivante. Soudain, comme ayant avalé de travers, elle tousse fort, une main devant la bouche. Je lui propose un verre d'eau mais elle agite l'autre main en signe que non, ça va.

« Maintenant, ce n'est plus si agréable à voir ?

— De toutes les fois où je vous ai vue, c'est comme ça que je vous préfère. Sincèrement.

— J'aime ces plats. À une époque, je ne sais pas pourquoi, tous mes salaires, toutes mes économies sont partis dans les sushis. J'ai essayé divers restaurants, mais c'est ici que je me suis sentie le mieux. On ne me lance pas de coups d'œil curieux parce que je mange trop, le chef est sympathique. Quoique... ces derniers temps, je venais moins souvent.

— Vous vous exprimez si bien, pourquoi être si discrète au bureau ? » osé-je sur le ton de la plaisanterie.

Elle brandit son verre et le vide. Son visage s'est assombri tout de suite.

« Je sais que tout le monde me déteste là-bas. D'ailleurs, j'aurais réagi pareil s'il s'en était trouvé une autre comme moi.

— Non, vous vous trompez. »

Mes mots ne semblent guère la réconforter.

« Quand je mange ces montagnes de sushis, seule, ici, je me sens misérable. Tout le monde me déteste et moi je dépense tout l'argent que j'ai gagné, au prix de toute cette haine, pour me gaver... À cette pensée, je me sens infiniment misérable. »

Après cette déclaration, elle lève de nouveau son verre. Comme il est vide, je m'empare de la bouilloire et la ressers. Elle le termine lentement puis fourre un autre sushi dans sa bouche. Cent cinquante ?

Elle braque à présent son verre dans ma direction et nous trinquons. C'est notre premier toast. Pour accompagner son verre elle reprend deux sushis.

« Vous buvez bien.

— Je ne bois pas d'habitude. Mais il m'arrive parfois de boire beaucoup. »

Je remplis son verre une nouvelle fois, et elle remplit le mien.

« Avez-vous déjà vu quelqu'un manger autant que moi d'un seul coup.

— Non. Mais à moi aussi ça m'est arrivé de manger beaucoup. Quoique très rarement...

— Vous pouvez manger quelle quantité ?

— J'ai bu des canettes de bière pendant sept mois, rien que ça. Je dois en avoir avalé à peu près douze mille. »

Elle fait une mine surprise et amusée.

« Mais c'est énorme ! »

Elle est suffisamment saoule. Je me fais la réflexion que je préfère la voir ainsi que comme d'habitude. Elle lève son verre pour trinquer, je lance « Santé ! » puis vide le mien.

« Moi, je m'empiffre de nourriture. Exactement jusqu'au ras de la gorge ! Il faut que je remplisse mon estomac au maximum, puis encore un peu plus. Alors les aliments arrivent vraiment jusqu'au ras de la gorge.

— Et ensuite ? Qu'est-ce qui se passe ensuite ? »

Je suis vraiment très curieux de savoir ce qui va arriver. Elle siffle un nouveau verre. La bouilloire est vide et j'en commande une autre, la combientième ? Neuvième ? Dixième ?

« Je me bourre ras la gorge, après quoi je vomis à mort. Les jours suivants, je ne mange rien. Puis, je recommence. Je mange jusqu'au bout et je vomis de nouveau. Impossible de me contrôler. Je suis allée voir des médecins, sans succès. Voilà pourquoi je continue cette idiotie. Et je finis par me détester. »

La bouilloire revenue, elle se sert rapidement un verre qu'elle descend d'un trait. Puis le remplit de nouveau et de nouveau le boit.

« C'est humiliant. Ma vie est humiliante. »

Comme elle s'apprête à remplir une fois de plus son verre, je tente de la retenir.

« Doucement. »

Elle repousse ma main, verse l'alcool, vide son verre. Puis une fois encore. Tandis qu'elle ne cesse de boire, le vieux cuisinier sumotori m'adresse des signes comme quoi il est sage de penser à rentrer maintenant.

« On va bouger, mademoiselle Son Jeong-eun, faut qu'on rentre. »

Je me lève mais elle semble n'avoir aucune intention de quitter les lieux. Elle brandit la bouilloire et se sert. Vidant son verre, se resservant. Le fond de la bouilloire ne remplit que la moitié du dernier verre. Elle secoue le récipient pour en demander un autre. Je la laisse là et me dirige vers le comptoir pour régler la note. À cet instant mon invitée se rue vers nous en criant.

« Non, monsieur Gong ! C'est moi qui paye ! Je vous dis que c'est moi qui paye ! C'est moi qui bouffe, alors c'est moi qui paye ! »

Elle fait un tel raffut que tout le monde se tourne vers nous. Elle se précipite vers le comptoir, mais heurte une table sur son chemin en titubant. Une bouilloire tombe, se fracassant au sol dans un grand bruit. Les clients la suivent tous des yeux. L'ancien sumo se précipite vers elle, la relevant, l'asseyant sur une chaise. Il s'excuse auprès de la salle et fait signe aux autres cuisiniers de remettre en ordre les tables. Elle se tortille de toutes ses forces pour rejoindre le comptoir, mais l'ancien sumotori la maintient fermement. Elle se met à pleurer.

« Laissez-moi payer, monsieur, s'il vous plaît », supplie-t-elle.

Le cuisinier hoche la tête et la libère. Je viens vers elle et la prie de ne pas insister, parce que la soirée est bien, que je suis content. Mais elle extrait son porte-monnaie de son fameux vieux sac en cuir et, entêtée, règle le repas. Après quoi elle court aux toilettes. Celles-ci étant peu éloignées du comptoir, on entend le bruit de ses vomissements.

« En fait, c'est une fille bien », me glisse le cuisinier à voix basse.

— Je sais. »

Quand elle quitte l'établissement, elle se porte plutôt mieux semble-t-il, moins ivre peut-être. Je la soutiens et nous hélons un taxi. En route, elle garde la tête tournée vers la fenêtre et pleure. Je n'arrive pas à trouver les mots. Arrivant dans son quartier, je lui demande si ça va. Elle incline respectueusement la tête en signe que oui. Puis, sortant, elle se dirige en zigzaguant vers son immeuble.

« Mademoiselle Son, vous êtes sûre que c'est bon ? » crié-je dans son dos.

Elle ne répond pas. Elle continue d'avancer de son pas incertain. Inquiet, j'allume une cigarette et l'observe de loin. Au lieu d'entrer dans son bâtiment, elle pénètre dans une supérette devant chez elle. À ma deuxième cigarette, je la vois qui ressort de l'épicerie avec deux grands sacs de nourriture. Toujours titubant, elle se dirige enfin vers l'entrée de son immeuble, ses deux sacs remplis à un niveau critique. En montant l'escalier, elle perd l'équilibre et tombe. Je me précipite vers elle. Elle me gratifie d'un regard étonné, comme pour me demander ce que je fais là, et déclare : « Ce n'est pas grave. Je tombe souvent. » Le contenu des deux sacs gît par terre, paquets de biscuits, jambon, lait, fromage, pain, chocolat, glace, pommes, clémentines, poires, etc. Je ramasse tout ce bazar, me charge des sacs d'une main tandis que de l'autre je la soutiens elle.

Dans l'ascenseur, elle chancèle plusieurs fois. Sans jamais chercher à se retenir à moi ni à poser sa tête sur mon épaule. Son appartement se trouve au onzième. Elle sort ses clefs de son vieux sac et tente de trouver la serrure. L'ivresse lui rend la tâche ardue. Je finis par prendre les clefs et ouvre la porte. Un énorme chien nous accueille dans l'entrée. Le molosse est si grand qu'un instant je crois qu'il s'agit d'un ours. En fait c'est un chien de traîneau, un malamute. Il saute sur sa maîtresse, frottant son museau contre son visage. Elle le caresse gentiment entre les oreilles. Moi, comme on ne m'invite pas à entrer, je reste sur le seuil avec les provisions. Le chien m'examine. Elle veut aller vers le salon mais s'effondre et ne bouge plus, affalée à même le sol. J'ôte mes chaussures et la traîne jusqu'au canapé. J'attrape une couverture dans son armoire pour la couvrir. Je récupère les deux sacs restés à l'entrée et les pose sur la table de la cuisine. Je m'apprête à partir, mais en voyant ses achats je me ravise et trie ce qui ne peut rester dehors, par exemple la glace, le lait ou les fruits. J'ouvre son réfrigérateur. Qui est vide, ou tout comme.

Pas la moindre trace de nourriture dedans. Tout ce qu'il contient, c'est une bouteille d'eau minérale. Je me fige un moment devant ce frigo vide. Le moteur de la machine se relance de temps en temps avec un bruit incroyable. Curieux, ce moteur ronronnant, pour un réfrigérateur vide. Je me reprends et fourre dedans la glace, le lait et les fruits puis referme la porte. Après quelques caresses sur le crâne du chien, qui veille fidèlement à côté du canapé, je me carapate.

« S'agit-il par hasard d'un problème du genre se sentir seule avec les autres ou se sentir incomprise de tous ?
– Je me sens seule, plutôt.
– Comme si personne ne vous comprenait ?
– Non, au contraire.
– Au contraire ?
– En fait, nous ne nous comprenons que trop bien. Mais rien à faire. Autrement dit, je sais que vous êtes seul, vous devez être aussi seul que moi, mais qu'est-ce qu'on peut y faire ? Voilà pourquoi nous sommes seuls. Quoique ça paraisse un peu tautologique... »

SUIS-JE UN SYMPTOMATIQUE?

Je collectionne les tickets. De spectacles, de concerts, d'expositions, de cinéma... Chaque fois que je paye pour une quelconque entrée, je conserve le ticket et la brochure afférente. Pareil quand je voyage ou que je visite un nouvel endroit. Je garde un souvenir. N'importe quoi pourvu que ça puisse témoigner de ma présence. Un petit gadget, un stylo, une babiole. Quand je rencontre une personne, je lui demande sa carte de visite. Si je ne le fais pas, ma vie dans cette ville n'a, comment dire, pas de sens. À quoi se résume une année? On se le demande parfois, non? Si je ne trouve rien à répondre, quel drame! C'est pourquoi je collectionne les tickets. Je ne peux pas les jeter. Chez moi il n'y a que ce genre de futilités entassées. S'il manque de l'espace, je jette d'abord les choses nécessaires, quitte à en racheter de neuves, plutôt que de sacrifier mes tickets.

*

Je change souvent de boulot. Je fais des petits trucs qui ne me rapportent pas grand-chose, que personne ne cherche, le genre que n'importe qui pourrait faire. Pour expliquer à mon successeur, avant de lui céder la place, en quoi consiste le travail, il ne me faut guère plus de dix minutes. Et je me dis ah, c'était donc ça, mon boulot? Au nouveau poste, durant quelques mois, je travaille dur pour m'adapter. Je fais attention aux gens, j'essaye d'être aimable. D'un coup, je me demande ce que je fais ici, moi ? Je commence à m'habituer aux tâches, à l'entourage, quand, voilà, je me sens dans un état pitoyable. Là, je quitte le boulot. Des fois, je m'excuse de partir, mais je peux aussi m'en aller sans prévenir personne. Je reste un temps calfeutré dans ma chambre, après quoi je pars en voyage. En voyage, c'est mieux. Au retour je trouve un autre taf. Et ça se répète. Pas le choix. Pour presque rien, juste pour rester blotti dans ma chambre, il me faut de l'argent. Quand je cherche un job, c'est dans des quartiers éloignés de mes précédents lieux d'activité, pour éviter de croiser d'anciennes connaissances. Je n'ai pas commis de fautes, je ne suis pas en mauvais termes avec les gens, mais je n'ai aucune envie de les revoir. Ceci explique que, au bout d'un moment, je commence à avoir vraiment du mal à trouver du travail. Je regarde la carte de Séoul et je me rends compte que les quartiers possibles se restreignent. D'ici un ou deux ans, je vais devoir chercher dans la région de Gyeonggi, ou carrément déménager en province. Bien sûr, je sais que tout le monde a ses propres soucis. Je ne parle pas de ça. D'ailleurs, je suis, en un sens, satisfait de ma vie.

*

Ce que je mange ? Facile. Des céréales. C'est pas cher et c'est correct du point de vue nutritif. Rien d'autre. Car je n'en ai pas besoin. Par contre, je regarde des émissions du genre « Le tour du monde des cuisines ». La cuisine méditerranéenne, italienne, mexicaine, etc., je regarde des émissions sur toutes les cuisines du globe devant mes céréales. Au moment où je fais ça, j'ai vraiment l'impression de manger ce qui passe à la télé. Je ne délire pas. Mon ordinaire prend exactement le même goût que les plats à l'écran. Une fois, j'essaye même une de ces préparations dans un restaurant gastronomique, mais ce n'est pas aussi bon que mes céréales dégustées devant le poste. Oui, franchement, c'est décevant.

*

Je suis commercial dans une entreprise d'assurances. Mon problème, c'est que je n'arrive pas à prendre le métro. Une fois monté dans une rame, j'ai l'impression de faire partie des ordures que la ville crache chaque jour. Des excréments qui disparaissent je ne sais où dès qu'on appuie sur le bouton, quoi. Le soir, les passagers du métro ont cet air épuisé, malmené. Ils somnolent ou regardent les publicités de leurs yeux vides. Parfois, si on n'a pas d'autre choix, on se regarde, l'air emprunté. En ville, fixer le visage des passants est impoli. Donc, j'évite les visages et les regards des autres autant que possible, ça me donne le sentiment d'être un cadavre dans un cercueil trop étroit. Je me sens coincé, je ne peux pas bouger. Ça me fait flipper. C'est pourquoi je récite dans ma tête une sorte d'ordre impérieux : « N'aie pas peur, ne t'inquiète pas, il ne te reste que onze stations. » Quand enfin cet extraordinaire retour chez moi est accompli, je me sens infiniment bien, même sachant que ce sera trop bref. Je m'affale sur le canapé comme une voile et m'endors. Je me réveille la nuit, horrifié à l'idée que, dans quelques heures, il me faudra retourner vers la masse des ordures urbaines. Ces temps-ci, rien qu'à voir un métro, j'ai la nausée. Un jour, je vomis trois fois dans le compartiment avant de m'évanouir. Séoul est une ville-dinosaure ; vingt-cinq millions d'habitants avec ses banlieues. Oui, c'est une mégalopole. Si je ne suis pas capable de prendre le métro ici, comment puis-je y vivre ?

*

J'entends sans arrêt des sonneries dans mes oreilles. J'ouvre mon portable mais il n'y a pas d'appel. En fait, ces derniers mois personne ne m'appelle. Au fur et à mesure que le temps passe, j'acquiers la conviction que tous ceux que je connais ne pensent plus à moi. Impatient, moi je les attends, mais eux ne se souviennent plus de moi. Ça fait peur. C'est pourquoi je n'ose pas faire le premier pas. Tous les jours, je charge la batterie de mon appareil, me disant qu'aujourd'hui peut-être quelqu'un va se souvenir de moi et que je vais recevoir un coup de fil; si ça arrive, je lui préparerai un super dîner à ce correspondant, avec une surprise aussi, un cadeau. Mais le téléphone ne sonne jamais. Je commence à haïr ceux qui ont mon numéro et n'en font rien. C'est douloureux, je suis comme moins que rien... Il n'y a pas très longtemps, je suis en train de prendre mon repas, évidemment solitaire, quand je me surprends à crier: « Je vais tous vous tuer ! »

*

Je n'arrive pas à m'arrêter de travailler. Si tous les projets, tous les dossiers pour les réunions, tous les plannings de la semaine ne sont pas clairement établis, imprimés et posés sur mon bureau, je suis angoissé, incapable d'avancer. J'ai tendance à quitter le bureau très tard. Non parce que j'ai un travail de dingue ou un supérieur particulièrement exigeant qui me fait des histoires pour un oui ou pour un non. C'est que je suis angoissé. Quand je regarde la télé à la maison, je ne peux pas m'empêcher de penser à la réunion du lendemain, j'ai l'impression d'avoir oublié quelque chose d'important. Parfois, je prends ma voiture à 3 heures du matin et me rends au bureau pour vérifier tel ou tel truc. Je ne pense à rien d'autre qu'au boulot, je ne peux rien faire d'autre que travailler. Je n'ai ni loisir ni vie privée.

*

J'ai des dettes. Mon père, garant d'un parent, nous les lègue à sa mort. C'est un héritage comme un autre. La somme peut paraître colossale, mais on peut aussi bien dire que c'est pas si énorme. Une somme dont je peux m'acquitter en quatorze ans en y consacrant environ la moitié du salaire de mon premier job. Une somme qui ne correspond même pas à la location permanente d'un appartement de vingt *pyeongs* à Séoul. Si je suis du genre patient et m'en tiens aux échéances, je ne dois pas en arriver là. Mon salaire doit augmenter et le capital ainsi que l'intérêt de la dette doivent diminuer. Si je fais quelques investissements, je peux peut-être régler le tout avant même quatorze ans. Hélas, quand on est jeune, tout cela n'est pas évident. Avec l'arrivée d'un bébé, les dépenses s'envolent. Sur un salaire d'employé, rembourser ses dettes, élever un enfant, épargner pour un logement... Honnêtement, je ne vois pas comment m'en sortir. De sorte que je me lance dans des affaires, disons, plus risquées; sans la moindre expérience, je touche de la Bourse, m'essaye au commerce. Chaque fois que je me fais vider d'un job, la dette grossit comme la boule de neige qui dévale une pente. Gagner au loto, ça n'arrive qu'aux autres. Pour moi, aucune issue ne se présente. Les gens sont choqués quand les journaux télévisés rapportent qu'un père de famille massacre tout son petit monde avant de se suicider, mais moi, ça ne me surprend guère. Je sais qu'il ne faut pas, mais franchement j'y songe plus d'une fois. En ce moment, je maigris beaucoup. Au fait, je fréquente une officine de crédits, disons, « informelle ». Il y a là-bas un vieux grigou. Il ressemble à l'usurier de *Crime et châtiment*. Il n'a ni sang ni larmes. Ce vilain bonhomme a toujours sur lui beaucoup d'argent. Dans sa loge séparée du couloir par un grillage se trouve, au plafond, un trou d'aération. Je me suis dit une fois que, si je perds une petite trentaine de kilos je peux me faufiler par là pour pénétrer dans sa loge et... Je n'y songe pas sérieusement. Tout de même, rien que d'y penser, je maigris.

*

Ma vie semble dépourvue de sens. Le matin après le départ de mon mari pour le travail, je n'ai pas grand-chose à faire. Contrairement à toutes les autres, moi je n'ai pas d'enfant. De l'argent? Ce n'est pas si important. Se nourrir, se vêtir et vivre convenablement, cela doit suffire. Je ne comprends pas pourquoi mon mari, ma famille, ma belle-famille, enfin les gens quoi, s'acharnent à ce point pour gagner plus. Je prends des cours de littérature au Centre culturel, j'envisage sérieusement de reprendre mes études post-universitaires, mais tout m'est vain finalement. Je sais que j'en fais partie, mais la culture que ces dames friquées exhibent comme accessoire, c'est ridicule. Quand je reste chez moi, seules mes larmes vivent, débordant de mes yeux. Pourtant, je ne peux pas en parler à mes amies. Sinon elles me sortent à coup sûr la rengaine comme quoi il y a tant de gens qui ont une vie plus rude et moi qui me plains de mon ventre rempli et autres commodités. D'accord, c'est bon, je sais que plein de gens vivent dans la misère. Mais pour moi aussi c'est vraiment très dur, tellement dur que j'ai presque envie de mourir. J'ai l'impression de vivre dans le vide. Vous pouvez comprendre ça?

*

Je travaille durant des années dans un grand magasin. À l'accueil devant l'entrée. Je fais de grands sourires dix heures par jour. Depuis, je n'arrive plus à effacer ce rictus de mon visage. En colère ou triste, je garde ce sourire. Il ne me quitte jamais. Quand ma mère est morte, pendant les funérailles je suis restée à sourire tout le temps. De mes yeux coulent des larmes alors que mon visage est béat. Mes sourires disent: « Bienvenue, je vous souhaite des courses bien agréables ! » Mes sourires sont bon marché. Ils sont en solde. Prix coûtant. Est-ce une maladie? Suis-je devenue dingue?

« Suis-je un symptomatique ?
— Non, vous n'en êtes pas un.
Ne vous inquiétez pas. Vous pouvez encore supporter cette ville. »

Troisième partie

BOOBY TRAP

BOOBY TRAP

1

Il y existe une bombe dénommée MOAB (*Massive Ordnance Air Blast*). Née en 2003 aux États-Unis, cette arme longue de neuf mètres et lourde de neuf tonnes et demie est aussi grosse que Totoro. Mais cette bête-là, remplie de gaz mortels tels que éthylène, oxyde de carbone, méthane et autres, ne se comporte pas aussi mignonnement que le héros de Miyazaki. Hormis la bombe atomique, ce monstre est le plus puissant et le plus méchant jamais inventé qui, loin de se contenter d'un seul coup, explose à deux reprises, massacrant ainsi encore plus d'êtres vivants dans un rayon encore plus large.

La première déflagration s'étend sur au moins trois cent cinquante mètres. Ceux qu'elle prend dedans meurent brûlés dans l'instant ou pulvérisés par la puissance de l'impact. Après quoi le gaz se répand dans l'air et, dans cette atmosphère saturée, la deuxième explosion se produit, entraînant la combustion complète de tout oxygène à un kilomètre à la ronde. Ceux qui se trouvent dans cette zone périssent alors non seulement brûlés mais aussi asphyxiés. Ceux qui, cachés dans un bunker ou un sous-sol, ont eu la chance de survivre à la première claque meurent par la seconde.

MOAB est plus connue sous le surnom de «*Mother of All Bombs*». Mais comment, qui a eu cette drôle idée de coller un nom aussi chaleureux et attendrissant que *Mother* à une bombe! Probablement des militaires étasuniens manquant autant d'imagination que de vocabulaire qui ne purent s'empêcher de jouer avec l'acronyme. Tout de même, qu'ils s'arrêtent à des trucs comme «*Monkey of All Bombs*» ou «*Mouth of All Bombs*». Moi, personnellement, j'aime assez «*Mouth of All Bombs*».

Du fait que MOAB n'est ni Totoro ni un missile, elle ne peut voler toute seule. En plus, elle est trop grosse pour être portée par quelque avion que ce soit. Ce monstre est entièrement constitué de matière explosive, sauf l'enveloppe. Si on voulait fabriquer une bombe atomique de cette taille, elle serait bel et bien en mesure de rendre toute notre planète à l'état de cendres.

Il existe bien des raisons pour lesquelles on continue à fabriquer et à utiliser cette énorme bête, quoique sa taille ne la rende pas si pratique. Premièrement, le coût de fabrication est relativement faible et, deuxièmement, elle n'a pas une image aussi négative que la bombe atomique ou la bombe chimique, lesquelles, une fois utilisées dans une guerre, font gueuler toute la presse mondiale. Elle est devenue encore plus sophistiquée et cruelle grâce à l'ajout d'oxyde d'aluminium à ses autres gaz. Pourtant, aux yeux de la presse, il ne s'agit que d'une variante de bombe thermique, comme celles au napalm utilisées pendant la guerre du Vietnam, et qui donc reste dans la catégorie des charges traditionnelles. Ce truc obèse semble nous dire: «Je ne suis pas une bombe atomique. Après tout, je suis proche de ces obusiers utilisés par Napoléon à Waterloo, ou d'un cocktail Molotov jeté par un étudiant dans une manif. Je suis une arme légitime. Certes, je contiens un peu plus de poudre que les bouches napoléoniennes, mais notre époque est une autre époque, non?»

Hansen Brown est un honnête homme. C'est un chef de famille dévoué, un bon père. Il s'investit beaucoup dans la vie locale, notamment pour améliorer la condition de vie des immigrés et des plus démunis. Dès l'enfance, scout, il pratique le bénévolat et continue cette activité louable encore aujourd'hui, à cinquante ans. Il a fait don de la moitié de sa fortune pour sauver la vie d'une petite fille noire qui souffrait d'une maladie cardiaque – le journal local fait ses gros titres avec « Le Jean Valjean de notre ville ». Hansen Brown se rend tous les matins à son travail, là où on fabrique des MOAB.

Un jour, sa fille, tout excitée en rentrant de l'école, lui pose cette question : « Les gens disent que tu fabriques les bombes les plus grosses du monde, c'est vrai ? » Hansen Brown pâlit. Il réfléchit longtemps avant de répondre ainsi : « Oui. Papa fabrique tous les jours d'énormes malheurs. Mais si je ne fabriquais pas ces malheurs qui vont exploser de l'autre côté de la Terre, ces malheurs exploseraient dans notre salle de séjour ou sur notre compte bancaire. »

2

Il y a un *Booby Trap* qu'on appelle Perscom. Tirés en rafale par des canons de 105, largués d'avion ou d'hélicoptère, ces *Booby Traps* destinés aux personnes et aux véhicules sont constitués de huit mines en série. Dès qu'on touche un des câbles reliant les mines, ces dernières explosent les unes après les autres. Tandis que la mine antipersonnelle tue le soldat qui marche dessus, le *Booby Trap*, charge après charge, peut décimer toute une troupe. Ce *Booby Trap* nous sermonne : « Hé, combien de fois je vous ai répété qu'il était crucial d'avoir l'esprit d'équipe, merde ? Il fallait mettre quelqu'un de sérieux à l'arrière. »

Curieusement, le malheur ressemble à cette arme, avec un malheur relié à un autre malheur ; lorsqu'on en touche un, toute la série vous saute au visage comme si ça n'avait attendu que vous.

Le *Booby Trap* est un piège, un hameçon qu'on laisse flotter juste sous la surface de l'eau. La seule différence avec la pêche, c'est que celui qui installe le piège se fiche bien de la proie, non, ce qui l'intéresse, c'est la quantité de malheur engendrée. Plus sa proie souffre, mieux son piège répond à sa fonction. À la pêche, une certaine confrontation entre le pêcheur et le poisson existe – quoique, à l'instar de toute confrontation dans ce monde, celle-ci soit d'emblée inégale. Avec le *Booby Trap,* rien de tel. Ce qui rend le *Booby Trap* vraiment très vache, c'est que celui qui le manie demeure inconnu et hors d'atteinte.

Le *Booby Trap* est un mécanisme tissé de leurres et d'erreurs. D'après les manuels de guerre, les leurres les plus efficaces, qui nous incitent à aller vers la bombe, sont le riz, une boîte de conserve, un fusil, une carte géographique, une boussole, de l'eau, etc. Si un soldat soulève l'un des leurres, il meurt. S'il n'y touche pas, il vit. Dans le premier cas, je veux dire, s'il finit par se faire tuer, est-ce parce que quelqu'un lui a tendu un leurre ou parce qu'il a commis une erreur ?

Si on apercevait son propre avenir, on serait étonné de constater que, partout dans le monde et dans notre quotidien, se trouvent ces *Booby Traps* reliés les uns aux autres en chapelets diaboliques. Comment éviter ce maillage de câbles si dense ? Comment ne pas commettre une erreur face à un piège ? Si moi je parviens à éviter l'erreur, comment ça se passe avec celui qui est devant moi ? Et celui qui se trouve derrière moi ?

Si un jour on fait faillite ou s'il nous arrive un accident, on a tendance à se lamenter sur le mode : « La vie est imprévisible, un accident peut survenir à chaque instant. » Or, la vie n'est pas si simple. Bien avant la faillite, bien avant l'accident, on a déjà touché le câble du *Booby Trap*. À cet instant-là, à cet endroit-là, au lieu de tourner à droite, vous tournez à gauche et le frein ne répond plus et le compte à rebours du malheur s'est déclenché. Cet instant où on répond « Non » à son supérieur, cet instant où on refuse de serrer la main obscure qui se veut persuasive, « Ce qui est bien, c'est bien, non ? », et où on se lève brusquement en répondant « Non, je ne peux pas », ou pour des motifs encore plus insignifiants, genre « Parce que vous n'êtes pas beau » ou tout simplement sans aucun motif, le câble qui relie les bombes est désormais actif.

L'histoire du Pouvoir est celle des *Booby Traps*, l'histoire de l'Humanité est celle des *Booby Traps*. Nous installons continuellement, par peur ou par angoisse, des *Booby Traps* auxquels nous pouvons nous faire prendre nous-mêmes. Ces câbles qui déclenchent la série des malheurs se multiplient à une vitesse affolante : puces espionnes et lois nous encerclent et nous étouffent. Établir un ordre, c'est instaurer des milliers, des dizaines de milliers de *Booby Traps*. Que ce soit celui qui me précède ou celui qui me suit, que ce soit mon amoureux ou mon ennemi, celui qui touche le câble déclenche la série de malheurs. Il ne suffit pas que moi seul fasse attention. Vous et moi, nous avons tous nos leurres et nos erreurs, et, de l'autre côté de la planète, un monsieur au visage doux se rend tous les matins à son travail pour fabriquer des bombes afin de nous détruire.

Le début de la Bible parle également du *Booby Trap*. Dieu en créant le monde plante en Éden ce *Booby Trap*, l'arbre de sagesse et le câble-serpent, avec mission de piéger l'homme. Adam et Ève se font avoir comme prévu et les drames se succèdent, travail, accouchement, haine, regret, honte, meurtre, vol, et même ce truc que la Nature ne prévoit pas, ce monstre, la distinction entre le Bien et le Mal.

Au fait, qu'est-ce que Dieu cherche à obtenir des hommes en posant sa bombe ?

SOCIÉTÉ D'EXÉCUTION DES TESTAMENTS & CO., LTD.

Dr Kwon est dans le coma depuis quelques jours quand le médecin m'annonce que c'est son dernier sommeil. Assis dans la chambre d'hôpital, je regarde longtemps son visage, cherchant à ne pas tomber dans le sentimentalisme. J'ai déjà vu le visage d'un mourant. Encore teinté par l'attachement à la vie, il s'abandonne soudain, alors prêt à mourir. Dr Kwon va mourir sans se réveiller. S'il y parvient, ce sera très fugace. Mais pourquoi a-t-il encore ce visage qui n'arrive pas à larguer toutes les amarres ?

Hier après-midi, j'ai la visite du représentant d'une drôle de boîte.

« Société d'Exécution des Testaments & Co., Ltd. Qu'est-ce que c'est, cette société ?

— Nous sommes une société multinationale fondée en 1653 aux Pays-Bas. Nous travaillons pour la bonne exécution des testaments. C'est-à-dire que nous sommes des professionnels qui veillons à ce que les volontés du défunt soient fidèlement exécutées.

— Ce n'est pas le boulot des avocats, ça ? S'assurer que tout se déroulera au poil ?

— Si le contenu du testament mentionne une condition particulière ou s'il faut une durée relativement longue pour la réaliser, un outil de surveillance peut être utile. Car, quand une fortune ou un pouvoir se présentent, il y a toujours des gens qui les convoitent. Par exemple, si le mort a fait don de sa fortune à une association d'intérêt public, nous vérifions que son argent est bien utilisé. Ou encore, pour éviter de léguer une somme trop importante aux enfants encore jeunes, on peut allouer mensuellement une somme raisonnable et gérer les frais de leur éducation. Et si un accident grave advient, un peu comme une assurance, nous payons les indemnités. Il y a bien d'autres choses sur lesquelles nous travaillons. Même si la somme léguée n'est pas très forte, cela n'a aucune importance. Car nous avons notre part d'intérêt sur l'investissement en proportion de la somme confiée. »

À écouter son explication, moi je me dis qu'il y a vraiment trente-six mille façons pour les morts de continuer à intervenir dans la vie des vivants, ben merde !

« Dites, si votre société fait faillite, par exemple du fait de mauvais investissements, que deviennent les pauvres héritiers ?

— C'est tout bonnement impossible. Nous sommes une société fondée en 1653 aux Pays-Bas pour laquelle la sécurité...

— OK, ça va, j'ai compris. Alors moi, pourquoi êtes-vous venu me voir ? Je pense qu'une société comme la vôtre n'a pas grand-chose à voir avec quelqu'un comme moi. Je ne suis pas doué pour les affaires. Je ne suis pas non plus issu d'une famille riche.

— Vous êtes mentionné dans le testament de Dr Kwon. Il y est précisé que, à condition que vous acceptiez d'entretenir les documents, il vous versera un million de wons tous les mois. Le salaire augmentera annuellement en appliquant exactement le taux d'inflation. Bien entendu, les frais de mission seront payés à part. Il y a une clause particulière : il est précisé que, si vous êtes en danger, nous devons vous offrir une maison sécurisée. Cette maison est mondialement réputée pour sa sûreté ainsi que sa confidentialité. Bien sûr, les frais pour la maison sécurisée seraient à notre charge.

— Maison sécurisée ? Contre quoi ? Contre une bombe atomique ou une éruption volcanique ?

— Cette maison désigne l'endroit où vous pourriez vous réfugier en cas de menace d'assassinat, de chantage, de poursuite ou de prise d'otage de la part d'un groupe malveillant. »

En l'écoutant, je ne peux m'empêcher d'éclater de rire. C'est que l'homme prononce ces mots assassinat, chantage, poursuite et prise d'otage sur un ton si sérieux !

« C'est très amusant. Mais un citoyen ordinaire n'est que rarement confronté à des assassinats, chantages, poursuites ou prises d'otage. Nous, on les voit surtout dans les films.

— Je ne fais que vous rapporter ce qui figure sur le contrat. »

L'homme ne se montre ni très fin ni très souple d'esprit.

« Vous vous êtes donné du mal pour venir me voir et je suis désolé de ne pas pouvoir mieux vous répondre. Je dois vous avouer mon absence totale de compétence pour l'entretien du Placard n° 13 ; ni compétence, ni la moindre intention.

— De toute façon, c'est vous qui décidez. Je me borne à vous faire part des clauses vous concernant dans ce testament.

— Y a-t-il quelque chose là-dedans qui concerne Mlle Son Jeong-eun ?

— Excusez-moi. Je ne peux vous parler que de vous. »

L'homme tire de sa serviette un papier et me prie de le signer. Comme je lui demande de quoi il en retourne, il m'explique que c'est une attestation comme quoi j'ai pris connaissance du testament de Dr Kwon et que je m'engage à n'en rien révéler. Je signe. Il me tend sa carte de visite en ajoutant que je ne dois pas hésiter à le joindre si je change d'avis pour la succession.

Société d'Exécution des Testaments & Co., Ltd., ça alors ! Typiquement Dr Kwon ! Je prends déjà pour une plaisanterie qu'il me propose le salaire d'un million de wons pour l'entretien du Placard. Ce vieillard a-t-il seulement idée du coût actuel de la vie ? Comment, avec ce salaire, peut-on élever ses enfants et trouver à se loger dans cette ville ? Oh certes, lui reste célibataire et ne mange que du cake et des nouilles instantanées, ça explique pourquoi il ne sait jamais rien des choses de la vie d'ailleurs.

Je ne sais pas comment ça va se passer après la mort de Dr Kwon. Je ne sais pas non plus ce que vont devenir ces symptomatiques qui comptent sur lui. Est-ce qu'il pense sérieusement, avant sa mort, me léguer le Placard n° 13 comme ça, comme une blague ? Mais ça ne résout rien, Dr Kwon ne peut pas l'ignorer. Qu'est-ce que je peux faire, moi, pour ce Placard et ses trois cent soixante-quinze individus étranges ? En travaillant avec Son Jeong-eun ? Quelle candeur ! En plus, Dr Kwon a travaillé dans le secret durant sa vie entière. De cette partie d'ombre, j'ignore tout.

Le temps doit résoudre ces soucis. Les morts sont aussi nombreuses que les feuilles. La mort d'une personne n'entraîne pas la fin du monde ni n'empêche son évolution. Les symptomatiques du Placard n° 13 se disperseront, ils continueront leur vie tant bien que mal, comme ils l'ont fait jusqu'ici. C'est ce que je peux deviner.

Soudain une odeur très forte vient du lit. Je soulève la couverture. Le drap est trempé par les selles liquides que le corps du mourant expulse. Même au moment où toute conscience sombre, le corps fait ce qu'il doit faire. Il sort de l'urine, il dilate l'anus pour évacuer les fèces. Il paraît que ce que font les pendus au dernier moment est de chier. Il termine ainsi sa vie, se conchiant. C'est un peu ridicule mais surtout infiniment terrifiant.

J'ôte son pantalon et enlève sa couche souillée. Je nettoie soigneusement ses fesses avec des lingettes. Un moment, saisi par je ne sais quelle envie de plaisanter, je prends son pénis entre pouce et index et lui demande, l'air sérieux : « Hé, Monsieur le Pénis, avez-vous déjà fait autre chose qu'uriner ? » Monsieur le Pénis ne me répond pas, il semble très timide.

Dans la bassine sous le lit repose la couche précédente, laissée là par un infirmier négligent ou las. Avec le drap, les couches et le bassin, je sors de la chambre. Dans le couloir il y a une poubelle à cet effet. Elle déborde des excréments de malades. J'y balance mon colis puis nettoie la matière collée au bassin ; ça sent plus les médicaments que la merde. Pour soulager son foie qui ne filtre plus rien, le médecin lui administre des doses de lactulose, une sorte de lavement. Dès que le patient avale un peu de nourriture il fait des diarrhées pour ne pas produire d'ammoniac. En clair, ce qui entre sort aussitôt. Or, comme on ne peut pas vivre sans se nourrir, on est obligé de manger, puis de faire des diarrhées. Un cycle désespérant.

Quand je suis de retour dans la chambre de Dr Kwon, K m'attend. Toujours fidèle à lui-même avec cet air tranquille et flegmatique, accompagné d'un sourire narquois.

« Je suis au courant pour Dr Kwon. On m'a dit qu'il ne se réveillerait plus. »

Je me contente de hocher la tête. Je me dis que si l'Entreprise revient à ce moment précis, c'est pour me secouer. Ils savent que je ne tire aucune gloire de mon activité au Placard n° 13, que je souhaite au contraire y échapper, qu'empocher quelques grosses liasses est encore ce qu'il y a de mieux pour moi. Malheureusement, je n'ai rien à leur vendre.

« Avez-vous réfléchi à notre proposition ?

— Je ne pense pas que ce soit le bon moment pour en discuter.

— Si, au contraire. C'est le moment idoine pour prendre une décision. Une fois Dr Kwon mort, les choses vont être plus compliquées. Son laboratoire va être vidé et les documents seront éparpillés.

— Vous pouvez partir. Je n'ai absolument rien pour vous. Et je n'ai aucune envie de m'impliquer à l'avenir dans ce genre de choses.

— Réfléchissez encore une fois. Ces documents ne vous serviront à rien.

— Je vous dis franchement, si j'avais ce dossier, je vous le vendrais. Comme vous dites, il n'a aucun intérêt pour moi, et deux milliards, ce n'est pas rien. Or, le fait est que Dr Kwon n'a pas de dossier *Chimères*. Ou encore, si jamais il en a eu un, moi je n'en ai rien su. Et il ne m'a laissé aucun indice. Aussi, voilà, je crois qu'on n'a plus rien à se dire.

— Dois-je considérer que notre négociation a pris fin ?

— Il n'y a jamais eu de négociation entre nous. Vous m'avez donné une carte de visite, c'est tout.

— Les choses sont devenues vraiment très contrariantes. Je le regrette sincèrement. »

Après quoi, il me salue respectueusement et prend congé.

Après son départ, j'ai peur de ce qui va se produire à la mort de Dr Kwon. Vais-je laisser tomber le Placard n° 13 comme ça ? Sans doute. Je ne suis certes pas tranquille, j'ai déjà du remords, mais ça va probablement se passer ainsi. Parce que je ne peux rien pour ces âmes blessées.

Si Dr Kwon m'a pris à ses côtés, c'est peut-être parce que je ne suis pas dégourdi, que je ne sais rien faire, parce qu'il veut un concierge. Pas un scientifique, mais un bibliothécaire. Pas un système complexe, mais un placard. Mais, à quoi sert un placard vide ?

« Une fois, j'ai lu un article sur la forêt amazonienne.
Il paraît que des boîtes géantes de fast-food, comme McDonalds,
Brûlent la forêt tropicale
Pour produire de la viande destinée à leurs hamburgers.
Cela signifie que, dans cent ans, la forêt amazonienne aura disparu,
Que le poumon de la Terre aura disparu
Que l'oxygène se raréfiera sur notre planète
Que, à la fin, la vie disparaîtra de la Terre.
Or, regardez, personne n'arrive à arrêter McDonalds. »

« Vous savez pourquoi ? C'est parce qu'il y a des égoïstes comme vous sur Terre.
Si tous ceux qui sont comme vous disparaissaient de la Terre,
La Terre retrouverait la paix. »

« N'avez-vous jamais mangé un hamburger ? »

TEST PAPIER PH, BLEU

J'attends le bus pour me rendre au travail lorsqu'un homme d'une cinquantaine d'années s'approche de moi :

« Vous être monsieur Gong ? »

Il a l'allure d'un commercial, plutôt sympathique, encore que son sourire forcé lui donne un air vaguement idiot. Je lui réponds que oui et il se réjouit comme un gamin : « Heureusement que vous êtes monsieur Gong. J'ai vraiment de la chance. » Ses gestes et sa joie me paraissent tellement ridicules que je laisse échapper un rire.

« Pourquoi le fait que je sois monsieur Gong vous plaît-il autant ?

— Ça me plaît. Bien sûr que cela me plaît. Si vous n'étiez pas monsieur Gong, je serais obligé d'errer encore par la ville pour le chercher. Veuillez m'excuser de vous aborder ainsi dès le matin très tôt, mais pourriez-vous m'accordez un petit moment ? Ce sera très court. Vous voyez, moi, mon boulot se déroule de façon assez imprévisible, soumis à toutes sortes d'impondérables. Si vous êtes pressé pour aller au travail, je peux vous y conduire dans ma voiture et nous pourrons discuter en chemin », dit l'homme en désignant du doigt son véhicule tout proche.

Une petite voiture d'un modèle très ancien.

« Non, non. Je ne suis pas en retard. Si ce n'est pas long, vous pouvez me le dire ici. J'irai prendre mon métro après. Et puis, après tout, je ne sais pas qui vous êtes.

— Eh bien, alors, serait-il possible que je vous accompagne jusqu'au métro ? Je crois que le temps d'y arriver devrait nous suffire. »

Il ne s'est toujours pas présenté. Mais, de toute façon, il me faut aller jusqu'à la station de métro. Je mets d'habitude une dizaine de minutes en bus pour l'atteindre, si donc il ne s'agit que de rouler dix minutes en sa compagnie, je me dis, après tout, pourquoi pas. J'accepte donc la proposition de l'inconnu et monte dans sa voiture. D'un mouvement preste, il s'installe à son tour. Une fois le moteur en marche, il chantonne : « Merci d'attacher votre ceinture, sécurité pour la route, sécurité pour la vie. » En bouclant ma ceinture, je murmure pour moi-même, « Quel drôle de zig ! ». Il semble peiner à extraire quelque chose de la poche intérieure de sa veste. Je pense qu'il veut me donner sa carte de visite. Mais ce qu'il me montre après ses efforts ressemble plutôt à un rasoir électrique.

« Qu'est-ce que c'est ?

— Oh, pas grand-chose. Une sorte d'appareil électroménager. C'est une marque allemande, il n'a pas l'air très impressionnant comme ça mais il fonctionne très bien. Vous voulez jeter un coup d'œil ? »

L'homme me tend l'appareil qui ressemble à un rasoir. Ça ne m'intéresse pas vraiment mais pour ne pas paraître impoli je penche la tête vers ce drôle de machin. À ce moment-là il me le colle dans le cou. J'ai juste le temps d'apercevoir une étincelle qui jaillit avant de tomber, évanoui.

Quand je reprends connaissance, je suis dans un bureau. Ligoté sur une chaise avec des menottes aux mains. Les stores de la pièce sont tous baissés, je n'ai pas la moindre idée d'où nous nous trouvons. Au bruit des klaxons venant d'en bas, je suppose qu'il doit s'agir d'un bureau dans une tour en ville. La pièce est parfaitement ordonnée. Comme dans tous les bureaux il y a des téléphones, un fax, des meubles et un coin salon. Un mur entier est tapissé d'étagères supportant des livres. Je peux apercevoir une autre pièce qui semble équipée de matériel chirurgical, avec, dirait-on, un bloc opératoire. D'après ce que j'observe, l'endroit a globalement l'apparence d'un cabinet dentaire.

L'homme de ce matin regarde la télévision. Il est de taille moyenne, plutôt maigre. Ses yeux lui donnent un air plutôt idiot. D'apparence doux et gentil, on ne l'imagine pas du genre à estourbir les gens avec un pistolet électrique avant de les enlever. Ceci dit, j'avoue mon ignorance en matière de physionomie des kidnappeurs professionnels.

À la télé passe manifestement un talk-show. Mon ravisseur fait face au poste, bras croisés. De temps en temps, il grimace ; est-ce qu'il ne parvient pas à suivre ? Franchement, personne jamais ne regarde une émission comique avec un tel sérieux.

« Je n'arrive pas à comprendre. Pourquoi les gens rient-ils, là ? » murmure-t-il.

Sentant que j'ai repris conscience, il se retourne vers moi.

« Ah, vous êtes réveillé », dit-il sur un ton cordial, comme saluant un collègue.

Je ne réponds pas. L'homme sort une cigarette de sa poche intérieure et la pique entre ses lèvres. Il approche le briquet mais sursaute soudain en s'exclamant « Zut ! », avant de s'expliquer : « J'arrête souvent de fumer. Mais, comme j'oublie aussi souvent que j'arrête, je n'arrête pas. Les habitudes sont redoutables, n'est-ce pas ? Vous n'auriez pas par hasard une expérience du même ordre ? »

Tenant toujours aux doigts la cigarette non allumée, il arbore une mine chagrine, il semble vaguement honteux d'avoir oublié sa résolution. C'est d'un grotesque ! Il attaque un innocent à coup d'électrochoc, il le ravit, le menotte et tout ce qu'il trouve à faire ensuite c'est de déblatérer sur sa difficulté à arrêter le tabac !

Je m'emporte pour de bon : « Qu'est-ce que tout cela veut dire ? J'ai répété maintes fois à votre K que je ne sais rien du fichier *Chimères* ! »

À ce coup de colère, l'homme marque de l'inquiétude.

« Ah, de ça nous reparlerons plus tard, si vous voulez bien. Il va y avoir un coup de téléphone. Je préfère en discuter après avoir reçu des instructions sur cette affaire. À vrai dire, pour l'instant, je ne sais pas grand-chose. Eh ben, sinon, qu'est-ce que je vous disais tout à l'heure ? Oh là là ! ça m'embête de ne pas m'en souvenir. »

Il s'efforce de renouer les fils de sa mémoire en fronçant les sourcils. Je m'interroge, est-ce un malade mental ? Subitement, l'homme semble avoir retrouvé et m'apostrophe.

« Ah oui, c'est ça. Je vous demandais si vous n'aviez jamais échoué en essayant d'arrêter de fumer parce que vous auriez oublié votre décision d'arrêter. Dites, ça ne vous est jamais arrivé ?

— Je n'ai jamais essayé d'arrêter de fumer. »

Bien que sonné par l'absurdité de ses discours, je me surprends à répondre.

« C'est très étrange. Tout le monde essaye au moins une fois, non ? Vous voyez, juste comme ça, juste pour voir, comme un jeu, quoi.

— Vous dites que vous avez arrêté, mais alors, pourquoi vous avez un paquet sur vous ?

— C'est parce que si je n'en ai pas, le fait d'avoir arrêté de fumer m'angoisse. Et moi, je n'aime pas être angoissé.

— Avez-vous une idée de ce que vous faites ? Savez-vous que vous êtes en train de commettre un délit gravissime ? C'est un kidnapping. Qu'est-ce que vous allez faire pour vous en sortir ?

— Ces choses-là, je vous l'ai dit, nous en parlerons tout à l'heure, après le coup de téléphone », dit l'homme en souriant.

Puis il retourne à son téléviseur. Il n'attache apparemment pas la moindre importance à la portée criminelle de ses actes. Confortablement assis dans un fauteuil, il se laisse à nouveau absorber par l'écran. Chaque fois que les spectateurs éclatent de rire, il fronce les sourcils. « Pourquoi ces gens trouvent ça drôle ? Ben, zut ! Ça m'agace ! Tout le monde rit mais moi ça ne me fait pas rire du tout ! » En l'entendant grommeler tout seul, je lui réponds dans ma tête : « C'est parce que t'es un crétin, Crétin. » Son visage concentré pour regarder la télé fait penser à celui d'un innocent.

Tout en suivant son programme, l'homme jette de temps en temps des coups d'œil à sa montre et fait une mine qui semble dire : « Ça ne va pas aller comme ça, c'est embêtant. » Depuis tout à l'heure, il attend quelque chose. Je suis impatient de savoir quoi. Car manifestement il faut d'abord que ce coup de fil arrive pour que ma situation évolue, dans une direction favorable ou non. Tant que la sonnerie ne retentit pas, tout est bloqué et je suis obligé de passer ma journée avec cet homme qui écarquille les yeux avec une incroyable concentration devant un talk-show débile. Par ailleurs, je commence à avoir des fourmis dans les bras à cause des menottes trop serrées.

« C'est vrai, arrêter de fumer, c'est ridicule. La probabilité de mourir à cause des cigarettes est bien moindre que celle de mourir dans un accident de voiture », déclare-t-il brusquement.

Il reprend une cigarette et l'allume, puis aspire lentement et savoureusement la fumée avant de l'expirer d'un air béat. Elle doit être exquise.

« Oh, excusez, vous en voulez une ?

— Plutôt que la cigarette, pourriez-vous m'ôter les menottes ?

— Oh, il serait très difficile de vous les défaire maintenant.

— Alors, du moins, relâchez-les un peu. J'ai des crampes et j'ai mal. »

Au début, les entraves sont réglées assez larges. Mais à chaque fois que je bouge les mains, elles se serrent un peu plus et, à présent, c'est carrément douloureux. Si je remue poignets et doigts si vigoureusement, c'est dans l'espoir fou qu'elles vont s'ouvrir sous mes secousses. Or il y a un mécanisme en dents de scie qui fait que, une fois le cran supérieur crocheté, la dent ne recule plus. L'homme s'approche de moi et examine mes poignets. Avec la clef il donne plus de jeu aux menottes. Il me glisse une cigarette entre les lèvres.

« Vous connaissez le point commun entre une mare et une menotte ?

— C'est quoi ? demandé-je, aspirant profondément la fumée sans avoir la moindre envie de connaître la réponse.

— Plus on se débat pour s'en sortir, plus on aggrave sa position », répond-il avec un sourire condescendant signifiant qu'il sait très bien comment je me suis retrouvé dans cet état-là.

À ce moment, le téléphone sonne. Il coupe le poste avec la télécommande et prend l'appareil. Il écoute attentivement pendant un long moment. La plupart du temps, c'est l'autre qui parle et mon geôlier écoute.

« Oui, oui, je m'en occupe jusque-là. Je ne voudrais pas m'en mêler outre mesure », conclut-il avant de raccrocher.

Qu'est-ce que peut bien signifier ce « jusque-là » ? Le combiné raccroché, l'homme entrouvre avec ses doigts les lames du store et jette un coup d'œil à l'extérieur. Il garde la pose ainsi le temps d'une nouvelle cigarette.

« J'aime bien ici. Situé en centre-ville, haut étage avec une belle vue et de belles lumières. Les voitures et les gens sont tout petits, comme des insectes. Pour se parler, c'est bien plus agréable qu'une cellule sombre dans un sous-sol. Ici, on arrive à échanger plus paisiblement. Tiens, au cas où vous auriez envie de vous venger plus tard, vous feriez mieux de bien observer ce bureau. Car je travaille toujours ici. Mais il ne sera pas très aisé de me retrouver. Séoul est une ville gigantesque, avec plein de tours et, du coup, plein de bureaux aussi.

— Ça doit être cette Entreprise qui vous a engagé. Mais c'est complètement dingue. D'ailleurs je ne sais rien de toute cette histoire.

— Vous m'obligez à me répéter. Dans tout travail, il faut de l'ordre. Si on ne respecte pas un ordre, tout devient confus et c'est gâché. Et si c'est le cas, je suis fâché. Moi je ne sais ni qui vous êtes, ni pour quelle raison vous êtes arrivé jusqu'ici. Après tout, personne ne sait grand-chose de la vie des autres. Si je devais en savoir plus pour mon travail, naturellement je le saurais. Mais mon emploi ne nécessite pas ce genre d'informations.

Des spécialistes ont examiné une situation et ont pris une décision. Il faut des professionnels pour chaque tâche. Si vous tenez vraiment à discuter de ce sujet, c'est à eux qu'il faut poser la question. En résumé et pour que nous nous comprenions bien l'un l'autre, répondre à vos questions n'est pas de mon ressort, et par conséquent il est inutile de continuer à me poser des questions. Moi, je m'occupe de l'interrogatoire. J'écoute une rapide description de ma tâche, je reçois des instructions, je prends note des seuils maximum et minimum, puis j'interroge ; en frappant ou en torturant s'il le faut. Voilà mon travail. Ce n'est pas la peine de vouloir tirer de moi des éclaircissements car je ne sais pas grand-chose d'autre que ça. »

De quoi ?! Frapper ? Torturer ? Impossible de comprendre, impossible de faire entrer son charabia dans ma tête. Je fixe l'homme un moment d'un regard égaré.

« Vous voulez du café ? »

Je ne dis rien. Prend-il pour une réponse positive mon air perdu, il apporte deux tasses de café, les pose sur une petite table basse devant moi, y ajoute un cendrier et un paquet de cigarettes. Pour que je puisse boire mon café, il libère les menottes, place mes mains devant moi avant de les boucler derechef. Je me laisse faire.

« De la crème ? Du sucre ? »

Il parle sur le ton d'un hôte recevant un invité. Légèrement, je secoue la tête en signe de dénégation. La situation est-elle propice à un gentil dialogue autour d'un café, avec de la crème ou du sucre ?

« Qu'est-ce que vous comptez faire maintenant ? Vous allez me torturer ? » En lançant cette question, mes propres mots me font frissonner.

« Je n'aime pas trop ce style d'ambiance où l'on frappe et où l'on crie. Je préfère parler calmement. D'ailleurs frapper excessivement n'est pas si efficace.

— Fort heureusement.

— Si je peux avoir suffisamment confiance dans vos réponses, nous n'aurons pas besoin de ces procédures pénibles. L'important, c'est de se faire confiance. Cependant, qu'un homme fasse une totale confiance à un autre homme, ce n'est jamais évident. Vous ne croyez pas ? »

Je hoche la tête, histoire de lui signifier mon approbation partielle.

« Avez-vous terminé votre tasse ? »

Je n'en ai pas touché une seule goutte. Mais il consulte sa montre et ramasse le tout. Il se débarasse du café dans l'évier, ouvre le robinet, lave les deux tasses, les range sur l'étagère, s'essuie les mains.

Il déchire une enveloppe, en retire un dossier, le lit attentivement, prend son carnet et y note diverses choses. Il ouvre ensuite l'armoire, en sort une blouse blanche de médecin qu'il revêt. Il va dans la pièce d'à côté et examine quelques instruments chirurgicaux sous la lumière du néon. Il amène un chariot médical et y dépose divers flacons de médicaments et quelques seringues. Il y ajoute une pince, une paire de ciseaux et un scalpel ainsi que quelques outils dont je ne peux deviner l'usage. Le chariot ainsi garni, il le pousse jusqu'au bloc opératoire. Cette scène me flanque la chair de poule. Que compte-t-il faire de tout cela ? S'apprête-t-il à ouvrir mon cerveau pour en extraire ses réponses ? Mon cœur bat la chamade. Il vient vers moi, me fait lever de la chaise et me conduit au bloc. Sur le chariot, je distingue nettement la lame du scalpel, il y a aussi ces gros ciseaux qu'on utilise pour tailler les arbres. À ce moment-là des sentiments horribles et irréels, difficiles à exprimer, s'agitent dans ma tête. L'homme me fait allonger sur le lit. Il défait les menottes pour fixer mes poignets de chaque côté, alors quand il tourne la clef je me relève comme un éclair et balance mon poing dans sa direction ! Jamais je ne me suis imaginé capable de tenter un tel geste. Il est possible que le petit gabarit de l'homme m'y encourage mais surtout le sentiment d'urgence, le « Maintenant ou jamais ! ». Or l'homme pare aisément mon coup, pourtant jeté de toutes mes forces. Il contre-attaque et plante son pouce dans mon cou avec une violence incroyable. C'est un expert, un pro. Le temps de pousser un cri sourd et je suis au sol avec l'impression que tout se brouille dans ma tête comme dans un vertige. Je n'arrive plus bien à respirer.

« Ah, dites-donc, vous êtes plus drôle que je croyais ! Vraiment très drôle », dit-il en riant.

Il me relève et m'adosse au chariot. Le coup de pouce pour couper net ma respiration me fait un mal fou. Il appuie légèrement sur ma poitrine d'une main et de l'autre il prend ma ceinture qu'il tire vers lui comme on fait à un boxeur au retour de la reprise.

« Respirez lentement. »

Il répète ce mouvement une dizaine de fois, jusqu'à ce que je lève une main pour signifier que ça va. Il me fait de nouveau allonger sur le lit et entrave mes bras et mes jambes. Je me laisse manipuler. Je n'ai plus de courage, il n'y a rien à faire. Me laissant ainsi, l'homme vérifie certains flacons et outils. Puis il pousse le chariot contre un mur et se dirige vers la fenêtre. Il entrouvre le store avec ses doigts comme tout à l'heure et fume une cigarette en regardant dehors. Après quoi il revient à moi.

« Bon. On va commencer le travail, maintenant. Pour vous comme pour moi, il faut économiser le temps. Ce genre de chose, plus ça se prolonge, plus ça fatigue et plus ça engendre des sentiments désagréables. Je ne suis pas en train de vous demander de m'aider. Je veux dire simplement qu'on ferait mieux de trouver la meilleure solution pour nous deux. Cette situation ne doit pas être très plaisante pour vous mais, maintenant que vous en êtes arrivé là, il vaut toujours mieux éviter le pire. »

Malgré sa façon de parler, plutôt douce, je crois sentir quelque part le ton d'un militaire.

« Je commence par vous expliquer la méthode. Premièrement, formulez votre réponse le plus simplement possible. Par exemple, évitez dans la mesure du possible les épithètes inutiles ou les conjonctions de coordination comme "or", "mais", "pourtant", etc. Évitez aussi autant que faire se peut les adjectifs et les adverbes. Je n'aime pas ce genre de choses. Donc, répondez le plus simplement et le plus clairement que vous pourrez. Avez-vous compris ? »

Toujours allongé sur le lit, j'opine de la tête.

« Deuxièmement, videz tout ce que vous avez sur le cœur. Si vous avez un secret que vous devez absolument défendre, alors, cachez-le hermétiquement quelque part, que je ne puisse pas le sentir. Si pendant notre discussion un petit bout du fil de votre secret se pointe, vous allez vivre quelque chose d'absolument effroyable. Et surtout, vous finirez par tout déballer. Pour votre information, je suis un spécialiste, formé pour ce travail. Selon mon expérience, il n'y aurait guère plus qu'une petite poignée d'individus de par le vaste monde qui soient susceptibles de garder leur secret dans un lieu comme celui-ci, face à moi. En somme, si vous n'êtes pas capable de le garder jusqu'au bout, il vaut mieux le livrer dès le départ. Plus l'aveu tardera, plus cher il vous en coûtera. »

De nouveau, j'opine.

« Troisièmement, un point important, il ne faut pas changer de discours. Si vous changez de position, pour vérifier la véracité de vos dernières paroles, il me faudra recommencer les questions depuis le début. Dans ce cas, pour vous et pour moi, les blessures seront encore plus grandes. Avez-vous compris ? »

Opiner.

« Gardez bien à l'esprit tout ce que je viens de vous dire. Si les règles que je viens de vous expliquer sont suivies à la lettre, on pourra terminer le travail sans se blesser. Le maître qui m'a formé disait que les bonnes questions entraînent les bonnes réponses. J'essayerai pour ma part de vous poser des questions précises. Essayez, de même, de donner les bonnes réponses. Êtes-vous prêt ? »

À quoi suis-je prêt? Hocher la tête comme je le fais est un geste que je ne peux comprendre moi-même. L'homme se dirige vers le bureau et en rapporte un dossier. Il débute son interrogatoire.

« Savez-vous ce qu'est le dossier *Chimères* ?

— Oui.

— L'avez-vous déjà vu ?

— Non.

— Connaissez-vous M. Kim U-sang?

— Oui.

— Vous souvenez-vous des dates de vos rencontres?

— De juillet 1998 à octobre 2001, nous nous sommes vus une fois par mois.

— Très bien. Vous vous débrouillez très bien. Continuez de répondre ainsi. D'après le dossier que l'on m'a transmis, vous avez traité les informations relatives à l'expérience de M. Kim U-sang pendant ces trois années. Est-ce vrai?

— Oui.

— Le dossier de M. Kim U-sang que vous avez ainsi entretenu était-il intitulé *Chimères*? Plus exactement, le titre du dossier était *Chimère D303417 - Kim U-sang le Ginkgo*. Est-ce correct?

— Oui.

— C'est étrange. Vous venez de dire que vous n'aviez jamais vu de dossier *Chimères*. Vos deux paroles ne seraient-elles pas contradictoires?

— Ce que j'ai noté, ce sont des registres de consultations et des observations. Disons, des informations de base. Le dossier *Chimères* que cherche l'Entreprise n'est pas quelque chose comme cela. Ce qu'ils veulent, c'est un dossier qui contiendrait la... technologie génétique permettant de croiser différentes espèces. Je n'ai jamais été impliqué dans une telle recherche. Je ne savais même pas que cette recherche existait.

— C'est-à-dire que vous avez participé à la recherche de base, mais vous n'en connaissiez pas le but final. Et que vous ne savez pas non plus où se trouvent ces documents de base, n'est-ce pas?

— Étant donné que je ne suis pas un scientifique, il n'était pas question que je fasse des expérimentations. Dire que j'aurais participé à la recherche de base n'est pas exact non plus. Je n'ai fait que noter les données.

— Vous êtes le seul assistant de Dr Kwon, n'est-ce pas?

— C'est cela.

— Il n'a pas eu d'autre assistant?

— Non.

— Vous voulez dire qu'il a détruit le dossier auquel il a consacré quarante ans de sa vie ? Et vous, qui étiez son seul assistant pendant sept ans, ne savez même pas s'il existe ou pas ?

— C'est cela.

— Savez-vous que ce dossier a une valeur astronomique ?

— Je ne connais pas au juste sa valeur. On m'en a offert deux milliards de wons.

— Savez-vous que Dr Kwon a tenté, il y a quatorze ans, une transaction avec les dirigeants de l'ex-Union soviétique et trois autres fois avec une entreprise allemande ?

— Non. Je l'ignorais.

— Alors, qu'est-ce que vous savez de ce dossier *Chimères* ?

— Je sais qu'il n'existe plus.

— Comment pouvez-vous l'affirmer ?

— Dr Kwon m'a dit qu'il l'avait brûlé.

— Je suis quelqu'un de bon sens. Or ce que vous dites jusqu'ici est irrecevable pour une personne de bon sens. Au cours des discussions avec l'entreprise allemande, Dr Kwon a abandonné la transaction parce que la somme offerte et les conditions de recherche ne lui convenaient pas. Et vous me dites à présent qu'il l'aurait brûlé ?

— J'ignorais qu'il avait entrepris une négociation avec l'ex-Union soviétique ou quelque entreprise germanique. À cette époque-là, je n'étais pas encore au laboratoire. Ce que je sais, c'est que Dr Kwon m'a affirmé de sa propre bouche qu'il avait brûlé ce dossier.

— Pourquoi l'aurait-il fait ?

— Il aurait pensé que ce n'était pas utile pour l'humanité. Il aurait redouté que l'Entreprise l'utilise à des fins perverses, ou encore il se serait enfin rendu compte que ce qu'il avait fabriqué n'était que des monstres.

— Tout ceci est très romantique. Vous voulez dire que Dr Kwon, qui a tenté de vendre le dossier *Chimères* pour en tirer profit il y a quatorze ans, aurait changé d'avis au cours de ces dernières années pour finalement le détruire ? Je veux dire, ce dossier qui a une valeur de plusieurs dizaines de milliards, voire plusieurs centaines de milliards de wons. Votre explication n'est pas convaincante.

— Qu'elle soit convaincante ou pas, c'est la vérité.

— Je vous le demande une nouvelle fois : le dossier *Chimères* que cherche l'Entreprise existe-il ?

— Je vous ai dit que non tout à l'heure.

— Voulez-vous dire que peut-être il existe, mais que vous, vous ne savez pas où ?

— Non. Il n'existe pas.

— Dr Kwon ne vous a pas laissé le moindre indice, à vous qui étiez son seul et unique assistant ?

— Combien de fois me ferez-vous répéter la même chose ? Ce truc que vous cherchez n'existe pas.

— Tout ce que vous avez dit jusqu'ici est-il vrai ?

— Bien sûr.

— Êtes-vous certain de ne pas changer de discours ?

— Évidemment. Parce que c'est la vérité.

— Savez-vous que dans le congélateur l'eau chaude devient glaçon plus vite que l'eau froide ?

— Plaît-il ?

— C'est très curieux, n'est-ce pas ? Comment se fait-il qu'un liquide chaud bouillant se transforme plus vite en glace qu'un liquide chambré ? Ça m'a toujours intrigué.

— De quoi parlez-vous ? »

Au lieu de répondre à ma question, l'homme attire la tablette mobile chargée des instruments chirurgicaux à côté du lit où je repose. Il enfile des gants en plastique. Sur la tablette se trouvent, outre lesdits outils, six flacons de médicaments alignés. Je vois aussi, dans un bac à glaçons, des poches de sang pour perfusions.

« Il est précisé dans le dossier que vous êtes de groupe sanguin O+, est-ce exact ?

— Qu'est-ce que vous comptez faire ? »

À ma question, l'homme s'énerve.

« Ce que je vous ai demandé est très simple. Assez simple pour que tout le monde puisse s'y tenir. Si on respecte ces quelques principes, personne ne souffre. C'est-à-dire, si on répond simplement aux questions, tout doit se dérouler dans l'ordre. Est-ce vraiment trop difficile ? Vous êtes en train de me fâcher. Faites attention. Je vous redemande, vous êtes O+ ?

— Oui.

— Bien. Je compte faire quelques expériences avec vous. Ne vous inquiétez pas trop. Je vais employer l'anesthésie et vous ne ressentirez aucune douleur. Je n'aime pas ces méthodes barbares comme de tabasser jusqu'au sang avec une matraque ou d'électrocuter les gens. C'est une perte de temps pure et simple. Car les blessures qui se guérissent ne poussent pas les gens vers l'impasse dramatique du choix. En revanche, je vais amputer votre corps de certaines parties. Bien sûr, ce ne seront pas des parties dont la perte mettrait votre vie en danger. Dans l'ordre : les orteils, les doigts, les oreilles, le nez et la castration. Réfléchissez bien. Est-ce que ce secret mérite de tels sacrifices ? Et pendant combien de temps pourrez-vous tenir ? Si ce que vous dites est la vérité, il faut m'en persuader par tous les moyens. Ce serait très dommage pour moi comme pour vous si j'arrivais à vous croire seulement après que vous aurez perdu tous vos orteils et tous vos doigts. »

Il faut que je dise quelque chose, que je proteste, mais sur le moment je suis trop terrifié par ce discours qui me plonge dans une dimension irréelle. À présent, tout est dans le noir et je ne distingue plus que sa bouche. Sa bouche parle toute seule comme dans un dessin animé. Je n'arrive pas à comprendre le sens de ses paroles. Mais je pense, en même temps, que c'est quelqu'un de très gentil, très doux. Pourquoi se donne-t-il la peine de m'expliquer tout ça ? Il soulève mon pied et fait une piqûre d'anesthésie dans le plus petit orteil. Il me donne ensuite un coup d'aiguille tout en surveillant ma réaction. Rien. Il empoigne les ciseaux de jardinage. Ils font entendre un bruit métallique de coupe et mon orteil tombe par terre. Comme je ne sens rien au moment de l'amputation, je peine à réaliser qu'il s'agit *vraiment* de mon orteil *à moi*. Je regarde ce morceau détaché de mon corps puis, tout étourdi, je regarde l'homme. Son visage est sans expression. Il saisit l'orteil avec une pince et me le montre.

Ciel ! Il l'a *vraiment* tranché ! *Mon* petit orteil !

« Vous n'avez pas mal ? » interroge-t-il en souriant.

Toujours dans un état second, moi, je continue de fixer son visage sans expression. L'homme rouvre la bouche.

« Si j'utilise l'anesthésie, c'est parce que je fais partie de ceux qui privilégient l'efficacité dans le travail. Si on coupe un orteil sans aucune préparation, ils hurlent de douleur, ils pleurent, ils font une vraie crise et on perd du temps inutilement, l'interrogatoire s'en trouvant considérablement prolongé. Je n'aime pas le bruit. Pour moi, c'est une expérience tout à fait ennuyeuse et déplaisante. Avec l'anesthésie, on peut aborder plus rationnellement ces problématiques de la douleur et de la perte. Pour vous aider, je vais exposer les parties de votre corps amputées ici, sur ce plateau. »

Il pose le bout d'orteil sur une petite étagère blanche et allume un néon par-dessous. Illuminé, mon orteil aux couleurs bizarres saigne tout seul. L'homme enlève ses gants en plastique et retourne à la fenêtre pour y fumer une cigarette. Je ne cesse de contempler mon orteil sur le plateau éclairé. C'est tellement terrifiant que je sens mon cœur comme prêt à jaillir hors de ma poitrine. L'homme revient à moi.

« Nous allons recommencer depuis le début. Le dossier *Chimères* existe-il ?

— Qu'est-ce que je dois faire ? Je ferai tout ce qu'il faut. »

Paniqué, je dis n'importe quoi à la hâte.

« Vous n'avez qu'à dire la vérité. Rien que la vérité. Tout ce dont j'ai besoin, c'est de la vérité. Je renouvelle ma question. Le dossier *Chimères* existe-t-il ?

— Je ne sais pas. Mais, si jamais il existe, je pourrai le retrouver. Je vous le jure.

— Je n'aime pas me répéter. En plus, cette fois-ci vous avez changé de discours. C'est embêtant si vous changez de position. En guise de punition, je vous coupe un doigt. »

Il fait une piqûre à mon auriculaire gauche. Puis il vérifie à l'aide de son aiguille si l'anesthésie agit. Je crie, demande pitié, supplie qu'il m'excuse, avant de fermer les yeux enfin, me tortillant à peine, à bout de forces. L'homme ne répond pas. Au contraire, comme je me mets à crier, il a des grimaces courroucées. Il sectionne d'un coup sec mon auriculaire avec ses ciseaux de jardinage. Il le prend avec sa pince et me le montre avant de l'exposer sur le plateau lumineux. Il va à nouveau près de la fenêtre fumer une cigarette. Après quoi il se dirige vers le bureau, prend le dossier qu'il lit de nouveau. À deux reprises il frappe le dossier du bout des doigts. Il revient vers moi, modifie la position du chariot en soulevant la partie basse où reposent mes jambes et les accoudoirs. Il immobilise mes poignets et mes chevilles à l'aide de liens épais de caoutchouc.

« C'est pour empêcher les hémorragies. Bon, on va recommencer. Selon votre dernière déposition, il y aurait une chance que le dossier *Chimères* existe ? »

Je ne sais que répondre. Dans ma tête, mes pensées s'agitent plus vite que jamais. Je calcule toutes les possibilités, revois mes habitudes langagières, évalue les réactions de l'adversaire. Qu'est-ce qu'il veut obtenir de moi ? Est-ce que je possède ce qu'il veut ? Que faire pour sauver un doigt ? Si je dis maintenant que le dossier existe, va-t-il me couper un autre doigt ? Et si je répète qu'il n'existe pas, ne va-t-il pas aussi me couper un doigt ?

« Il n'est pas impossible qu'il existe, dis-je en tremblant.

— Comme je viens de vous couper un doigt, je vais recommencer de zéro. Au début, votre réponse était "N'existe pas". Et maintenant vous dites "Pourrait exister". Laquelle des deux assertions maintenez-vous ? Vous vous décidez pour "Pourrait exister" ? »

Je hoche la tête.

« C'est-à-dire qu'il est possible que le dossier *Chimères* existe mais vous ne savez pas où il se trouve. Seules deux personnes connaissaient le Placard n° 13. Or, vous qui êtes l'une de ces deux uniques personnes n'avez aucune idée d'où il pourrait être, c'est ce que vous voulez dire ?

— En tout cas, c'était comme ça jusqu'à aujourd'hui. Disons plutôt que je n'ai jamais pensé à chercher ce dossier.

— Un dénommé K vous a proposé deux milliards de wons pour ce dossier, mais même après son offre vous n'avez pas réfléchi à où il pourrait se trouver? Vous n'avez jamais essayé de mettre la main dessus?

— J'y ai pensé, mais je n'ai pas fait grand-chose pour le chercher. Parce qu'il se peut qu'il n'existe pas. Il faut dire que, comme j'ai un salaire, je n'avais pas vraiment besoin d'une somme aussi considérable… Si je l'avais eu en ma possession, bien sûr je l'aurais vendu, mais sachant que Dr Kwon est un paranoïaque, pas possible, je me suis dit que s'il l'avait caché pour de bon, je n'avais pas la moindre chance de le trouver, et puis…

— Vos phrases sont beaucoup trop longues. Non seulement il n'y a pas d'axe clair, mais en plus elles ne sont pas cohérentes. Dites la vérité. C'est le seul moyen. Si vous cherchez à faire le malin afin de préserver quelques doigts, vous allez finir par être découpé en morceaux. »

L'homme fait une troisième piqûre avant de couper un deuxième orteil. Pendant qu'il opère je garde les yeux clos. Des convulsions agitent tout mon corps. Il dépose le bout d'orteil sur le plateau de néon.

La séance dure toute la journée. L'homme pose les mêmes questions, et moi, je lui réponds comme je peux avec pour seule obsession de sortir vivant de là. Je réponds prudemment, j'ai parfois des déclarations contradictoires, je murmure tout et n'importe quoi, au désespoir, je jure de rage. J'affirme que je sais où se cache le dossier *Chimères* pour le nier ensuite, je supplie qu'il épargne ma vie, j'implore sa grâce, je le menace d'une terrible vengeance à ma sortie, etc. À chaque fois, l'homme, en secouant la tête, m'ampute d'un orteil ou d'une phalange. Au bout de la journée, sur le plateau lumineux, sont exposés cinq orteils et quatre doigts. L'homme me dit: « Cinq heures se sont écoulées. Mais je n'ai pas encore entendu une seule réponse qui m'ait convenu. Il vous reste cinq orteils et six doigts. Savez-vous ce que cela signifie? Cela veut dire qu'à moins que vous ne trouviez la réponse adéquate, vous risquez de perdre tous vos orteils et tous vos doigts. Jusqu'à quel moment peut-on se considérer comme humain? Selon mon expérience on se sent humain jusqu'à ce qu'il nous reste six doigts. En deçà, on se perçoit comme un monstre. Monsieur Gong, comment vous voyez-vous vous-même?»

Je suis dans un état de terreur indescriptible, dans ma tête bouillonnent nuages et fantasmagories, j'erre dans un labyrinthe, je suis le perdant de la roulette russe, mes doigts et mes orteils sautent les uns après les autres, je suis fatigué. Je ne réponds pas à sa question. Je n'ai rien à lui répondre, je ne comprends même plus le sens de ses questions. Tout mon langage gît en mille morceaux dans mon crâne et je suis incapable de former la moindre idée cohérente.

«Putain, connard, t'as qu'à me couper le bras!» je lui crie.

L'homme soulève ma tête et inspecte mes pupilles. Puis il secoue la tête. Il prend le chariot qu'il traîne dans un coin, ouvre un tiroir, regarde attentivement plusieurs flacons contenant différents liquides. Il en apporte de nouveaux près de mon lit de torture.

«Ces médicaments aident à se raconter. Ils ont été mis au point par les Étasuniens et les Soviétiques pour leurs services de renseignement, pendant la guerre froide. Ces produits favorisent le dialogue avec l'ego enfoui. Pour vous, je pense utiliser une marque allemande et une autre russe. Les Étasuniens prétendent que leurs produits sont les meilleurs, mais la CIA n'en connaît pas autant sur la noirceur de l'âme humaine que le KGB.»

L'homme fait sa piqûre. Tout de suite après je sens s'engloutir ma conscience. Je suis léger comme dans un rêve, je ressens un certain bien-être. L'homme souhaite savoir si je suis bien et je réponds que, oui, très bien. Il me demande si je veux enfin parler. Je lui dis: «Bien sûr, je pourrais parler éternellement.» Il me pose des questions et des questions. Et ma langue s'agite toute seule pour formuler des mots. C'est magique. Il poursuit son interrogatoire quelque temps, puis il lève ses ciseaux en disant «Ça ne va vraiment pas». Moi, dans un état second à cause de ses produits, je balbutie fébrilement, «Non, ne faites pas ça». Mais il coupe tout de même un doigt. Je cherche à compter les doigts qu'il me reste mais je n'y arrive pas. Lorsqu'il met mon bout de doigt sur le plateau, j'ai soudain cette envie folle de sentir la douleur au moment de l'amputation. Je lui dis: «Vous êtes sadique.» Et tout de suite après: «Vous êtes gentil. Vous m'expliquez tout si gentiment.» L'homme me répond humblement: «Je ne fais que mon travail. Je fais un travail comparable à celui d'un agent de nettoyage, un fonctionnaire ou un facteur.» Je dis: «Oui, vous avez raison. À notre époque, le champ professionnel est très diversifié.» Les nuages montent continuellement dans ma tête et flottent dans mon esprit. Il pleut dans mon cerveau, il y a des éclairs, j'entends aussi le tonnerre. Les gouttes de pluie qui tombent se transforment en flocons de neige et s'envolent dans le ciel.

Quand je me réveille, il fait nuit. J'ai un mal de crâne horrible comme s'il s'apprêtait à voler en éclats. Mon tortionnaire doit m'avoir administré des analgésiques car des parties amputées ne viennent aucune douleur. L'homme regarde la télé. À mes gémissements, il se redresse et s'approche de moi.

«Vous n'avez donc pas le dossier *Chimères*. Je regrette d'avoir été forcé d'en arriver là. Comme je vous l'ai dit au début, il est très difficile pour un homme de croire un autre homme. Moi, je sais désormais que vous n'avez pas ce dossier, mais je doute que l'Entreprise accepte de le croire. Si mon rapport ne les satisfait pas, ils vont vous envoyer d'autres spécialistes. Faites attention. Si vous n'arrivez pas à produire le dossier, vous devrez vivre en cavale tout le restant de votre vie. Dormez encore un peu. Moi, je vais faire venir un chirurgien pour rabouter vos orteils et vos doigts pendant votre repos. Il est dommage que le médecin avec qui je travaille d'habitude soit en voyage. Lui aurait fait un très bon travail pour vous recoudre.»

Il fait une énième piqûre dans mon bras. Je m'endors. Épuisé, dévasté, sans la piqûre le résultat aurait été le même, je sombre.

UN ÉTRANGER DANS LA VILLE

Je me réveille sur un banc dans un jardin public. Quand j'ouvre les yeux, je vois des feuilles jaunes de ginkgo planer au-dessus de ma tête. Je murmure « Putain de ginkgo, putain de ginkgo » avant de carrément apostropher ce maudit végétal : « Putain d'arbre, putain de ginkgo ! »

En dépit des médicaments, je ressens toujours cette douleur cuisante dans mon crâne. En cette aurore d'octobre, l'air est frais et des frissons me secouent jusqu'à la moelle des os. J'essaye de comprendre ce qui m'arrive. Il doit se passer quelque chose d'absolument terrible. Cependant ma tête, comme remplie de coton, ne réussit pas à me rappeler quoi que ce soit de concret. En tout cas je suis certain d'une chose, il m'est arrivé des trucs d'une extrême gravité.

Pourtant, somme toute, je suis vivant. On me laisse la vie sauve. Pour autant, je ne dois rien à l'homme qui ne me tue pas. Pour lui, tuer un homme c'est pas beaucoup plus compliqué que de ne pas le tuer, sans doute. Ou peut-être qu'à ses yeux je ne mérite même pas la mort.

On m'opère pendant mon sommeil : les cinq doigts sont en place. Du sang perle à travers le bandage dont les nœuds sont faits assez maladroitement. Qui est ce médecin ? Un chirurgien défroqué, privé de son diplôme ? Un barbier qui n'a jamais mis les pieds en fac de médecine ? Quel médecin accepte, même moyennant finances, de recoudre les phalanges d'un supplicié ? Je ressens une douleur aiguë aux doigts à présent – doigts qu'il m'est par ailleurs impossible de remuer. J'hésite à défaire le bandage pour voir comment on a remis ensemble tout ça, mais j'abandonne vite cette tentation : par peur. Peut-être que je ressemble à un monstre, la créature maudite du docteur Frankenstein ?

Pour sortir du jardin, je dois me lever et marcher. Après quelques pas maladroits, je m'étale par terre, incapable de garder l'équilibre, sans doute à cause des médicaments. Ou des cinq orteils coupés. À propos, que deviennent mes orteils ? Recousus eux aussi ? S'ils prennent la peine de remettre les doigts, tant qu'à faire ils doivent en faire autant avec les orteils, j'espère. Les orteils semblent saigner encore plus, je crois sentir une flaque poisseuse dans mes chaussures. Là encore j'ai envie d'ôter mes chaussures pour vérifier, mais là encore j'ai trop peur et j'abandonne cette idée.

Je fouille mes poches à la recherche de cigarettes. Au lieu de ça, je débusque deux sachets de médicaments. Sur l'un je lis « Antidouleur » et sur l'autre « Antiseptique ». « Comme ils sont gentils ! Ils m'ont coupé les doigts et, en plus, ils me donnent des médicaments. » Soudain la souffrance aux doigts est insupportable et je gobe deux comprimés d'antidouleur. J'ai du mal à les avaler parce que ma gorge est sèche comme un désert. J'attends que le pire se passe. Comme ça ne passe pas, j'avale dix comprimés d'un coup.

Malgré la dose, je souffre encore terriblement des doigts. J'ai l'impression que quelqu'un les frappe à coups de marteau. Plus je sens la douleur, plus ma conscience s'obscurcit, je n'arrive plus à réaliser où je suis ni ce que je dois faire.

« Est-ce une chance d'être vivant ? m'interrogé-je.

— Oui, c'est une chance, répond un autre moi en moi.

— Eh ben, t'es un incorrigible optimiste, toi », répliqué-je à l'autre moi en moi.

En tout cas, être sous l'effet des médicaments me sauve. Je me dis que c'est bien de revenir doucement à la réalité à partir d'un état d'ivresse. Pour ne pas sentir l'horreur du cauchemar d'hier dans toute sa force. J'envisage d'aller à la police, mais quelque chose me dit qu'il vaut mieux éviter vu que la police n'apporte pas grand-chose de bon et qu'en plus il peut toujours m'arriver des vacheries encore pires, en guise de punition. Pourtant, ne viens-je pas d'être victime d'un crime effroyable ? Ne m'a-t-on pas traité comme un insecte ? À la manière des enfants qui attrapent les bestioles pour leur enlever les ailes et les pattes, ne m'a-t-on pas coupé doigts et orteils ? Je m'indigne un instant. Puis, comme une allumette de mauvaise qualité, ce sentiment aussi s'éteint. À la place de l'indignation, la peur se présente pour occuper toute la place. Parce que si je dois payer le prix de mon désaccord... si je dois me faire séquestrer à nouveau dans ce bureau... idée insupportable, non, c'est définitivement impossible. Et puis la police ne peut pas me croire. Ou même si elle prend ma déposition au sérieux, elle ne peut certainement pas retrouver mon sadique. Ce sont des professionnels. Leurs bureaux ont l'apparence banale d'un cabinet dentaire dans les grandes tours du centre-ville et ils y torturent des gens l'air de rien. Ils ne doivent pas être facilement repérables, ne nous leurrons pas. D'ailleurs, preuve qu'ils sont si sûrs d'eux-mêmes, je suis libre dehors. Et puis, pour le retrouver, il faut un mandat de perquisition pour tous les bureaux de Séoul, ce qui n'a aucun sens. Si je suis incapable de produire quelque preuve solide, la police laissera cette affaire de côté. Et cela n'améliorera certainement pas ma situation.

Au terme de ces réflexions, je me dis qu'il faut avant tout quitter ce lieu. Ils peuvent changer d'avis et se remettre à me traquer. Rassemblant toutes mes forces, je m'extrais de sous le banc et m'éloigne du jardin tant bien que mal, titubant. Il y a une station de taxi à proximité. Trois véhicules stationnent là. Je monte dans le deuxième.

Je demande au chauffeur où nous nous trouvons. Il me dit que nous sommes proches de la mairie d'arrondissement de Gangdong. Je murmure « Mai-rie-de-Gang-dong ».

« Où est-ce que je vous emmène ? », s'enquiert le chauffeur.

Je ne sais pas quoi répondre. Où dois-je me rendre ? Je réalise soudain que je n'ai aucune idée d'aucune destination sûre. Je lui réponds que je viens de vivre un truc déconcertant et que je ne sais pas trop où aller. Le chauffeur m'inspecte un moment dans le rétroviseur. Il doit approcher la fin de sa cinquantaine, il a un visage doux. Il suggère alors : « Ce n'est pas grave. Prenez le temps de réfléchir. » Je lui dis : « Je crois que ce serait mieux de rouler, dans un premier temps. Peu importe la direction. » Nous démarrons.

« J'ai connu ça, moi aussi. Avant de conduire mon taxi, je dirigeais une petite entreprise. Et puis j'ai fait faillite. Alors je ne sais comment ils ont été mis au courant mais tous les créanciers se sont rués sur moi en moins d'une heure. J'ai donc pris un taxi pour m'enfuir. À ce moment-là, je ne savais plus du tout où aller. »

Le chauffeur raconte son histoire. Après, il enchaîne sur d'autres anecdotes de sa vie. Je ne l'écoute guère. Des bruits métalliques tintent à mes oreilles.

« Conduisez-moi à l'Institut de recherche Y à Hongneung. »

Il fait signe que oui et appuie sur l'accélérateur. En conduisant la voiture, il jette un coup d'œil dans le rétroviseur et me dit qu'il y a du sang sur les bandages de mes mains. Je réponds, l'air de rien, que quelqu'un m'a coupé les doigts avec des ciseaux de jardinier. Il perd contenance un moment. « C'est une plaisanterie ? » Je me tais.

Lorsque le taxi passe devant l'Institut, je remarque une voiture de luxe noire garée dans une zone interdite, le long du mur. Dedans, j'ai le temps d'apercevoir deux hommes robustes qui rigolent en mangeant du pain avec du lait. Je panique. Ne s'agit-il pas de professionnels du kidnapping et de la torture engagés par l'Entreprise ? Ils doivent être missionnés par Elle pour me rattraper car Elle s'avise que finalement ce serait une erreur de me laisser dans la nature. Pourtant, ils peuvent aussi bien être des employés ordinaires en pause qui bâclent un petit déjeuner ; il arrive assez fréquemment que des véhicules de toutes sortes se rangent à cet endroit pour une raison ou pour une autre.

« Monsieur, vous êtes arrivé », dit le chauffeur.

Je réfléchis un moment, à savoir si je dois descendre ou non. Ou plutôt, je reste là, dans le taxi, sans savoir quoi faire.

« Excusez-moi, mais je voudrais aller à Seogyo », lui dis-je.

Le chauffeur fait une moue interrogative.

« Pourtant vous m'avez indiqué Hongneung ?

— Oui. Nous sommes venus à Hongneung, alors maintenant, vous n'avez qu'à aller à Seogyo. »

Le chauffeur a une expression comme pour dire qu'il renonce à comprendre ses clients. Il redémarre tout de même. La douleur aux mains et aux orteils me reprend d'autant ; je fais tomber dans ma main six comprimés et les avale. Me voyant gober des médicaments dans son rétroviseur, le chauffeur me tend une bouteille d'eau minérale.

Je bois de l'eau. Puis regarde les rues par la vitre. Comme tous les jours, les gens vont au travail. Cette scène matinale du quotidien me paraît étrange, voire improbable.

Le taxi aborde enfin Seogyo, nous sommes devant chez moi. Faisant face à l'entrée de l'immeuble se trouve une camionnette avec trois hommes costauds à l'intérieur. La camionnette affiche « Plomberie, Installation, Réparation ». Ce véhicule m'alarme. Déguisés en plombiers, ce peut encore être mes professionnels du kidnapping et de la torture. Ils doivent m'attendre devant chez moi pour m'enlever. Le rapport de mon gentil bourreau concluant que je n'ai pas le dossier *Chimères* n'est pas du goût de l'Entreprise. Et c'est pour cela qu'Elle envoie une nouvelle équipe pour me torturer une nouvelle fois. En même temps, je me dis qu'il est pas impossible que ce soient de vrais plombiers ; après tout leurs visages hâlés plaident en faveur d'ouvriers exerçant ce genre de métier depuis un bail.

« Monsieur, on est arrivé, vous ne descendez pas ? » demande le chauffeur un peu agacé.

Sans répondre, je continue de fixer la camionnette. Un homme taquine son collègue avec une clef anglaise. Soudain, une horreur extrême m'envahit, c'est un sentiment plus puissant encore que tout ce que j'ai éprouvé hier dans la salle d'opération du gentil bourreau. Répondant à cette horreur, mon corps se met à trembler.

« Vous allez bien ? » s'inquiète le chauffeur en me voyant trempé de sueur.

Je ne me sens pas au mieux, effectivement. Si je ne peux ni aller au travail ni chez moi, où me rendre ? Où me mettre à l'abri, loin de mes chasseurs et de leur surveillance ?

« S'il vous plaît, emmenez-moi à la ville de Gwangmyeong. Non, Uijeongbu ou Dongducheon », dis-je à la hâte.

Cette fois-ci, le chauffeur serre le frein à main et se retourne complètement vers moi.

« Monsieur, la course s'élève déjà à plus de quarante mille wons. »

Qu'est-ce que cela veut dire ? Je n'arrive pas à assimiler ce qu'il raconte. Je connais le tarif puisqu'il s'affiche sur l'appareil devant moi.

« Et alors ?

— C'est que... pour moi, c'est égal, mais rouler comme ça sans aucun sens... je ne comprends pas très bien et puis, c'est bientôt l'heure du relais, je ne peux pas aller jusqu'à Uijeongbu. »

Sans aucun sens ? Comment ça, sans aucun sens ? Il est question de ma vie. Bon d'accord, c'est vrai que, pour le chauffeur, ça n'a aucun sens. Il dit que c'est bientôt l'heure du relais. Lui rentre à sa maison et un autre chauffeur reprend ce taxi, voilà ce que ça veut dire, le relais. Je fouille mon porte-monnaie. Il n'y a que cinquante mille wons en espèces. Je lui donne les billets.

« Dans ce cas, roulez encore un peu plus loin, et déposez-moi n'importe où. »

Le chauffeur empoche les billets et repart. Cinq minutes plus tard, il me dépose devant le stade olympique. Je n'ai toujours aucune idée d'où aller mais je marche, je boitille plutôt, à cause de mes douleurs aux pieds. Peut-être que quelqu'un me suit. Je me dirige vers un quartier de maisons de passe, me recroqueville au bas d'un mur et guette d'éventuels poursuivants durant des heures. Apparemment, on ne me suit pas. Je me dis soudain que, dissimulé dans mes vêtements, comme on voit dans les films, une sorte d'émetteur permet de me localiser. Je dérobe un ensemble de jogging sur un fil à linge et me change. Mon costume et mon portable, je les abandonne dans une poubelle.

Blotti dans une ruelle, je réfléchis longuement pour trouver où me cacher en toute sécurité. Au bout de ces pensées, j'aboutis à Mlle Son Jeong-eun. Si l'Entreprise connaît ses liens avec le Placard n° 13, son appartement aussi est sous surveillance. Mais l'Entreprise ne doit pas être au courant. Sinon, mon bourreau m'aurait sûrement posé des questions sur elle. Même moi, il n'y a pas si longtemps que j'ai fait le lien entre elle et Dr Kwon.

En métro je me rends à son appartement. Les gens lancent des coups d'œil sur mes bandages et mes chaussures trempés de sang. Les doigts et les phalanges me font un mal fou, comme si on les coupait et recoupait encore avec une lame de rasoir. J'ai aussi ce terrible mal de tête. Je m'assois sur une marche d'escalier devant l'entrée de son appartement, au onzième étage. J'ai terriblement faim. Sous l'emprise des médicaments, je me sens comme dans un songe, mes doigts et mes orteils souffrent follement, j'entends de temps en temps dans mes oreilles la voix douce du bourreau qui me torture gentiment.

Lorsque je me réveille, elle se trouve à côté de moi en train de pleurer.

« Monsieur Gong, que vous est-il arrivé ? » hoquette-t-elle sous le choc.

De voir son visage, les larmes me sautent aux yeux.

« J'ai été enlevé. Ils m'ont coupé les doigts et les orteils. Vous n'avez pas été suivie ? N'y avait-il pas des hommes à l'Institut pour nous surveiller ? Il faut que vous fassiez attention, vous aussi. L'Entreprise me cherche. Non, Elle cherche le dossier *Chimères* mais moi, je ne l'ai pas. Tout est la faute de ce putain de vieillard irresponsable qui est mort en laissant ce foutoir derrière lui. Ces gens ne me croient pas, ils ne croient pas ce que je leur dis. Ils sont redoutables. Si on change de mots, ils nous coupent les doigts. Si la phrase est trop longue, ils nous coupent les doigts. Il faut répondre concis. L'important, c'est de ne pas changer de mots. La prochaine fois, ils vont certainement me couper la tête. Mademoiselle Son, faites attention à vous », dis-je en tremblant comme un saule.

Elle m'attire contre son corps énorme et moi, là, dans son vaste giron, je pleure très longtemps.

LE CROCODILE EST LÀ

Le matin, elle part à l'Institut. Je ne sais pas exactement à quelle heure. Comme elle bouge très lentement, son corps ne fait pas de bruit. C'est-à-dire que cette fille est un humain sans bruit. Est-elle adepte des ninjas ? Ou alors, c'est peut-être parce que je prends trop de somnifères.

Toute la journée, je reste allongé sur le canapé et je regarde le chien. C'est un cabot énorme. Il n'aboie pas. Il ne m'aime pas. Les ancêtres de ce molosse tiraient des traîneaux sur les plaines de l'Alaska par une température avoisinant les moins soixante ou soixante-dix degrés. Mais alors, qu'est-ce qu'il fiche ici confiné dans un petit appartement ? « Mais alors, qu'est-ce tu fiches là ? », je donne une petite tape sur son museau. Il me regarde de ses yeux sans expression puis se déplace pesamment jusqu'à un autre coin du salon.

Il m'arrive de me souvenir des atrocités subies ou d'être saisi par la terreur. Alors j'attrape un couteau de cuisine et je me planque dans un placard.

Je passe ainsi quelques mois chez Mlle Son Jeong-eun. En fait, depuis l'enlèvement je ne sors plus. Je reste caché dans son appartement. Elle me rapporte que des hommes en costume noir se tiennent devant l'Institut, toutefois elle ne peut affirmer qu'il s'agit des types dont je lui parle.

La terreur et l'impuissance m'envahissent tour à tour, je suis constamment K-O. Tout au long de la journée, je tremble de peur et, quand la peur se dissipe enfin, je me sens vidé. Alors, durant ces heures d'impuissance je reste allongé à côté du chien et je regarde le plafond. Vous savez déjà peut-être que ce chien qui n'aboie pas ne m'aime pas.

Il n'y a pas de télévision chez elle alors tout ce que j'entends, ce sont quelques gouttes d'eau qui tombent dans l'évier. Quand j'ai faim, je mange ce qui m'attend sur la table de la cuisine, préparé par ses soins. J'ai vraiment honte de le dire, c'est tellement dur de soulever la cuillère, je mets des fois plus d'une heure pour vider un bol de riz. Il m'arrive aussi parfois d'oublier de mâcher le riz et je reste à me baver sur le menton pendant un moment.

De temps à autre, j'entrouvre le rideau pour vérifier qu'il n'y a pas de chasseur embusqué derrière un poteau ou derrière un arbre, parmi les passants, les marchands. Il faut être vraiment très prudent pour guetter alentour. Sinon, ces gens impitoyables se jetteront je ne sais quand ni comment sur cet appartement.

Les doigts opérés ne sont pas terribles. Trois d'entre eux se sont bien ressoudés mais les deux auriculaires ont noirci et ont fini par pourrir. Ce chirurgien doit être un charlatan. Un jour que je m'étire les bras vers les rayons de soleil, un des auriculaires tombe juste comme ça, comme une branche d'arbre morte. L'autre aussi tombe, mais je ne me souviens plus comment. Quant aux trois autres doigts, je ne peux pas dire non plus qu'ils sont tout à fait normaux.

Mlle Son Jeong-eun vit toujours sans bruit. Elle ne dit toujours pas grand-chose. Elle prépare mes repas, elle dort dans sa chambre. J'envisage quelquefois de faire l'amour avec elle, mais depuis mon enlèvement je n'arrive plus à bander, je ne sais pas pourquoi. Il est possible aussi qu'elle ne m'inspire guère de désir. Ben, sinon, ce doit être un effet secondaire de la torture.

« Ça ne vous gêne pas que je reste chez vous ?
— Si. Parce que c'est la première fois. Mais ça va. C'est plus supportable que je n'imaginais.
— Tant mieux que ce soit plus supportable que vous n'aviez imaginé. »

Oui, vraiment, tant mieux. Si elle m'enjoignait de partir, il n'y a pas un seul endroit dans ce monde où je pourrais aller. Pour autant, je ne vais pas pouvoir rester éternellement non plus. Si jamais ils apprennent que je suis là, c'est elle qu'ils kidnapperont. Je les imagine l'emmenant dans ce bureau qui ressemble à un cabinet dentaire. Cet homme doux lui coupe les doigts. Il se peut qu'il lui coupe le bout des seins. Cet individu en est largement capable. Il lui explique ceci et cela, tout en détail, il lui montre son sourire flegmatique, il lui dit : « Ça ne sera pas grave d'en couper un car, des bouts de sein, vous en avez deux. » D'ailleurs, elle qui n'est pas douée pour s'exprimer, elle ne peut pas se sortir des questions du gentil bourreau. Alors, il se fâche. Oh, ciel, ce qui s'ensuit, c'est trop cruel à deviner. Ces visions m'angoissent tellement que je n'arrive plus à rester calme, alors je marche de long en large dans le salon.

Je pense maintes fois que, aussi bien pour elle que pour moi, il faut que je quitte son appartement. Partout il doit y avoir des appareils de surveillance. Je vais finir par me faire repérer. Je ne suis pas assez fort pour vivre en cavale. Mes orteils tout cassés ne me permettent pas de courir assez vite devant mes adversaires. Je n'ai plus la force de me battre. C'est un des câbles de *Booby Trap* qui m'a piégé. Voyager dans la même rame que les malheurs de ce monde, on ne le prévoit pas. Longtemps j'ai vécu ainsi dans l'ignorance que des trucs, apparemment indifférents à moi et à ma vie, pouvaient me rentrer tout droit dans le ventre. Je suis sot. Aussi, qu'est-ce que j'ai fait pour mériter ça !

Au réveil, elle est déjà partie. Je regarde la boîte de somnifères. La boîte est vide. Au début, je prends un comprimé, après deux, puis trois. Ces derniers jours, je ne peux plus m'endormir sans en prendre au moins six. À ce rythme-là, un jour, il n'y aura plus de réveil du tout.

Je fixe longuement la boîte de calmants, puis je décroche le téléphone. Je compose le numéro de la Société d'Exécution des Testaments & Co., Ltd.

« J'ai besoin d'une maison sécurisée. Le crocodile est là qui me guette. »

« Vous partez à la recherche d'un autre monde ? »

« Non. Je me fuis. »

« Jusqu'où pensez-vous pouvoir fuir ? »

« Ben, je ne sais pas trop.
Il faudra fuir jusqu'au bout du monde.
Mais je vais finir par me faire attraper
Car ce monde est trop petit
Pour fuir la peur. »

ÎLE

Sur cette île, il n'y a personne. Il n'y a que le vent qui souffle sans répit et des vagues qui font leur éternel bruit monotone. L'île est d'un calme. Au point que je me demande si tous les habitants de la planète, délaissant la Terre, ont immigré sur Mars. Est-ce le cas? J'ai pour seul compagnon un chien idiot qui passe le plus clair de ses jours à aboyer face au soleil. C'est un teckel, il a des pattes tellement courtes que son ventre racle le sol. Il s'appelle «Tourniquet». Je le baptise ainsi parce qu'il tourne et tourne encore en rond comme un fou pour attraper sa queue. Franchement, c'est un cabot sot.

L'île a la forme d'une cacahuète. Sur une bosse, il y a mon chalet et, sur l'autre, l'embarcadère. Pour arriver chez moi il faut marcher environ deux kilomètres depuis l'embarcadère en empruntant un chemin qui monte où il n'y a pas un seul arbre. Tout ce chemin est entièrement visible de chez moi et si quelqu'un se pointe par là je le repère tout de suite. Derrière le chalet, une falaise. J'ai installé une corde en haut de la falaise qui descend jusqu'en bas. Si un jour un visiteur indésirable débarque, il faut que je descende cent mètres par cette corde jusqu'au bas. Suivant la leçon du malheureux Droppa mort en voulant s'évader de la tour-prison de Saint-Pierre, j'ai fait tomber plusieurs fois la corde pour vérifier sa longueur. Elle est suffisante. Mais j'espère tout de même ne pas avoir à m'en servir.

J'ai aussi un fusil à lunette. Je m'entraîne parfois sur une boîte de conserve vide. Mon tir n'est pas terrible.

Le chalet est équipé d'un système d'alarme assez sophistiqué. Tous les matins, je fais le tour de l'île, je vérifie le fonctionnement de l'alarme. Ce faisant, je vois un crocodile qui grandit en cachette dans mon for intérieur.

Dans cette maison sécurisée, il y a tout ce qu'il faut pour vivre. On ne peut pas dire que ce soit un lieu très riche, mais ce n'est pas si primitif non plus. Grâce aux éoliennes, je profite de l'électricité, je peux même griller des toasts. Sous la falaise, les poissons sont abondants et la pêche est très bonne. En clair, c'est l'endroit idéal pour un fugitif. En revanche, il faut avouer qu'on s'ennuie. Vous inviter ici est trop risqué, tant pis pour ce plaisir. Si je vous dis où se trouve cette île, avant mes amis, ce seront mes ennemis qui se pointeront. Ils doivent être persuadés que je cache un secret et ils sont prêts à tout pour me retrouver. Quoique, comme vous savez, mon âme soit aussi innocente, aussi claire et aussi légère qu'une plume laissée au soleil pendant tout un après-midi.

Ces dernier temps, je me demande si tout cela n'est pas une pièce écrite par Dr Kwon. Peut-être le dossier *Chimères* n'a-t-il jamais existé ? Et, comme il n'y a pas de dossier, il n'y a pas d'Entreprise qui le cherche ? K qui me fait présent de sa superbe carte de visite et cet homme doux qui me coupe les doigts ne sont-ils pas des personnages inventés par Dr Kwon ? Peut-être sont-ils tous complices d'une vaste manipulation qui vise uniquement à m'exiler ici ? Quand mon esprit vagabonde dans cette direction, il me semble que tous les éléments s'ajustent parfaitement comme les pièces d'un puzzle, et je suis certain que c'est la vérité et je tremble de rage.

Car il faut quelqu'un qui sacrifie son temps et sa vie pour entretenir les histoires déversées de par le monde. Et Dr Kwon me désigne pour cette tâche. Parce que je ne suis pas malin, pas trop dégourdi, facilement trompé et peureux.

Mais après tout, il n'y a pas de pari à faire ici. Il est possible que l'Entreprise existe. Il se peut qu'un autre homme en noir soit à mes trousses. Si je me fais capturer une nouvelle fois, il ne s'agira plus de quelques doigts.

Tout cela à cause de ce vieux fou. À cause de lui, moi je suis tout seul sur cette île, cette île infiniment déserte, sans amis, sans femmes, sans bars.

Sur cette île aussi, il y a un Placard. Tous les fichiers sur les symptomatiques de l'ancien Placard n° 13 y sont. Ce sont des documents sans valeur marchande et qui, du coup, n'intéressent ni entreprises ni investisseurs. Les documents sont extravagants, comme ils l'ont toujours été. Puisqu'il n'y a rien à faire dans cette île, et puisque je connais ce travail depuis longtemps déjà – l'entretien du Placard –, par les après-midi bien ensoleillés ou par les nuits calmes et solitaires, je sors ces papiers, je les lis, je prends des notes et je les range.

Ce que je fais ici, c'est donc de lire et relire ces fiches. Également, je les transcris dans différents styles ; en code pour que personne ne puisse les lire, ou je fais un labyrinthe de l'ordre des fichiers, et ainsi de suite. Il n'y a pas de raison ni de but précis à ce travail, c'est juste pour m'amuser. Je pense tout de même qu'il faut trouver divers styles spéciaux pour mieux les décrire, car les symptomatiques sont différents des gens ordinaires et pour ainsi dire assez particuliers. Et en certaines occurrences c'est la forme qui domine tout. Les formalistes russes qui cherchent la beauté de la forme disent :

Si on vous sert des nouilles dans une marmite de bouillon de bœuf,
Ce n'est pas des nouilles.
C'est du bouillon de bœuf mal cuisiné.

C'est une remarque géniale, je trouve. C'est pourquoi je réfléchis moi aussi à un récipient pouvant contenir ces gens atypiques. Bon, ben, ce n'est pas une tâche facile. Aussi, il m'arrive parfois de verser des larmes en regrettant ces drôles de gens. Bong-gon et ses cent trente kilos, est-il désormais un chat élancé ? Du-sik qui communique avec les extraterrestres reçoit-il des réponses de sa planète mère ? Les *torporers,* se réveillant d'un sommeil de plusieurs années et ignorant tout de ma disparition, continuent-ils toujours d'appeler au laboratoire ? La pauvre jumelle siamoise continue-t-elle d'incinérer sa jumelle ?

Toutes les nuits, je pense à eux. Non pas qu'ils soient si chers à mon cœur, sans doute par ennui. Je regarde leur vie, je transcris petit à petit ce que je lis. Un peu comme Ludger Sylbaris, dans son désert mexicain, restaure petit à petit sa ville natale, Saint-Pierre, devenue un gigantesque rocher de lave froide.

Voilà comment je vis, moi, au bout de la Terre, dans un coin du monde, avec un teckel idiot qui toute la journée tourne sur lui-même pour mordre sa queue. Tout va bien sauf que j'ai un peu de mal avec la touche *shift* du clavier, la faute aux auriculaires manquants. Dans notre monde il y a des situations pires que la mienne.

Franchement, je ne sais pas combien de temps encore je vais tenir comme ça. Dans cette île où il n'y a que des vagues, des mouettes et le Placard rempli d'histoires délirantes, ma vie est mortellement ennuyeuse. Ennuyeuse au point d'en mâchouiller un os pour chien.

Vous le saviez déjà ? Que je supporte mal l'ennui.

Du Paradis Dr Kwon m'a demandé :
« Ça va en ce moment ? »

« Très mal.
Qu'est-ce que vous voulez que je fasse sur cette île ? »

« Eh bien, on n'est pas toujours obligé de faire quelque chose.
Essayez simplement de supporter le temps qui vous est attribué.
Après tout, la vie n'est qu'un récipient pour garder un peu le temps durant un moment. »

« Comme le Placard ? »

« Oui, exactement. Comme le Placard. »

AVERTISSEMENT

La plupart des faits de ce roman sont des inventions, sinon des bouts de réel déformés ou pollués. Donc, je déclare solennellement ici que rien dans tout cela ne peut servir comme argument judiciaire, depuis les revues scientifiques jusqu'au blabla des soirées arrosées entre potes. En outre, les noms propres, que ce soient des personnages ou des lieux, les termes et les hypothèses scientifiques, les articles de presse ainsi que les faits prétendument historiques n'ont rien à voir avec la réalité. Ils ne sont donc pas recyclables. Si jamais l'un de vous est tenté d'utiliser un de ces trucs comme argument, faites super attention à pas froisser le style ou gâcher la figure.

TABLE

Première partie
Placard

Troisième partie
Booby Trap

PUBLIÉS CHEZ MATIN CALME

2020

Sang chaud de Kim Un-su
Traduit par Kyungran Choi et Lise Charrin

Bonne nuit maman de Seo Mi-ae
Traduit par Kwon Jihyun et Rémi Delmas

Le Portrait de la Traviata de Do Jinki
Traduit par Kyungran Choi et Delphine Bourgoin

Carnets d'enquête d'un Beau Gosse nécromant de Jung Jaehan
Traduit par Han Yumi et Hervé Péjaudier

Le Jour du chien noir de Song Si-woo
Traduit par Lee Hyonhee et Isabelle Ribadeau Dumas

Séoul Copycat de Lee Jong-kwan
Traduit par Koo Moduk et Claude Murcia

Parle-moi de ton crime de Ban Si-yeon
Traduit Patrick Maurus et Marion Gilbert

2021

Été, quelque part, des cadavres de Park Yeon-seon
Traduit par Lim Yeong-hee et Mathilde Colo

L'Île des chamanes de Kim Jay
Traduit par Choe Ae-young et Jean Bellemin-Noël

Le Placard de Kim Un-su
Traduit par Kyungran Choi et Pierre Bisiou

Insectes de Minhye Zang
Traduit par Kwon Jihyun et Rémi Delmas

pca
cmb
édition pré-presse
livres numériques

44400 Rezé

Cet ouvrage a été achevé d'imprimer sur Roto-Page
par l'Imprimerie Floch à Mayenne en février 2021
pour le compte de Matin Calme éditions.
Dépôt légal : mars 2021 – N° d'édition : 01 – N° d'impression : 97229
Imprimé en France